LOST

迷失狩猎场

轩弦 著

台海出版社

图书在版编目（CIP）数据

迷失狩猎场 / 轩弦著. -- 北京：台海出版社，2021.3

ISBN 978-7-5168-2877-9

Ⅰ.①迷… Ⅱ.①轩… Ⅲ.①推理小说—中国—当代 Ⅳ.①I247.5

中国版本图书馆CIP数据核字(2021)第019856号

迷失狩猎场

著　　者：轩弦

出 版 人：蔡　旭　　　　　　　　封面设计：白砚川

责任编辑：俞滟荣

出版发行：台海出版社

地　　址：北京市东城区景山东街20号　邮政编码：100009

电　　话：010-64041652（发行，邮购）

传　　真：010-84045799（总编室）

网　　址：www.taimeng.org.cn/thcbs/default.htm

E - m a i l：thcbs@126.com

经　　销：全国各地新华书店

印　　刷：北京美图印务有限公司

本书如有破损、缺页、装订错误，请与本社联系调换

开　　本：880毫米×1230毫米　　　1/32

字　　数：234千字　　　　　　　　印　　张：9

版　　次：2021年3月第1版　　　　印　　次：2021年5月第1次印刷

书　　号：ISBN 978-7-5168-2877-9

定　　价：42.00元

Contents

目　录

第 一 章

离　散

放在床头柜上的手机响起闹铃声，黄永玲一下子醒了过来。她生怕闹铃吵醒睡梦中的丈夫，于是连忙拿起手机，按停了闹钟。

黄永玲的丈夫朱亚军是G市缉毒队的大队长。昨晚他在公安局加班到凌晨一点多才回家，今天早上七点多又要出门，所以黄永玲想让丈夫多睡一会儿。

她自己则准备起床梳洗，接着去为丈夫和儿子准备早饭，然而一瞥眼却发现自己的手机在一夜之间收到了四十多条短信。

现在大家普遍使用聊天软件沟通，谁还会发短信？而且还发来这么多条？黄永玲心中疑惑，打开这些短信一看，霎时间惊出了一身冷汗。

这些短信，竟然全部是验证码和银行的扣款通知！

丈夫朱亚军每个月的工资，都会交给她保管，她也十分节俭，除了必要的日常开支，很少花钱。黄永玲不敢胡乱投资，也不懂理财，所以只是把丈夫和自己的工资都存在自己的银行卡中，以备不时之需。

她的银行卡中本来存了三十多万。然而此时，她却发现银行卡里只剩下三元！

不仅如此，她还发现有人盗用自己的名字，从借贷平台中借走了一万多元。

黄永玲实在无法承受这样的打击，她大叫一声，紧接着两眼一黑，差点晕过去。

朱亚军听到妻子的叫声，一下子惊醒过来，问道："怎么了？"

黄永玲不敢置信地道："钱……没了……全没了……"

"什么钱？"朱亚军本来还以为妻子的身体突然有什么不舒服，所以才会大叫，现在知道只是跟钱有关，不禁稍微松了口气。

"没了……全没了……"黄永玲喃喃自语，无力地拿起手机，递给朱亚军。

朱亚军接过黄永玲的手机，快速地查看了一下黄永玲昨晚收到的四十多条短信，也不禁吃了一惊。

"我也不知道……怎么回事……呜呜……"黄永玲想到全家的积蓄在一夜之间化为乌有，心中蓦地一痛，不禁低声抽泣起来。

"冷静一些，钱肯定能要回来的。"

朱亚军一边安慰妻子，一边打电话报警，向报警台的接线员说明情况，让他们派人过来调查。

黄永玲对丈夫十分信任，听丈夫这么说，深吸了几口气，总算逐渐平静下来。于是她起身去梳洗，然后到厨房做早饭去了。

这时，她的儿子也起床了，走进厨房喝水。

"妈，早呀。"

黄永玲的儿子叫朱梓聪，今年二十二岁，刚大学毕业，目前在一家电子商务公司上班。

虽然朱亚军说丢失的积蓄肯定能要回来，但黄永玲的心情仍然十分低落，她向儿子点了点头，苦笑了一下："早呀。"

朱梓聪瞧出了母亲心情不好，关切地问："妈，你怎么了？"

朱梓聪平时十分懂事，跟母亲的关系也很好。黄永玲看了看儿子，叹了口气，把银行卡里的积蓄被盗取的事告诉了儿子。

朱梓聪听完母亲的讲述，也怔了一下，接着却咧嘴一笑："妈，别担心啦！爸是警察，他说钱能找回来，就肯定能找回来！"

"说得也是。"黄永玲轻轻地吁了口气，"唉，我还以为不炒股票，不买基金，不做理财，把钱都放在银行卡里就肯定安全了，没想到呀……"

朱梓聪又安慰了母亲几句，吃过早餐，便上班去了。

黄永玲把儿子送到门外，望着儿子走进电梯的背影，不知怎的，心里竟有些不祥的预感。

当时她万万没有想到，这是自己这辈子最后一次见到儿子了。

朱亚军暂时留在家中陪着妻子。

不一会儿，两名反诈骗中心的警察来到朱家。

朱亚军是缉毒队的，跟这两名警察并不在同一个部门，但这两名警察也认得朱亚军，跟他打招呼："朱队。"

朱亚军点了点头："辛苦你们跑这一趟了。"

接下来，朱亚军把事情的始末告诉了两名警察。其中一名警察查看了一下黄永玲的手机，说道："最近我们也收到几起这类的报案。这是一种采用'GSM劫持'加上'短信嗅探'的新型诈骗技术，简单地说，就是骗子通过某些手段，实时获取用户手机的短信内容，再利用各大银行、网站、移动支付App存在的技术漏洞和缺陷，来实现信息窃取和资金盗刷，让人防不胜防。"

黄永玲听不懂这些专业术语，只关心自己的钱能不能找回来，急切地问："警官，那我们的钱什么时候能找回来呀？"

朱亚军向那警察连使眼色，但那警察没有看到，如实答道："恐怕很难找回来了。之前那几个受害者在钱财被盗取后，也东奔西跑，跑银行查流水，打电话给各大银行和网站的客服理赔，但最后银行拒赔，网站也拒赔，只能自己承担损失。"

黄永玲一听，瞬间崩溃，掩面大哭起来。

那警察见黄永玲反应如此激烈，也后悔自己说得太直接了，连忙对朱亚军道："朱队，不好意思……"

朱亚军苦笑了一下："没事，你也只是实话实说。"

两名警察做完笔录，便离开了，朱亚军把他俩送到门外，回来后只见妻子坐在窗边，望着窗外，怔怔出神。

朱亚军走过去，轻声叫道："阿玲……"

黄永玲似乎没有听到朱亚军的叫唤，目光呆滞，脸上没有一丝表情。

"阿玲！"朱亚军加大了声音。

黄永玲这才稍微回过神来，抬头看了朱亚军一眼，心中一酸，眼泪又流出来了："没了……全没了……"

朱亚军叹了口气："你别胡思乱想了，等我晚上回来再解决，我现在先去上班了。"

"上班？上班还有什么用！"黄永玲有些激动，"你一个月才能赚多少钱呀？咱们辛辛苦苦攒出来的钱，一下子就没了！呜呜……"

这三十多万，可是他们家全部的积蓄了。黄永玲本来还在盘算着，要给儿子选一套房子，付个首付。此外，她的女儿马上就要读大学了，每年都要交一万多学费，开支不少。然而现在，她的银行卡中只剩下三元，还欠下借贷平台一万多元，整个家庭的经济都崩溃了。

"我今天上午要开一个重要的会议，现在已经迟了一个多小时了。"朱亚军握了握妻子的手，"这事儿等我回来再处理吧。你别多想了，哪怕钱要不回来，咱们再赚就好了。"

"再赚就好？"黄永玲嘶哑地吼道，"你说得倒轻松。三十多万呀！你要赚多少年才能赚到？"

朱亚军知道妻子心情不好，不想跟她吵架："好了，我真的要走了，今晚再说吧。"

丈夫离开后，黄永玲慢悠悠地站了起来，向窗外看了一眼。

这一刻，她真想从这里跳下去，一了百了。

现在，家里只剩下黄永玲一个人了。

其实除了儿子朱梓聪，朱亚军和黄永玲还有个女儿，今年十八岁，正在读高三，平时在学校住宿，所以此时并不在家。

黄永玲独自在家，不禁又胡思乱想起来了。

过了一会儿，门铃响起。

"谁呀？"黄永玲心中暗忖，难道是警察来通知我钱已经找回来了吗？

她想到这里，心中一喜，马上走到大门前，开门一看，只见门外站着一男一女。

那男子三十出头，样貌平平；那女子虽然接近四十岁，但长相清秀美丽，神色之间似乎有些冷漠。

原来这两个人是黄永玲手机号运营商的工作人员。他们告诉黄永玲，警方已经到运营商那边询问过了，现在他们两个过来黄永玲这边了解情况。

那女工作人员自称姓马，语气平静地对黄永玲道："之前我们有几名用户也遭遇过这种情况。"

黄永玲连忙问道："最后他们把钱要回来了吗？"

那马小姐轻轻地摇了摇头："网站基本上都是拒赔的，钱也很难要回来。"

"网站不赔，就该你们赔啊！"黄永玲愤愤地道，"是你们把我的短信内容泄露给骗子的！"

马小姐也不生气，耐心地解释道："黄小姐，你冷静一些，这件事我们公司肯定会全程跟进的，只是，你的资金被盗，确实跟我们公司无关，所以你只能找银行和网站理赔。如果在理赔的过程中需要查询通话记录或短信记录，我们公司会全力配合的。"

黄永玲却似乎没有听到马小姐的话，怔怔出神，喃喃自语："怎么办？怎么办呀？"

马小姐用同情的口吻说道："唉，如果我是你，我也确实不知道该怎么办。辛辛苦苦几十年，一夜回到解放前。"

黄永玲抬头看了马小姐一眼，泪眼汪汪地问："是呀，如果你是我，你会怎么做呀？"

"如果我发生了这样的事，我老公肯定把我骂死了……啊，黄小姐，你别误会，我不是说你。唔，我想你先生和孩子应该都不会抱怨你的，毕竟这件事也不全是你的错。"

马小姐虽然在安慰黄永玲，但不知怎的，黄永玲的心情却越来越糟糕。

接下来，马小姐和她的那位男同事准备向黄永玲告辞了。

黄永玲把他们两个送到门外。马小姐走进电梯前，最后又握着黄永玲的手，对她说道："对了，黄小姐，之前我们有个客户，跟你一样，也是被盗取了二十多万，一时想不开，竟然跳楼自杀了，你可千万不要像她那样做傻事。"

黄永玲苦笑了一下："我知道了，谢谢关心。"

两名工作人员离开后，黄永玲继续在家里胡思乱想，越想越觉得心烦意乱。

不知道为什么，她的脑子里浑浑噩噩的，不断回响着那马小姐刚才说过的，那些"钱很难要回来""如果我发生了这样的事，我老公肯定把我骂死了""有个客户被盗取了二十多万，一时想不开，竟然跳楼自杀"之类的话。

那个人被盗刷了二十多万就自杀了，我没了三十多万，还有什么活下去的理由吗？老公和孩子嘴上不说，心里一定也在抱怨我。

跳楼？这倒是个好主意。往下一跳，就什么烦恼都烟消云散了。

黄永玲想到这里，摇摇晃晃地站起来，一步一步走回卧房，拿出纸笔，鬼差神使地写道：

阿军，对不起，我真的好笨，什么事情都做不好，莫名其妙地弄丢了咱们家里所有的积蓄，甚至连怎么弄丢的也不知道。一切都怪我，如果我没让你把工资交给我保管就好了。

我知道你虽然嘴上不说，但心里十分恨我，恨我弄丢了儿子的房子首付，弄丢了女儿的学费。我不怪你，确实是我不对。现在我要去赎罪了。我走以后，你要好好照顾自己，好好照顾我们的孩子。

阿聪，爸爸妈妈没用，不能给你买房子，甚至连付首付的钱也没有了。你要好好工作，多赚钱。钱真是太重要了。等你结婚后，记得不要把钱交给别人，要自己好好保管。

妈妈要走了，你帮我照顾好你爸，照顾好妹妹。妈妈爱你。

茹茹，妈妈最放心不下的人就是你了。家里没了钱，还欠了人家一万多块，连你上大学的学费都付不起了，是妈对不起你。你以后不要学妈妈，一辈子都在攒钱，一辈子都过得糊里糊涂。

对不起，我写不下去了，我要走了，你们不用挂念我，我是个罪人，没脸活下来，没脸面对你们。对不起，真的对不起。

黄永玲把写好的遗书放在梳妆台上，接着便跌跌撞撞地走出家门，乘坐电梯来到天台。

走到天台边沿，低头一看，楼下的汽车如蚂蚁般大小，树木就像玩具一样。

她轻轻吸了口气，恍惚之间，只觉得自己就像被整个世界遗弃了一般。

"阿军，再见了。梓聪，茹茹，妈妈走了，再见了……"黄永玲深吸了一口气，张开双臂，向前一跃，跳了下去。

朱亚军刚开完会，便收到小区管理处的电话，说他的妻子坠楼了。

他这一惊实在非同小可。妻子怎么会无缘无故坠楼？她伤得严重吗？如果她不在了，自己该怎么办？

朱亚军想到这里，心中蓦地一痛，眼泪夺眶而出。

他作为一名缉毒警察，工作不仅繁忙，而且危险万分，他觉得自己亏欠了妻子太多太多。他本想以后慢慢补偿，可是现在，妻子突然没了，他只感到自己的整个人生突然失去了方向。

他强迫自己先冷静下来，一边开车赶回家中，一边先后给儿子和女儿打了个电话，叫他们马上回家。

当朱亚军回到他所住的小区时，辖区民警已经到达现场，拉起了警戒线。朱亚军看到妻子横躺在警戒圈中间，大叫一声"阿玲"，一把掀起警戒带，跑到妻子身前。

黄永玲已经断气了。

朱亚军是个硬汉，在面对那些穷凶极恶的毒贩的时候，也从来没有胆怯过、退缩过，但此时看到妻子的尸体，心中却感到痛苦不堪、彷徨至极，眼角泪如雨下。

"阿玲……阿玲……为什么……阿玲……"朱亚军声音嘶哑地叫唤着妻子，可是黄永玲哪里还会回答他？

"妈！"此时朱梓聪也赶回来了，冲进警戒圈，扑到黄永玲的尸体上，号啕大哭，"妈！你醒醒呀！妈！呜呜……妈妈……"

"朱队。"这时，一个三十出头的刑警走过来，向朱亚军道。

朱亚军转头一看，认得这是G市刑警支队的刑警小覃。他跟小覃虽然不是同一个部门的，但也是点头之交。

此时他定了定神，向小覃点了点头："小覃，你怎么在这里？"

小覃嗯了一声："您太太的案件，由我这边主管。"

他说到这里，轻轻地吁了口气："朱队，请您节哀。"

朱亚军平复了一下自己情绪，问道："有查到什么吗？"

"我们查看过电梯的监控录像，发现您的太太在今天上午十点零七分的时候独自进入电梯，乘坐电梯来到顶层。我们的同事也勘查过天台，发现在您太太坠楼的地点附近，只有她一人的足印。我们初步怀疑您的太太是自己前往天台跳楼自杀的……"

"难道……"朱亚军想起了银行卡被盗的事。

小覃双眉一扬："您想到什么了吗？"

朱亚军把他家的银行卡被盗走了三十多万的事告诉了小覃。

小覃沉吟了一下："难道您太太就是因为这件事，一时想不开……"

朱亚军摇了摇头："怎么会呢！我都跟她说了，钱肯定能要回来的。我还叫她不要胡思乱想，等我今晚回来再处理……"

家里的积蓄一夜之间全被盗走了，这当然不算是小事。只是朱亚军万万没有想到，妻子竟然会因为这件事寻短见。

如果我出门的时候注意到她的异常情绪，或许就不会发生这样的事了。朱亚军心中自责不已。

"妈妈！妈妈！"此时一个少女快步走过来，正是朱亚军和黄永玲的女儿朱倩茹。

只见她扑到黄永玲的尸体上，失声痛哭。

刚才她正在学校里上数学课，却突然被老师告知她的妈妈出事了，叫她马上回家。

朱梓聪的情绪本来已经稍微稳定了一些，现在看到妹妹痛哭，又忍不住了，再次跪在母亲的尸体前，和妹妹一起抱着母亲的尸体，两个人声泪俱下。

朱亚军看到眼前这一幕情景，看着妻子那冰冷的尸体，看着两个抱头痛哭的孩子，真是凄凉难过。本来一家四口，生活幸福快乐，然而现在，全家的积蓄都被盗走了，妻子也自杀身亡，好好的一个家，就此毁于一旦。

当时朱亚军并没有想到，这一切，只是噩梦的开端。

此时已经是中午了，法医把黄永玲的尸体运回了法医中心，准备对尸体进行进一步检查。

朱亚军则带着两个孩子到附近的一家快餐店吃饭。

朱亚军胃口极差，勉强吃了几口，一瞥眼，看到女儿望着面前的盒饭怔怔出神，一动不动。

"茹茹，你怎么不吃呀？"朱亚军问。

朱倩茹摇了摇头，黯然道："我吃不下。"

朱梓聪劝道："多少吃点吧。"

朱倩茹声音呜咽："我不想吃盒饭，我想吃妈妈做的饭。"

此言一出，朱亚军和朱梓聪都心中一痛。此前在他们家中，每天都是由黄永玲负责买菜做饭的，然而从今以后，他们再也吃不到黄永玲做的饭菜了。

朱亚军看到两个孩子这副样子，想起亡妻，心如刀割。

最后，三个人草草吃了几口便离开了快餐店返回家中。是的，无论多么悲痛，他们终究要面对现实，终究要承受失去至亲至爱之人的痛苦。

他们家的大门安装了指纹锁。朱倩茹首先走出电梯，回到大门前，伸出手指去开启指纹锁。就在此时，她却忽然"哎呦"一声，缩回了手。

"怎么啦?"朱亚军快步走过来,关切地问。

"我的手指好像被什么刺了一下。"朱倩茹的脸色有些苍白。

朱亚军咦了一声,弯腰一看,竟见指纹锁上有一根针!

"这里怎么会有根针?"

说时迟那时快,朱亚军话音未落,却听身后"扑通"一声,与此同时,朱梓聪大叫:"妹妹!"

朱亚军回头一看,竟见朱倩茹倒在地上,全身抽搐。

他大吃一惊,马上蹲下身子,抓住朱倩茹的双肩:"女儿,你怎么了?"

朱倩茹没有回答父亲的问题,只是在呼呼地喘着气,一副呼吸困难的样子。

朱亚军见女儿眼球突出,瞳孔逐渐散大,这一惊实在非同小可!他定了定神,马上拨打120。

再过一会儿,朱倩茹的身体不再抽搐了,整个人一动不动,两颊和口唇逐渐呈现出一片红色。

"女儿!女儿!"朱亚军咽了口唾沫,提起颤抖的手探了一下朱倩茹的鼻息,发现她竟然已经没有任何呼吸了!

"爸!妹妹怎样了?"朱梓聪气急败坏地问。

朱亚军没有回答,又摸了摸朱倩茹的颈部,发现她已经没有脉搏了。

"爸!妹妹到底怎样了?"朱梓聪其实也猜到了妹妹已经遭遇不测,只是不愿意接受这个事实。

朱亚军一屁股瘫坐在地,含泪道:"她死了。"他的乖女儿,就这样毫无先兆地永远离开了他,甚至没有留下半句遗言。

"什么?"

朱梓聪大叫一声,想要抱起妹妹的尸体,却被朱亚军死死抓住:

"不要碰她！她可能是中毒死的！"

"无缘无故怎么会中毒啊！"朱梓聪声嘶力竭。他在一天之内失去了母亲和妹妹，他实在无法承受这样的打击。

朱亚军无力地抬起手，指了指大门上的指纹锁："那里有一根针，针上可能沾了剧毒。"

"是谁！到底是谁在这里放毒针啊？"朱梓聪歇斯底里地吼道。

朱亚军也觉得奇怪。为什么在一天之内，妻子银行卡里的钱被盗了，妻子因此跳楼自杀，而现在女儿又被毒针刺死了？这一切是巧合吗？

如果不是，那么这个先盗走妻子银行卡里的钱，又在大门上安装毒针的人，到底是谁？

难道是自己打击过的毒贩回来报复吗？想到这里，朱亚军不禁心中一凛。

如果真的是这样，那么这个毒贩的报复应该还没结束。接下来，他还会伤害自己的儿子！

朱亚军不禁看了儿子一眼，心中充满不安。

第 二 章

围　猎

　　片刻以后，救护人员到达，但此时已经回天乏术了。

　　警察调查过后，救护人员把朱倩茹的尸体送回医院，安置在太平间内。朱亚军和朱梓聪父子二人站在朱倩茹的尸体前方，抱在一起，失声痛哭。

　　"爸，今天到底怎么了？到底怎么了啊？"朱梓聪捶胸顿足。

　　朱亚军此时已认定自己的妻子和女儿是死于某个毒贩之手，咬牙切齿："阿玲，茹茹，我一定会还你们一个公道的！一定会！"他无意中甚至咬破了嘴唇，鲜血从嘴唇里不断流出。

　　两个人在太平间里待了一会儿，朱梓聪忽道："爸，我出去一下，很快回来。"

　　朱亚军咦了一声："你去哪呀？"

　　"我去买方便面。"

　　朱亚军满脸疑惑："现在买什么方便面？"

　　"我，我之前吃了妹妹的方便面，我答应她下次见面要赔给她的……"朱梓聪说到这里，泣不成声。

朱亚军叹了口气："我和你一起去吧。"

朱梓聪摇了摇头："你在这里陪妹妹吧，我自己去就行了。"

"不，我和你一起去。"

"为什么？"朱梓聪觉察到父亲有些不对劲。

事到如今，朱亚军也只好如实告诉儿子了："我认为你妈妈和妹妹的死，可能是有人对我实施的报复，接下来他们的目标有可能是你。"

朱梓聪双眉一蹙："什么人会报复你？"

"有可能是我打击过的毒贩……"

本来朱梓聪一直以自己的父亲是一名警察为荣，但此刻母亲和妹妹先后被毒贩害死，他不禁对父亲心生怨怼，粗声粗气地道："原来妈妈和妹妹都是因你而死！呜……她们做错了什么……"

朱亚军听儿子这样说，真是万箭穿心。接着他一咬牙，在心中发誓，一定要把害死妻子和女儿的凶手揪出来！

过了片刻，朱梓聪的情绪才稍微稳定下来。他偷偷看了父亲一眼，接着便向太平间的大门走去。

朱亚军知道儿子要去买方便面，追了上来："我和你一起去吧。"

"不用了。"朱梓聪快步走出了太平间。

朱亚军紧随其后。朱梓聪回头瞪了父亲一眼："别跟着我！"

朱亚军呆了一下，接着眼眶一红，默然不语。

朱梓聪看到父亲这副悲伤的样子，想到他和自己一样，也失去了两个亲人，心中内疚不已："爸，对不起，我……我不该这样跟你说话。你让我一个人静一静吧。"

"嗯。"朱亚军虽然答应了，但仍然不放心，远远跟在儿子身后。

只见朱梓聪走出医院，来到附近的一家便利店，走了进去。朱亚军怕儿子发现自己跟着他，不敢走近便利店，就在附近等候。

过了一会儿，朱梓聪从便利店走出来，手上拿着一大袋海鲜味的方便面。

就在这时，一辆面包车疾驰而来，突然"吱"的一声刹车，在朱梓聪身旁停了下来。朱梓聪吓了一跳，还没反应过来，只见面包车上走下来几名黑衣男子，二话不说，伸手便向朱梓聪抓去！

朱梓聪大吃一惊，后退了两步，颤声问道："你们要干什么？"

一切发生在电光石火之间。朱亚军见来者不善，大步向儿子跑去，可是刚跑了两步，那几名黑衣男子已经合力抬起了朱梓聪，把他抬进了面包车。

"你们干什么！救命！救命啊！"朱梓聪叫得声嘶力竭，却是于事无补。

当朱亚军跑到面包车前方的时候，那些黑衣男子已经关上了面包车的车门，紧接着快速离开。

此时朱亚军距离面包车只有一两米，他知道机不可失，耗尽九牛二虎之力扑向面包车的车尾。

然而面包车的后备厢并不是突出的，车尾没有任何可以抓住的地方，朱亚军这一扑之下，虽然碰到了面包车，但自己最终还是掉落在地，眼睁睁地看着面包车绝尘而去。

今天是朱亚军有生以来最绝望的一天。上午，他的妻子跳楼自杀了；下午，她的女儿被毒针刺中身亡；现在，他的儿子又被掳走，生死未卜。朱亚军的心中充满悲伤和愤怒，他想要仰天大叫，却不知道为什么，竟发不出半点声响。

他稍微冷静下来以后，马上打电话回公安局请求增援。

刑警支队的小覃立即展开调查。技侦部门对朱梓聪的手机进行了跟踪定位，然而朱梓聪的手机已经关机了，无法定位。

于是小覃又带着一组人来到交警支队的指挥中心，调取人民医院附近街道的监控录像，对那辆面包车展开轨迹跟踪，最后却发现那辆面包车驶向郊外，脱离了城市监控系统的覆盖范围。

当然他也调查了那辆面包车的车主信息，却发现面包车上的车牌是套牌。

调查就此中断，朱梓聪就这样被掳走了，杳无音信。

此时对朱家大门进行的初步调查也已经结束，技术员发现安装在指纹锁上的毒针含有氰化物，毒性极强。而电梯的监控录像并没有拍到可疑人员。他们推测，犯罪嫌疑人是通过没有监控录像的楼梯上楼的。

儿子的失踪让朱亚军心急如焚，偏偏他现在又毫无线索，无计可施。

朱亚军只好返回家中，到家后，便在卧房里发现了妻子留下的遗书，读罢泪如雨下。

"阿玲，你怎么这么傻呀？我怎么会怪你呢？儿子和女儿也不会怪你呀！钱没了就没了，只要一家人在一起，平平安安的，那就很好了。再说，钱丢了，跟你又有什么关系呢？"

他是缉毒队的大队长，行事向来雷厉风行，哪怕遭遇危险，也能镇定自若，冷静处理。然而现在，在一天之内失去了三个亲人的他，只感到彷徨无助，不知所措。

就在这时，他的手机响了起来。他掏出手机一看，差点儿从椅子上跳了起来。

因为，来电号码竟然是他儿子朱梓聪的！

"喂？"朱亚军接通了电话。他发现自己的身体在颤抖。

"朱警官。"手机中传出一个陌生男子的声音。

霎时间，朱亚军的身体凉了半截。他咬了咬牙，问道："我儿子呢？"

"你是要问你儿子在哪里，还是要问你儿子现在是死是活？"男子阴阳怪气地问。

"别废话！"朱亚军纵声叫道，"你敢动我儿子一根汗毛，我一定不会放过你！"

"呵，那你现在自己来莱茵湖畔小区第七幢902室吧，我只等你半个小时。"男子稍微顿了一下，又用阴恻恻的语气补充道，"规矩你懂吧？不要带人一起过来，也不要跟任何人提起这件事，否则你就直接来给你儿子收尸吧。不要试图欺骗我，我可监视着你的一举一动哦。"

"好！我马上过来……"朱亚军还没说完，男子已挂了电话。

路上，他竭力回忆以前是否听过这个男子的声音。细想之下，他觉得自己似乎是听过的，但到底是在哪里听过呢？思绪杂乱的他一时之间又无法想起。

他开车来到莱茵湖畔小区后，直接走到第七幢902室，按下门铃。片刻以后，大门打开了，站在门后的是一个身材清瘦的男子。那男人身高一米七五左右，脸上戴着一个只露出眼睛、鼻孔和嘴巴的白色面具，诡异无比。

"朱警官，晚上好。"面具人的声音正是刚才打电话给朱亚军的那个男子的声音。

朱亚军咬了咬嘴唇："人呢？"

"你先把你身上的武器都拿出来吧。"

朱亚军摇了摇头："我没带武器。"

"是吗？"面具人似乎不相信。

朱亚军举起双手："不信你自己搜一下吧。"

面具人冷冷地道："我告诉你，你儿子现在就在某个房间里被我的同伴看守着。现在你在我们的监控范围内，如果你有任何异常的举动，我的同伴就会马上干掉你儿子，明白吧？"

朱亚军哼了一声："别那么多废话了！要搜就快搜吧！"

面具人向前一步，搜查了朱亚军身上的物品，果然没有发现武器。随后取出了朱亚军口袋里的手机，使劲地摔在地上。

朱亚军怒道："你干什么！"手机里保存着他家人的照片，这些照片对他来说，珍贵无比。

"干什么？摔你的手机呀！你没看到吗？"面具人的语气极为嚣张。

朱亚军咬牙不语。算了，手机被摔了就被摔了，反正今天自己也无法活着离开这里了，留着手机也没用。

接着只见面具人掏出一副手铐，把朱亚军的双手反铐起来。

"跟我来吧。"面具人转身带朱亚军走进屋内，来到一个房间前。朱亚军走进房间，果然看到儿子躺在地上，身上被粗绳五花大绑。

"梓聪！"朱亚军叫道。

朱梓聪见到父亲，也又惊又喜："爸爸！救我！"

朱亚军听儿子声音响亮，知道他没有受伤，稍微松了口气，接着快速打量着房内的情况。

在这个房间里，除了儿子外，还有三个人，两女一男。

那男子坐在一把椅子上，他的年纪在三十岁左右，留着一头长发，右脸被长发遮住，左脸上目朗似星，脸如冠玉，容貌极为俊雅。

朱亚军一见到这个男子，不禁倒抽了一口凉气。

是他？

朱亚军认得他——超级大毒枭麦奇士。

在G市旁边的L市，有一个名为"鬼筑"的庞大犯罪组织，组织成员杀人纵火、走私抢劫、绑架勒索、制毒贩毒、贩卖人口、开设赌场……可谓无恶不作，是社会的一大毒瘤。

目前，以L市公安局为首，多地警方正在联手打击鬼筑。朱亚军所带领的G市缉毒队，也曾多次跟L市缉毒队合作打击鬼筑的犯罪活动。

在鬼筑旗下，有一个大型制毒集团，每年的制毒量巨大。这个制毒集团的首脑名叫麦奇士，代号黑桃J，是鬼筑中的高层管理人员之一。

这个麦奇士身份神秘，行踪隐秘，L市警方曾多次对他展开抓捕行动，都无功而返。

没想到，今天朱亚军竟然在这里见到了麦奇士。

"朱警官，别来无恙啊。"此时麦奇士开口说话了。他的声音冰冷如寒潭之水。

朱亚军重重地哼了一声，没有答话。

他在见到麦奇士的那一刻，便知道自己和儿子都无法活着离开这个房间了。

因为，麦奇士跟他有不共戴天之仇。

麦奇士曾以L市内一座名为残月岛的岛屿为据点搭建制毒工厂，岛上有数百吨易制毒原料，大批制毒工具，以及数十台生产设备。还有数十名鬼筑成员在岛上种植、加工毒品。

岛上采取了全封闭式管理，所有工作人员不得离岛，也无法跟外界联系，因此这个几乎与世隔绝的制毒工厂一直没有被人发现。

半年前，朱亚军收到了这座岛屿的相关情报，只是当时他受了伤，无法亲自行动，于是通知G市特警队立即前往残月岛，捣毁了麦奇士的这座制毒工厂。在这次行动中，岛上的所有鬼筑成员均被警方抓获，所有毒品均被销毁，麦奇士手下一个名叫梁醒的头马更被特警当场击毙。

然而，麦奇士的制毒集团并没有因此而瓦解，甚至很快死灰复燃。

一个月后，麦奇士又在G市和L市之间的一座茶山内新建了一个制毒窝点。

由于上下茶山只有一条通道，而麦奇士又安排鬼筑成员专门把守各个弯道，随时报告陌生人员和车辆的进出情况，因此整座茶山便如一个易守难攻的"堡垒"，这个制毒窝点甚至比原来残月岛上的制毒工厂更加隐蔽。

三个月前，朱亚军收到了关于这个制毒窝点的匿名举报，立即组建相关专案组，由他自己担任专案组的组长，对茶山展开全面侦查。L市缉毒队也派出数名警员加入专案组，全力协助。

经过一个月的蹲点，G市缉毒队、G市特警队、L市缉毒队三方联手，终于成功捣毁了茶山上的这个制毒窝点，抓获涉毒犯罪嫌疑人三十八名，缴获大量成品冰毒、液态冰毒、海洛因、麻古，以及大量制毒工具和制毒原料。

遗憾的是，这一次行动，还是没能抓捕神出鬼没的制毒集团首脑麦奇士。

现在，这个超级大毒枭麦奇士，就在他面前，然而此时朱亚军单枪匹马，双手又被手铐反铐，根本没有抓捕他的能力。

此时，只见麦奇士轻轻地拨开了自己的头发，露出了他那扭曲变形、满是疙瘩的右脸，那是一张已被毁容的脸，看起来恐怖至极。

他站起身子，一步一步地走到朱亚军身前，冷冷地道："咱俩之间的恩恩怨怨，今天就一次算清楚吧。"

朱亚军对麦奇士怒目而视："一人做事一人当，你要算账就找我，放了我儿子！"

麦奇士冷冷一笑："朱警官，你两次捣毁了我的工厂，你知道我总共损失了多少钱吗？"

朱亚军正气凛然地道："你制毒害人，罪大恶极，无论你建立多少窝点，我们缉毒队都会一一捣毁！"

麦奇士似乎没有听到朱亚军的话，自顾自地说："第一次损失了九千万，第二次损失了六千万，加起来一亿五千万。也就是说，你要还给我一亿五千万，咱俩才算扯平。"

朱亚军怒不可遏地道："要钱没有，要命就来拿吧！"

麦奇士冷然道："是的，钱债血偿，十分公平，现在，你已经还给我一个亿了。"

朱亚军微微一怔，随即便明白了麦奇士的意思，怒目圆睁地道："我老婆和女儿，都是被你们害死的？"

这时候，那个把朱亚军带进来的面具人走到朱亚军身旁，淡淡地说道："是的，你老婆银行卡里的钱，是被我盗走的。"

这个面具人名叫潘小岳，是鬼筑中的一名主力成员。

在鬼筑内部有一个由十五个人组成的核心管理层，名为黑桃会，黑桃会中十三名成员的代号分别对应扑克牌中的十三张黑桃花色，至于"小鬼"和"大鬼"，则分别是鬼筑的副首领和首领。

这个潘小岳便是黑桃会的一名成员，代号黑桃6。他是一名电脑专家，掌握着各种高端IT技术。

毫无悬念，盗取黄永玲银行卡中的资金，正是出自他的手笔。

今天凌晨，潘小岳来到朱亚军的住宅附近，搭建了一个专用的手机软件环境，并且将一套短信嗅探设备准备好。接下来，他又通过搭建伪基站，收集了黄永玲的手机号码，并且用她的手机号码在一些电商网站和支付应用的登录界面上，通过"短信验证码登录"的方式进行登录。

然后，潘小岳利用短信嗅探设备接收这些电商网站和支付应用发送的验证码短信，用黄永玲的手机号码登录了若干网站，对黄永玲的身份信息进行碰撞，很快就把她的手机号码、身份证号码、银行卡号码等身份信息都匹配出来了。

最后他修改了密码，并且通过消费、转账、借贷等方式，成功盗取了黄永玲银行卡中的三十多万资金。

此时朱亚军听潘小岳说是他盗走了银行卡里的钱，恶狠狠地瞪了他一眼，又看了看麦奇士，问道："那我老婆怎么会自杀？虽然她把钱看得很重，但也不可能因为这件事就寻死！"

麦奇士没有回答。倒是潘小岳嘿嘿一笑，指了指房内的一个女子："那可是这位催眠大师的功劳哦。"

朱亚军转头一看，潘小岳所指的是站在儿子后面的一个女子。这女子看上去三四十岁，容貌清秀，神色冷漠。此刻她拿着一把手枪，指着朱梓聪的脑袋。

这女子叫易郁涵，也是鬼筑黑桃会的成员，代号黑桃9。黑桃会成员的权力高低以代号决定，权力最高的人自然是首领"大鬼"，此时"小鬼"已死，其次是黑桃A，然后依次是黑桃K、黑桃Q、黑桃J……直到黑桃2。也就是说，这个黑桃9易郁涵，权力在黑桃J麦奇士之下，黑桃6潘小岳之上。

易郁涵是L市内首屈一指的心理治疗师，催眠技巧深不可测，举手投足之间便能把人催眠，令人防不胜防。

今天上午对黄永玲自称来自运营商的那个"马小姐"，便是易郁涵了。当时和易郁涵一起来找黄永玲的"男工作人员"则是潘小岳。

易郁涵来找黄永玲的目的，就是诱导她自杀。

本来，催眠师只能诱导对方的潜意识，无法让对方做出违背自身意愿的事情，这是催眠术的限制，再厉害的催眠师也无法打破。也就是说，如果是平时，易郁涵想要通过催眠令黄永玲自杀，难度极大，甚至可以说是不可能的。所以，潘小岳便先盗取了黄永玲银行卡中的三十多万资金，让黄永玲感到崩溃，从而产生轻生的念头，如此一来，易郁涵在催眠的时候，便能事半功倍了。

进屋以后，她对黄永玲所说的每一句话，每一个动作，甚至是每一个眼神，都在暗示黄永玲自杀。

当她成功把自杀的念头植入到黄永玲的大脑中后，已经被深度催眠的黄永玲便写下遗书，走上了天台。

此时朱亚军听潘小岳说易郁涵是催眠大师，立即就明白了，咬牙切齿地道："你催眠了我老婆，让她自杀？"

易郁涵冷冷地道："你明知道她情绪不稳定，还把她一个人丢在家里，难道不是你害死了她吗？"

朱亚军正想反驳，但想起当时的情形，却突然语塞。这个女人说得对，当时阿玲因为银行卡里的积蓄全部被盗，情绪低落，我却还记挂着回局里开会。如果我一直陪着阿玲，这个女人就无法乘虚而入，是的，是我间接害死了阿玲！

他黯然神伤，忽然想到一事，回过神来，恨恨地问道："这么说，指纹锁上的毒针，也是你们安装的？"

潘小岳指了指房内的另一个女子："那支毒针上的毒药，就是这位毒药专家配制的。"

那女子此刻站在房间的一个角落，她看上去二十来岁，留着一头褐色的头发，长相温柔可人。只是，她没有左臂。

这女子名叫汪叶瞳，和另外几人一样，也是黑桃会成员，代号黑桃7，是个用毒高手。

此时朱亚军终于完全明白了，自己的妻子和爱女惨死，就是眼前这四个人做的好事！他目眦欲裂，怒不可遏，只想把这四个人千刀万剐，让他们堕入地狱，永不得超生！

这时候，只听麦奇士冷冷地说："朱警官，你老婆的命值五千万，你女儿的命也值五千万，现在你已经还给我一亿了，还差最后五千万，这五千万不如你现在还了？"

朱亚军明知道此时人为刀俎，我为鱼肉，任何反抗都徒劳无功，但心中怒气难咽，怒喝一声便向麦奇士撞去。

麦奇士快速地后退了一步，以迅雷不及掩耳之势掏出一把手枪，向朱亚军的左腿开了一枪。"砰"的一声，子弹穿过了朱亚军的小腿，朱亚军跪倒在地。

朱梓聪见父亲受伤，失声大叫："爸爸！爸爸！"

麦奇士摇了摇头："朱警官，何必呢？"

朱亚军豁出去了，扯开嗓门骂道："要杀就痛快点！你这样折磨我算什么英雄？"

"杀是肯定要杀的，"麦奇士面无表情地道，"毕竟你还欠我五千万。只是你想死得痛快，我倒不能让你如愿。"

他说到这里，转头看了潘小岳一眼。潘小岳会意，走向房间的某个角落。

那里放着一个用黑布盖着的物件，大概半米高，宽度则有一米多，被黑布遮着，朱亚军也不知道那是什么。

只见潘小岳走到那物件前方，掀开黑布。刹那间，朱亚军倒抽了一口凉气。

黑布所盖着的，竟然是一口铡刀。

麦奇士看到朱亚军的脸上掠过一丝恐惧，心中颇为得意。只见他嘴角一扬，语气森然："你还欠我五千万，所以我只会再杀一个人。最后要死的这个人，将会被这口铡刀铡掉脑袋。"

朱梓聪一听，霎时间吓得脸色苍白，被绳子紧绑着的身体也不由自主地抖动起来。

与此同时，朱亚军大喝："少废话！杀了我，放了我儿子吧！"

麦奇士皱了皱眉，向朱亚军的右腿也开了一枪，子弹射中了朱亚军的右小腿。如此一来，朱亚军双腿都中了枪，再也站不起来了。

"我没叫你说话的时候，你就没资格说话。你每说一句话，我就对你开一枪。"麦奇士的神情就像那些玩弄着半死老鼠的猫一般。

朱亚军怒火中烧，紧紧地咬着嘴唇，甚至咬破了下唇，鲜血直流。

只见麦奇士一步一步地走到朱梓聪身前，冷然一笑，问道："孩子，要不你来选吧？是你死，还是你父亲死？"

一时之间，朱梓聪不知如何回答。他当然不想父亲死，但他自己也对死亡充满恐惧。他只是一个二十出头的小伙子，在今天之前，从来没有想过自己竟然要面对这样的问题。

望着自己受伤的父亲，"我死"两字几乎要脱口而出了，可话到唇边，朱梓聪却始终说不出口。他一看到那锋利无比的铡刀，就全身发颤，只感到一阵阵寒意顺着背脊直泻下来。

自己不敢去死，但"让我爸去死"这句话他也说不出口。毕竟那是生他养他的父亲。母亲和妹妹都已经不在人世了，现在他就只剩下父亲一个亲人了。他怎能亲口把父亲送到铡刀之下？

朱亚军瞧出了儿子的心思，明知道麦奇士要对自己开枪，还是忍不住耗尽最后的力气喊道："儿子！别再让他们折磨我了……"

他说到这里，麦奇士又对他的左肩开了一枪。朱亚军忍着疼痛，硬生生地把自己要说的话说完了："快说选我！快！"

朱梓聪红着眼睛大吼道："我选我爸！啊——"

第 三 章

蛊　惑

朱梓聪不知道自己最后是怎么离开那个房间，又是怎么跌跌撞撞地离开莱茵湖畔小区，回到家中的。

他一个人待在客厅里，只觉得房子里空荡荡的，没有半点声响。

他想起昨天晚上自己还跟妈妈一起吃饭，饭后两个人在客厅边看电视，边谈天说地，想到这样的情景永远不会再出现了，只觉得心脏似被插入利器，痛不欲生。

如果一切只是一场噩梦，梦醒了，爸爸、妈妈和妹妹便会回来，那该多好？

然而朱梓聪又清楚地知道，这一切都是真的，无法更改。

他就这样坐在客厅里，胡思乱想，大脑混乱不堪。他想起无数往事，越想越难受。当他回过神来的时候，只觉得恍如隔世。

他看了看墙上的挂钟，此时离他回到家只过了一个多小时。

霎时间，朱梓聪感到绝望无比。我以为时间已经过了好久好久，没想到才过了一个小时！漫漫长夜，我要怎样熬过去？哪怕熬过了今天，明天呢？后天呢？

　　一想到自己以后要孤独地生活在这间房子里，度日如年，朱梓聪就感到心如死灰。

　　不如去死吧。死了，就不用再承受这样的煎熬了。

　　想到可以在刹那间摆脱这种无穷无尽的痛苦，朱梓聪突然有些兴奋。

　　是呀，死了，就不用再承受这些痛苦了。

　　"爸爸，对不起，我让你失望了。"朱亚军死前曾叫朱梓聪坚强地活下去，可是朱梓聪现在发现，自己真的办不到。

　　他心神恍惚地走出家门，也没有乘坐电梯，就通过楼梯一步一步地走到了天台。

　　他喘着气，踏着沉重的步子，来到了天台的边沿。他知道今天上午他的妈妈就是在这里结束自己的生命的。

　　"只要从这里跳下去，那么所有痛苦就都结束了。"朱梓聪想到这里，向前踏出一步。向下俯视，又心中胆怯。

　　他迟疑片刻，终究没有自杀的勇气，本想放弃，但想起空荡荡的家里，霎时间又悲从中来。

　　"爸爸……妈妈……妹妹……"他终于下定决心，"我现在就来陪你们了……"

　　他正想纵身一跃，一了百了，却忽听身后传来一个男子的声音："你爸爸不是让你好好活着吗？他才死了两个小时，你就忘了他的话？"

　　朱梓聪哪能料到身后有人？这一惊实在非同小可。他猛地转头一看，只见身后站着一个黑衣男子。

　　借着月光，朱梓聪看到这个黑衣男子三十来岁，面容异常清秀。他的一头黑发微卷，几缕头发在眼前微微晃动，双眉细长，眼眶尖锐，两眼闪烁着冰冷的光芒，右耳上戴着一颗颇为夺目的黑色宝石。

朱梓聪咽了口唾沫，颤声问道："你是谁？"

黑衣男子没有回答，一步一步地向朱梓聪走来。朱梓聪有些害怕："你……你想怎样？"

黑衣男子走到朱梓聪身前，轻轻一笑，从口袋中掏出了几张照片，拿起其中一张在朱梓聪面前晃了晃。朱梓聪一看，照片中的长发男子左脸极为俊雅，右脸丑陋无比，正是刚才害死父亲的大毒枭。

朱梓聪还没说话，只听那黑衣男子说道："这个人叫麦奇士，是一个名叫鬼筑的犯罪组织的成员，代号黑桃J。他就是害死你父母和妹妹的主谋，对吧？"

朱梓聪咬了咬牙，恨恨地道："是！"

黑衣男子又依次向他展示了其余三张照片，上面正是他今日在莱茵湖畔小区那个房间里见过的黑桃9易郁涵、黑桃7汪叶瞳和黑桃6潘小岳。

朱梓聪想起惨死的家人，双眼之中似乎要喷出火焰。

黑衣男子微微地吸了口气，正色道："这四个人，害死了你的父母和妹妹，实在是罪大恶极。如果你现在一死了之，那么谁去为你的家人讨回公道？"

"讨回公道？"朱梓聪一愣，"怎么讨回公道？"

"当然是杀死他们四个，让他们血债血偿。"黑衣男子理所当然地说。

朱梓聪苦笑一声："可他们是警察都抓不到的毒贩，让我去杀了他们不是天方夜谭吗？我连他们在哪里都不知道。"

黑衣男子淡淡一笑："如果你下定决心，要亲手为家人报仇，我可以协助你。我不仅可以帮你把他们找出来，还可以为你制定一个完美的计划，让你把他们逐一杀死。"

朱梓聪听黑衣男子这样说，不禁警惕起来："你是谁？为什么帮我？"

"赏善罚恶，是我一直在做的事。"黑衣男子莞尔一笑，淡淡地道，"至于我的名字嘛，你可以称呼我为'活尸'。"

"活尸"，真名司徒门一，是一个天才罪犯，擅长制定各种犯罪计划。他的杀人计划天衣无缝，从来没有被警方破解过，因此被列为A级通缉犯。但他从来不会亲手杀人，只会引导其他人，并为他们制定杀人计划。借他人之手，惩罚那些罪有应得的罪犯。

司徒门一跟犯罪组织鬼筑有各种过节，最近几年他一直在跟踪、调查鬼筑的成员。麦奇士、潘小岳、汪叶曈和易郁涵对朱亚军展开的报复行动，全程都在他的监视之下。现在，他打算利用朱梓聪心中的恨意，制裁这四个杀人无数的恶魔。

"活尸？"朱梓聪只是个普通的年轻人，除了父亲是警察外，跟黑白两道的人都沾不上边，自然没有听过"活尸"这个外号，神色不禁有些疑惑。

"实际上，我是谁并不重要，重要的是，我可以协助你复仇。怎么样？你想复仇吗？"

朱梓聪确实想要杀死麦奇士等人，为父母和妹妹报仇，可是心中又无比害怕，而且他对司徒门一还抱有怀疑，不禁迟疑不决。

司徒门一瞧出了他的心思："你怕我骗你吗？哈哈，你已一无所有，还有什么值得我骗的？还有什么是可以失去的？

"你的父亲是一个英雄，最终却落得个家破人亡的下场，凶手却逍遥法外，继续制毒害人。你觉得你的父亲在九泉之下，能瞑目吗？"

司徒门一说着，轻轻叹了口气，低语道："只要你愿意，你可以杀死这四个人渣，为你的父亲报仇，同时也可以阻止他们继续害人，让你的父亲为你而感到自豪，也可以得到安息。"

朱梓聪觉得这个人的话似乎蕴含着一股魔力，说到了自己的心坎里。是的，他一直以父亲为荣，也曾想过长大后要像父亲那样，当一名警察，除暴安良，让父亲也为自己感到自豪。然而现在，父亲不在了，自己似乎再也没有这样的机会。

"不对，只要我杀死了那四个坏人，哪怕父亲不能亲眼看到，也会为我感到自豪的！"朱梓聪想到这里，似乎终于下定了决心。

司徒门一趁热打铁，继续蛊惑道："除了你的父亲，你的母亲和妹妹，也会以你为荣的。来吧，就由你来审判这四个恶贯满盈的恶魔吧，就由你来亲手为你的家人报仇，让他们得到安息吧。"

朱梓聪咬着牙道："好！"

司徒门一满意地一笑。这样一来，这个男生就成为他所策划的杀戮游戏的主角了。游戏即将开始，还真让人期待呀。

只听朱梓聪接着问道："我们什么时候动手？是逐个击破吗？"

司徒门一摇了摇头："这些犯罪分子十分狡猾，你掳走或者杀掉其中一个，剩下的三个就会闻风而逃，到时候想再把他们揪出来，就难上加难了。"

"那我该怎么办？"朱梓聪皱眉问道。

"我们需要等待一个机会，把他们一网打尽。"司徒门一看了朱梓聪一眼，成竹在胸地说，"不要着急，只要你严格执行我的计划，我可以向你保证，他们一个也逃不掉。"

司徒门一的语气中带着令人信任的力量。朱梓聪点了点头："好，我都听你的，活尸先生。"

司徒门一向前一步，来到天台的边沿，把手中的四张照片使劲甩了出去。

"黑夜已经降临了。"他抬头仰望着月光，喃喃道，"接下来，就让那些罪有应得的人在黑暗中灭亡吧。"

第 四 章

漩　涡

这天晚上，汪叶瞳独自吃过晚饭，走在一条灯光昏暗的小路上。她戴着一顶鸭舌帽，还戴了太阳眼镜和口罩，尽量遮住自己的面容，毕竟她是一名通缉犯。

她走路的速度不快，走起来还一瘸一拐，因为她的左脚曾经中枪，脚骨被子弹击碎了。

一个多月前，她的上级麦奇士指派她参与一个"报复G市缉毒队队长朱亚军"的计划。在这个计划中，她需要制作一支毒性极为强烈的毒针。

计划十分成功，朱亚军的妻子和女儿相继死亡，其中朱亚军的女儿朱情茹，就是被汪叶瞳所制作的毒针刺中手指而亡。

她虽不愿意这样做，可是代号黑桃J的麦奇士是她的上级，她必须听命于他，对于他的任何命令，都不得有异议。

两天前，她又收到了麦奇士的指令，让她今晚到光荣路的一间平房内参加一次秘密会议。她知道，麦奇士又要她去执行那些惨绝人寰的犯罪计划了。

汪叶瞳不禁长叹了一口气。

此时她已走到麦奇士所指定的那间平房前，定了定神，吸了口气，一步一步地走了进去。

平房内有一个二十来岁的男子，个子不高，看起来油头滑脑。

这男子叫胡洪锋，是麦奇士制毒集团中的一名主力成员，也是麦奇士的得力助手。

胡洪锋此前并没有见过汪叶瞳，他只是一名普通的鬼筑成员，平时根本没有机会跟黑桃会的成员见面。但他听说过汪叶瞳的事，也知道汪叶瞳今晚会来。此时他看到眼前这个女子没有左臂，左腿又是瘸的，自然猜到了她的身份，笑着跟她打招呼："叶瞳姐，晚上好。"

汪叶瞳看了胡洪锋一眼，淡淡一笑："你是？"她的内心虽然阴沉黑暗，但表面上对人十分友善，总是一副温柔可人的样子，让别人对她疏于防范，这是她也在鬼筑中生存的一项重要武器。

"我叫胡洪锋，现在在帮麦哥管理他的公司。"胡洪锋自我介绍道，"麦哥还没到，你先坐一会儿吧。"

汪叶瞳点了点头，坐了下来。

"要喝水吗？"胡洪锋递给汪叶瞳一瓶矿泉水。

"不用了，谢谢。"对方身份不明，汪叶瞳哪里敢喝他提供的矿泉水？汪叶瞳自己就是毒药高手，对于来历不明的水源和食物更加警惕。

"不用客气嘛，我买了一箱呢。"胡洪锋十分热情，硬把矿泉水塞到汪叶瞳手里。

"谢谢。"汪叶瞳笑了笑，把矿泉水放在桌子上。

汪叶瞳对于胡洪锋的过度热情有些厌烦，于是扯开了话题："黑桃J什么时候到？"

"麦哥吗？应该快到了吧？"

"对了，"汪叶瞳试探着问，"你知道黑桃J找我来干什么吗？"

麦奇士制毒集团的成员也来了，难道这次的任务跟毒品有关？

果然，胡洪锋说道："麦哥好像是想请你协助他进行一宗交易呢。"

她顿了一下，又问："除了我，黑桃J还叫了什么人？"

"据我所知，还有黑桃6潘大哥，以及黑桃9郁涵姐。"

"他们？"汪叶瞳不禁想起了一个多月前她和麦奇士、潘小岳、易郁涵联手向朱亚军展开报复的事，心中思忖为什么麦奇士要叫上自己和他们去执行这个任务。这次任务是贩毒，明明有其他更合适的人选。

"叶瞳姐，你在想什么呢？"胡洪锋笑问，打断了汪叶瞳的思索。

汪叶瞳心想着关你什么事，表面却不动声色，微笑道："我在想其他人怎么还没来呢？"

她话音刚落，只见一个女子走进平房，正是黑桃9易郁涵。

胡洪锋一见到易郁涵走进来，连忙迎上去："这位一定是郁涵姐了。郁涵姐晚上好，没想到你这么漂亮，真是闻名不如见面呀。"

易郁涵性格冰冷，不喜说话，听到胡洪锋油腔滑调地跟自己打招呼，只是瞥了他一眼，没有回答。

胡洪锋见易郁涵不理会自己，有些尴尬，只好继续自我介绍："我叫胡洪锋，是麦哥的……"

易郁涵打断了他的话："黑桃J呢？"

"还没到呢。"胡洪锋答道。

易郁涵看了看手表，不悦地道："不是说好八点集中吗？现在已经八点零五分了。"

汪叶瞳接着她的话说道："潘小岳也迟到了。"

易郁涵咦了一声："黑桃6也要来？"她自然也想到了一个月前杀

害朱亚军及其妻女的那次行动了。

"是的，麦哥跟我说，他约了叶瞳姐、郁涵姐和潘大哥三位，让我早点过来，接待你们。"胡洪锋说道。

易郁涵看了看胡洪锋："他叫我们过来干什么？"

"我听麦哥说他明天要去进行一宗毒品交易，打算叫上你们一起过去帮忙……"

易郁涵冷冷地道："他去交易跟我们有什么关系？他的制毒集团里有那么多手下，为什么偏偏要找我们？是觉得我太闲了吗？"

汪叶瞳也附和道："就是呀，虽然我擅用毒，但此毒非彼毒，毒品交易的事我也不懂呀。"

胡洪锋嘴唇微张，欲言又止，他犹豫了一下，最终还是说道："实际上，麦哥不是要去交易毒品，而是要去杀人。"

"杀人？"易郁涵秀眉一蹙，"杀什么人？"

汪叶瞳也一脸疑惑。

胡洪锋却有些后悔自己说多了："具体情况我也不太清楚，总之就是在交易的时候杀个人吧，唔，还是等麦哥来了亲自跟你们说吧。"

易郁涵却不依不饶："杀个人，用枪不就可以了吗？为什么非找我们不可？"

胡洪锋奉承道："用枪杀人，多没技术含量呀。郁涵姐用催眠术杀人，叶瞳姐用毒药杀人，你们两个都能杀人于无形，这才是真正的高手！麦哥叫上你们来帮忙，我们真是如虎添翼，战无不胜！"

他话语甫毕，只听身后一个男子冷冷地说道："那我呢？"

胡洪锋回头一看，只见身后站着一个男子，脸上戴着一张只露出眼睛、鼻孔和嘴巴的白色面具，正是黑桃6潘小岳。

胡洪锋突然看到潘小岳那张诡异的面具，不禁吓了一跳，但他反应颇快，马上就回过神来，笑道："潘大哥你除了计算机技术高超，不是还擅长表演杀人魔术吗？交易的时候潘大哥变个魔术，对方的脑袋就不见了，哈哈！"

此时潘小岳听到胡洪锋跟自己开玩笑，却冷哼一声，没好气地道："我们每个人都有自己的事要做，黑桃J整天叫我们帮他做这做那，到底想怎样？"

"这……这……"胡洪锋见潘小岳发怒，战战兢兢地道，"我也不知道啊，这都是麦哥安排的。"

易郁涵看了潘小岳一眼，冷笑一声："你可以把黑桃J干掉呀，这样便可以取代他的位置，还能命令我和叶瞳呢。"

潘小岳咽了口唾沫，怫然道："开什么玩笑！"

"怎么啦？害怕啦？怕被黑桃J听到吗？"易郁涵一脸鄙视地说，"胆子这么小，就乖乖听话吧，别抱怨了。"她跟潘小岳本来也没什么过节，只是见他总是戴着一张面具，装模作样的，对他印象极差，此时有此机会便忍不住出言讽刺。

"喂！你怎么说话呢？"潘小岳大步走到易郁涵身前。

"干吗？想打我吗？"易郁涵紧紧地盯着潘小岳的眼睛。

不知道为什么，潘小岳忽然觉得自己的思维有些短路。突然，他心中一凛，想起易郁涵是催眠高手，心中不寒而栗，连忙低下了头，不敢再看易郁涵的眼睛。

与此同时，胡洪锋也走过来打圆场："哎呀，两位大哥大姐别吵啦，你们都是黑桃会的精英。我听说能加入黑桃会的人都智商极高，对吧？像我这种智商平平的人，恐怕是一辈子也没机会加入黑桃会啦，哈哈！"

汪叶瞳心中叹气："如果你想要，我倒愿意把黑桃7的代号让给你，然后找个没人认识我的城市，平淡终老。"然而她也知道这个愿望对她来说只是奢望。

易郁涵也不跟潘小岳争吵了，看了看手表，不耐烦地道："已经八点二十分了，黑桃J怎么还不来？胡洪锋，你给你老大打个电话吧。"

胡洪锋哪里敢打电话催麦奇士？他支支吾吾地道："这个……你们再稍等一会儿吧，麦哥应该快到了。"

"好，那我再等十分钟，如果他还不来，我就先走了。"易郁涵面无表情地道。

接下来，四个人都没有说话，平房内鸦雀无声。

数分钟后，却见两个人走进平房，其中一人半边脸毁了容，正是鬼筑黑桃会的黑桃J——麦奇士。

跟麦奇士一起走进来的是一个身材高大的男子，年纪看上去比麦奇士小一点。

他名叫贝富齐，是麦奇士的贴身保镖。在麦奇士刚加入鬼筑的时候，就已经跟随着麦奇士了，一直以来对麦奇士忠心耿耿。

胡洪锋看到麦奇士和贝富齐来了，松了口气："麦哥，齐哥，你们来啦？"

潘小岳和汪叶瞳也向麦奇士点了点头，易郁涵则只是看了麦奇士一眼。

贝富齐上前一步，向众人抱拳道："各位，今晚辛苦大家跑这一趟了。"

麦奇士性格冷漠，不喜说话，贝富齐除了是他的贴身保镖，还是他的代言人，平时负责向制毒集团成员转述他指派的各种任务。

但潘小岳、汪叶瞳和易郁涵此前并没有见过他。所以他先自我介绍道："你们好，我是麦哥的保镖，我叫贝富齐，三位请多多指教。"

汪叶瞳微微一笑："你好，贝大哥。"

潘小岳也跟贝富齐打了个招呼。

易郁涵却有些不满地说："好了，都几点了？快说正事吧。"

"今晚麦哥之所以把三位请来，是想三位协助我们办一件事。"贝富齐清了清嗓子，娓娓道来，"简单地说，明天我们要去跟一个叫吴骐畅的人进行一宗交易。这个吴骐畅，是一个贩毒团伙的头目，曾多次向我们购买毒品。但是明天的交易，我们不会带'货'过去，因为我们唯一的目的就是杀了他。"

汪叶瞳听到这里，微微一愣，问道："为什么要杀他？"

贝富齐继续讲述："是这样的，最近一年L市内冒出了一个新的制毒团伙，头目叫高维翰。他曾经是麦哥的手下，后来背叛了麦哥，自立门户。现在，他想打压我们，甚至击垮我们，这样他便可以独吞L市内的制毒生意了。

"几个月前，麦哥在一座茶山上建了一个制毒窝点。唉，也是我的失误。当时我以为吴骐畅也算是我们的老客户了，应该比较值得信任，于是在和他交易之后，顺便带他参观了我们这个制毒窝点。

"没想到，两个月后，这个窝点就被警察捣毁了，麦哥因此损失了几千万。我查了几个月，收买了吴骐畅的一个手下，才知道向G市缉毒队匿名举报的人，正是吴骐畅。"

潘小岳已经猜到了："是高维翰让他这样做的？"

贝富齐颔首："高维翰想要击垮我们，于是私下联系吴骐畅，向他承诺，只要他可以重创我们集团，以后就长期低价向他提供毒品。这个吴骐畅也真是见利忘义，很快便跟高维翰达成了合作关系……"

胡洪锋听到这里，忍不住打断了贝富齐的话："混蛋！原来举报我们的人就是吴骐畅啊！这个'人渣'！吴骐畅，高维翰，还有捣毁我们窝点的那些警察，全都不能放过！"

贝富齐笑了笑："当时带队捣毁我们窝点的警察叫朱亚军，是G市缉毒队的大队长。之前麦哥在残月岛上的制毒工厂也是他联系了特警队捣毁的。一个多月前，麦哥已经把朱亚军和他的家人都干掉了。当时，在座的易小姐、汪小姐和潘先生也出手了。"

麦奇士神色冰冷，一言不发。易郁涵则有些不耐烦地说："好了，闲话少说吧。贝先生，接下来怎么了？"

贝富齐点了点头，继续道："朱亚军我们已经干掉了，剩下的吴骐畅和高维翰，我们自然也不能放过。我们打算先杀吴骐畅。不过这个人行踪不定，于是，上周麦哥让我打电话告诉他我们最近缺钱，可以低价向他提供一批'货'。吴骐畅还不知道我们已经发现了他举报麦哥的事，一听我们说要低价提供毒品，果然上当，一口答应了这宗交易。"

"什么时候交易？"易郁涵问。

"明天中午。"贝富齐说到这里，快速地看了一眼汪叶瞳、易郁涵和潘小岳，"明天只要吴骐畅一现身，我们就立刻杀了他，这是我们这次'交易'中唯一的任务。"

潘小岳想了想，问道："为什么不先杀高维翰？他先背叛黑桃J，接着又指使吴骐畅举报我们，不是更可恨吗？"

贝富齐点了点头："是的，他更加可恨，但是麦哥说，先杀高维翰会打草惊蛇，吴骐畅一收到高维翰被杀的消息，就会闻风而逃，到时候我们就很难再揪出他了。所以我们决定先杀吴骐畅，隐瞒他被杀的消息，再慢慢对付高维翰。"

潘小岳摇了摇头："吴骐畅肯定不会一个人去交易，我们杀了他自然会走漏风声。"

贝富齐森然一笑，道："那如果和吴骐畅一起去交易的人全都死了，就没有人知道'吴骐畅被杀'这个消息了。"

他说完，易郁涵、汪叶瞳、潘小岳和胡洪锋都明白了他的意思，霎时间心中一寒。

贝富齐扫了众人一眼，接着说："明天去进行'交易'的，就是我们这六个人。具体计划，我和麦哥今晚会敲定，明天再详细告诉大家。"

"还要什么计划？"胡洪锋义愤填膺，"到时候一见到吴骐畅和他的手下，我们直接开枪毙了他们不就行了！"

贝富齐摇了摇头："这样太冒险了。第一，我们并不知道吴骐畅会带多少人去交易，如果他们在人数上占了优势，贸然交火对我们不利；第二，一旦发生枪战，我们不能保证没有漏网之鱼，万一有人逃掉了，吴骐畅的死讯就会不胫而走；第三，如果吴骐畅把交易的事告诉了留守的人，那我们即使杀了吴骐畅带去交易的所有人，其他人见吴骐畅没回去也能猜到他遇害了，同样可能公开吴骐畅的死讯。"

胡洪锋猛抓脑袋："那怎么办呀？还要想一个两全其美的办法。"

贝富齐看了看一直没有说话的麦奇士，再次对众人道："麦哥已经制定好一个计划，今晚我和麦哥敲定一些细节后，计划就完成了，到时候大家只要严格执行计划，自然就可以顺利干掉吴骐畅和他的手下们。"

此时汪叶瞳问道："贝大哥，明天咱们几点出发？"

"凌晨五点，就在这里集中，再一起开车过去。"贝富齐答道。

"五点？"胡洪锋讶然，"不是中午才交易吗？这么早过去干什么？"

"知己知彼，百战不殆。"贝富齐泰然一笑，"我们提前过去熟悉环境，才能在'交易'时控制全局。"

汪叶瞳点了点头："那今晚要早点儿睡了。唉，我这几天晚上都失眠，如果今晚也睡不着就糟了。郁涵姐，你能不能把我催眠了，让我瞬间入睡呀？"

易郁涵浅浅一笑："可以试试。"

潘小岳接着问贝富齐："交易地点在哪里？"

贝富齐却卖了个关子："明天就知道了。"

易郁涵听贝富齐这样说，忍不住要发作，她白了麦奇士一眼，冷冷地道："什么都不跟我们说，让我们怎么帮忙？既然对我们都不信任，又何必找我们一起去呢？"

她如此公然顶撞麦奇士，众人都为她捏一把汗。

只见麦奇士站起来，一步一步走到易郁涵的身前，紧盯着她，目光锐利，似会喷射出无数尖针。易郁涵却毫不畏惧，回望着麦奇士的双眼，神色冰冷。

屋内一时充满火药味。潘小岳和汪叶曈深知麦奇士在黑桃会中的权力远远大于自己，此刻都不敢帮易郁涵说话。

要知道，鬼筑黑桃会中各人的职位高低十分重要，下级要绝对听令于上级。像黑桃J这种位高权重的职位，麦奇士哪怕要杀了他们，"大鬼"也不会反对。同样道理，作为鬼筑最高领导者的"大鬼"也可以毫无理由地杀死麦奇士。

易郁涵极为痛恨权势，虽然自己也是黑桃会中的一员，对于黑桃会的这种等级制度却不屑一顾。

贝富齐见麦奇士的眼中杀气腾腾，生怕他突然掏出手枪击毙易郁涵，连忙站到他们中间，对易郁涵道："易小姐，你不要生气，麦哥暂时对各位有所保留，其实也是为了保护大家的安全。你们也知道吧？现在的人皮硅胶面具，已经可以做到以假乱真了。也就是说，在座的各位，不能保证就是本人啊。"

胡洪锋见贝富齐打断了麦奇士和易郁涵的对峙，连忙附和道："齐哥说得对，如果我们之中真有内鬼，现在公布交易地点确实对其他人不利呀。"

潘小岳冷冷地道："人皮硅胶面具？哪有这么神，我就不信某个我所不认识的人，能戴着这种鬼玩意儿骗过我。"

贝富齐心想，我在调解麦哥和易郁涵的矛盾，你来捣什么乱？他心中有气，于是对潘小岳出言讽刺："潘先生，要冒充其他人，还需要一张硅胶面具，但要冒充你，连硅胶面具都省了，有你这张面具就可以了。"

潘小岳冷笑道："你倒试试看呀，看看能不能取走我的面具。"他对麦奇士颇为忌惮，但对他这个保镖却不怎么服气。他可是黑桃会的成员之一，一个保镖凭什么对他指手画脚？

贝富齐笑了笑，悠悠地道："潘先生，要冒充你并不困难吧？你不是曾被人替代过一段时间吗？"

原来，活尸司徒门一曾经掳走过潘小岳，把他囚禁起来，并且把他的面具、衣服和手机卡寄给了一个名叫慕容思炫的侦探。这个慕容思炫戴上了潘小岳的面具，冒充潘小岳潜入鬼筑内部，试图给鬼筑致命一击。直到司徒门一释放了潘小岳，他才重获自由，取回了自己的身份。

这件事被潘小岳视为奇耻大辱，此时他听贝富齐用这件事来嘲讽自己，怎么还忍耐得住？提高嗓门喝道："贝富齐，你有什么资格这样跟我说话？我们是黑桃会的成员，而你只是黑桃J身边的一条狗！"

众人听他如此辱骂贝富齐，不禁一同望向贝富齐。

贝富齐不急不躁，从容道："潘先生，我当然没有资格跟你们这样说话，也没有资格给你们指派任务，我今晚所说的话，都是代表麦哥说的，如有得罪，请多多包涵。"

他说罢还向潘小岳抱了抱拳。

这样一来，潘小岳生气也不是，不生气也不是，不知道如何回答。

汪叶瞳劝道："好啦，小岳哥，别吵了，大家都是在为组织办事嘛。"

胡洪锋连忙附和："对，和气生财嘛。"

潘小岳这才哼了一声，不再说话。

易郁涵瞥了贝富齐一眼，冷冷地问："你说完了没有？说完我要走了。"

贝富齐问众人："大家还有其他问题吗？"

汪叶瞳和胡洪锋都摇了摇头，潘小岳也默然不语。于是贝富齐转头向麦奇士问道："麦哥，那么今晚的会议就到此结束吧？"

麦奇士点了点头，脸上没有丝毫表情。

贝富齐最后对众人道："明天早上五点整，我们就在这里集中，请各位尽量不要迟到。"

易郁涵哦了一声，不再多说什么，径自走出平房。潘小岳瞧也不瞧贝富齐一眼，只是向麦奇士点了点头，便跟着易郁涵走了出去。

胡洪锋笑道："哎呀，潘大哥和郁涵姐的脾气还真大呀。"他说罢看了看汪叶瞳，"还是叶瞳姐平易近人。"

汪叶瞳嫣然一笑，接着对麦奇士和贝富齐道："麦哥，齐哥，那我也先走啦。"

麦奇士没有回答。贝富齐则笑了笑："路上小心。"

现在平房里只剩下麦奇士、贝富齐和胡洪锋三个人了。

"小胡，你不回去吗？"贝富齐向胡洪锋问道。

胡洪锋嗯了一声，问贝富齐："齐哥，明天的计划到底是怎样的？你先跟我说说嘛。"

"明天前往交易地点的途中，我再详细告诉你们吧。"

胡洪锋见贝富齐不说，也不敢勉强："好嘞！不管是什么计划，我都有信心可以干掉吴骐畅这个混蛋！哼，当时如果不是我运气好，早就被警察抓住了！不把他干掉，我就不姓胡！"

原来，当时帮麦奇士在G市和L市之间的那座茶山上新建制毒窝点并进行管理的人，正是胡洪锋。收网那天，胡洪锋刚好不在茶山上，这才侥幸逃过了警方的抓捕。

窝点被捣毁后，麦奇士让胡洪锋到外地躲避了一段时间。直到两周前，胡洪锋才回到L市来。

此时只见贝富齐笑了笑："小胡，明天千万不要冲动，一切行动都要按照麦哥的指示，明白吗？"

"这个当然！"胡洪锋信誓旦旦地说，"有麦哥和齐哥在，我就不用带脑子过去了，哈哈！"

贝富齐拍了拍胡洪锋的肩膀："好了，你早点儿回去休息吧，明天好好干。"

"好嘞！"胡洪锋站直了身子，恭恭敬敬地向麦奇士鞠了个躬，"麦哥，那我先走啦。"

麦奇士淡淡地嗯了一声，算是回答。

胡洪锋离开后，贝富齐问道："麦哥，明天的'交易'为什么要叫上小胡呀？"

麦奇士看了贝富齐一眼，淡然问道："你觉得他怎么样？"

贝富齐摇了摇头："油腔滑调的，不太靠谱。我总觉得他是成事不足，败事有余。"

他说到这里，轻轻地吁了口气："唉，如果阿醒还在，哪里轮得到他上位？"

贝富齐所说的"阿醒"，全名叫梁醒。

麦奇士、贝富齐、梁醒和另一个男人，四个人从小就结拜为兄弟。后来麦奇士加入了鬼筑，贝富齐和梁醒也跟着他加入鬼筑，而剩下的那个兄弟，则没有加入。

麦奇士加入鬼筑后，凭着自己的高智商，在鬼筑中平步青云，很快得到了"大鬼"的赏识，成了黑桃会中的成员，代号黑桃J，还接管了鬼筑旗下的制毒集团，成了这个制毒集团的首脑。

作为大毒枭，警察想要抓捕他，同行也想把他置于死地，麦奇士随时随刻都可能遭遇危险。刚好贝富齐身手极好，是个散打高手，便成了麦奇士的贴身保镖，基本和他形影不离。

虽然有贝富齐保护自己，但以防万一，麦奇士还是极少露面。于是，梁醒便负责为麦奇士贩卖毒品，以及处理制毒集团中的各种事务。

梁醒作为麦奇士的头马，当然也是多地警方的重点打击目标，只是他极为狡猾，一直以来警方都未能掌握他贩毒的证据。

当时胡洪锋是梁醒的得力助手。

半年前，G市特警队收到朱亚军的通知前往残月岛捣毁制毒工厂，当时梁醒也在岛上，混战之中被特警击毙。所以，后来麦奇士向朱亚军展开报复，不仅是因为他通知特警队捣毁了自己的制毒工厂，还因为自己的结拜兄弟梁醒因此而死。

再说当时，梁醒死后，麦奇士指派梁醒的助手胡洪锋接管梁醒的工作，并且让胡洪锋到茶山上重建制毒窝点。从那时起，胡洪锋才有机会接触麦奇士。

此时麦奇士听贝富齐提起梁醒，似乎也有些感触："阿齐，阿醒已经走了，这是无法改变的事实。小胡虽然有些毛糙，但也算是可造之才，要多给这些小辈们一些机会。"

贝富齐点了点头："我知道了。"

"走吧。"

两个人走出了平房。黑夜之中，贝富齐并没有发现，不远处有一双眼睛在监视着他们。

同一天晚上，一辆黑色悍马在公路上疾速行驶。

开车的是一个四十来岁的男子，头发油腻，目光锐利，一双小眼睛骨碌碌地盯着前方。

他叫吴骓畅，是L市内一个贩毒团伙的头目。他手下有数十名"下线"帮他在L市内各大酒吧、KTV等娱乐场所散货。

　　L市缉毒队一直在通缉吴骐畅，但他行踪隐秘，处事又十分谨慎，所以警方一直没能抓到他。

　　此时，他开车来到仙湖公园，把车停在公园西门外，下车走到附近的洗手间，只见一个男子站在洗手间门外。

　　那男子不到三十岁，个子不高，但身材十分结实。

　　吴骐畅左右望了望，便向那男子走去。男子听到脚步声，抬头一看，见是吴骐畅，笑道："吴哥，好准时啊。"

　　吴骐畅点了点头，走到男子身前拍了拍他的肩膀："小陈，好久不见啦。"

　　男子名叫陈盛，是一名杀手。

　　吴骐畅不仅是一名毒贩，同时还经营着几家夜店。三年前，一个外号"大哥强"的竞争对手收买了其中一家夜店的老鸨，带走了那家夜店中的大部分小姐，令夜店无法营业。吴骐畅怀恨在心，决心要报复大哥强。

　　不久后，吴骐畅在跟麦奇士的头马梁醒交易时提起了这件事。于是梁醒给了他一个杀手的手机号码，还说这个杀手做事干净利落，收费又比较合理，十分靠谱。

　　梁醒向吴骐畅所介绍的这个杀手，便是陈盛。

　　当时,吴骐畅联系上陈盛后跟他说自己是梁醒的朋友，并且委托他杀死大哥强。陈盛听吴骐畅说是梁醒介绍的，爽快地接受了委托。吴骐畅问陈盛要多少订金。陈盛却说："阿醒的朋友就是我的朋友，杀个人而已，要什么订金呀？"

　　不到三日，陈盛便杀死了大哥强，而且果然没有在案发现场留下任何痕迹，让警方的调查陷入了僵局。

　　接下来这几年，吴骐畅又跟陈盛合作过几次，陈盛每次都能出色地完成委托，没有给吴骐畅留下任何麻烦。

　　今天晚上，吴骐畅约陈盛在仙湖公园西门附近的洗手间见面。

陈盛自然知道，吴骐畅约自己见面，肯定是要委托自己杀人，但此时仍然笑着问道："吴哥，您把小弟叫出来，是不是有什么要关照小弟的？"

吴骐畅点了点头："小陈，我想你帮我干掉一个人。"

"可以。"陈盛爽快地答应了，但接着又说，"不过……"

吴骐畅双眉一蹙："不过什么？"

陈盛皮笑肉不笑地道："吴哥，最近物价上涨，所以嘛，我这边的收费也相对提高了，现在是二十万一个哦。"

吴骐畅想也不想便说："我可以给你三十万！"

陈盛微微一怔，随即笑嘻嘻地道："哎呀，吴哥，您真是太客气啦！您是老客户，我怎么好意思多收您的钱呢？二十万就可以了……"

吴骐畅摇了摇头："我之所以出三十万，是因为这次要干掉的人非同小可。"

陈盛咦了一声，好奇地问："谁呀？"

"你听说过鬼筑吧？"

陈盛怔了一下，点了点头："听过。"

"那你应该也听说过鬼筑的黑桃会吧？"

"嗯，也听过。"陈盛咽了口唾沫，"我听人家说，鬼筑黑桃会里的人，个个都是狠角色。吴哥，你不会是想……"

吴骐畅颔首："我想你帮我干掉黑桃会的黑桃J——麦奇士。"

"啊？"陈盛一听麦奇士这个名字，脸色大变。

"你认识麦奇士？"吴骐畅奇道。

陈盛回过神来，点了点头："他是阿醒的老大嘛，我以前听阿醒说过。"

"噢！对。"吴骐畅都差点忘记陈盛跟梁醒是认识的了。

他舔了舔嘴唇，接着说道："我知道你跟梁醒是朋友，但梁醒已经不在了，所以现在要你干掉他的老大，也没什么关系了，对吧？"

陈盛嗯了一声："我向来是收人钱财替人消灾的，只要客户出得起钱，杀谁我倒是不在意。只是我听说这个麦奇士极少露面，要把他揪出来，恐怕不太容易。"

"这个不用担心，明天你就能见到他了。"吴骐畅神秘兮兮地说。

"哦？"陈盛一脸疑惑，"为什么？"

"因为，明天我要去跟他进行一宗交易。"

"啊？"

吴骐畅嘿嘿一笑："到时候你假装是我这边的人，跟我一起去交易，见到他以后，就把他干掉吧。"

"这样呀……"陈盛沉吟起来。

吴骐畅接着问："他那边的人应该都不认识你吧？"

陈盛想了想，摇头道："他那边的人就只有阿醒认识我，不过阿醒已经死了，所以我跟你一起去，应该不会露出什么破绽。"

"那就好。"吴骐畅掏出一个公文袋，塞给陈盛，"这里有十万块订金，你先收着吧。"

"哎呀，吴哥，咱俩是老熟人了，您还给什么订金呀？"

"没事，你收着吧。"

陈盛也不再推却，接过了公文袋："那谢谢啦，吴哥。"

"对了，吴哥，"他接着又问，"您为什么要杀麦奇士呀？"

事实上，杀死麦奇士倒不是吴骐畅的意思，而是麦奇士曾经的手下高维翰的意思。高维翰为了独吞L市的制毒生意，指使吴骐畅对付麦奇士。他担心麦奇士查到这件事后会报复自己，打算先下手为强，杀死麦奇士再说。

五天前，高维翰联系上吴骐畅，让他想办法杀死麦奇士，并且承诺事成以后，可以送给他价值两百万元的毒品。

第四章 漩涡 ▼ 047

　　吴骐畅心想，自己举报了麦奇士的制毒窝点，如果被麦奇士查到，自己也是死路一条，不如杀了他，不仅从此高枕无忧，还能从高维翰那里得到数量巨大的毒品。于是，便答应了高维翰。

　　刚好，就在高维翰联系吴骐畅的两天前，贝富齐打电话给吴骐畅说他们最近缺少资金，想要低价向吴骐畅提供一批毒品。吴骐畅答应了贝富齐的要求，交易的日期定在明天中午。

　　吴骐畅决定在交易时杀死麦奇士。

　　然而此时他并不打算把自己要杀麦奇士的真正理由告诉陈盛，只是敷衍地说道："小陈，出来混，不是你杀我，就是我杀你，哪里有那么多为什么呀？倒是我们两个，我给钱，你办事，关系简单直接，反而更加长久，哈哈！"

　　陈盛见吴骐畅不愿意说，也不多问了："嗯。除了我们两个，还有什么人要一起去吗？"

　　"我这边还有两个人，都是和我出生入死的兄弟，是自己人。"

　　陈盛点了点头，又问："几点出发？"

　　"明天早上八点，就在这个仙湖公园的西门外集合吧。到时候我会开车过去，你不用自己开车了，跟我的车吧。"

　　"好的。交易地点在哪里？"

　　"鬼头山。"

　　陈盛微微一愣："那么远呀？"从L市城区开车到鬼头山，需要一个多小时。

　　吴骐畅笑了笑："距离远一些，不是更安全吗？"其实他也不想到那么远的地方进行交易，只是这个地点是麦奇士他们决定的。

　　"好吧，那我今晚回去好好准备一下。对了，"陈盛笑吟吟地问，"到时候麦奇士肯定不会一个人来交易吧？我们要不要把他的手下也一起干掉？"

　　"到时候你的主要任务就是干掉麦奇士，他的那些手下，由我和我这边的人处理就可以了。"吴骐畅知道陈盛杀人的收费标准是一个二十万，如果他杀了麦奇士的三四个手下，算上麦奇士的钱，自己便要付他一百多万了。

陈盛看穿了吴骐畅的心思，呵呵一笑："吴哥，明天咱们可是同一条船上的，就不用计算得这么清楚了。如果到时候我们还要计较这个人该你杀还是我杀，那多危险呀！所以我建议我们干掉了麦奇士后，就合力干掉他的那些手下，至于我这边的酬金嘛，您喜欢的话就给我加点，要是不加我也没关系。"

吴骐畅听陈盛这样说，心中暗自惭愧，颔首道："小陈，你说得对，是我想得不够周全。这样吧，明天你全力协助我们，把麦奇士那边的人全部干掉。最后无论麦奇士是否是你亲手杀的，我都会把尾款全部给你，额外还会给你一个大红包，你看行不？"

"哈哈，吴哥就是爽快！"陈盛伸出了手，"合作愉快。"

吴骐畅跟他握了握手："合作愉快。"

第 五 章

反 目

吴骐畅告别陈盛后，又开车来到了岐木村。

岐木村内的一间平房是他的窝点，他那些还没来得及散货的毒品，大部分就存放在这里。

今晚，他约了两名手下在这里见面。这两名手下明天将和他一起到鬼头山去进行交易。

然而当他走近那间平房时，却看到一个男子躺在门外。

那是吴骐畅的手下周瑞，今年只有二十五岁，他跟了吴骐畅几年，平时主要负责留在这里看守毒品。

"啊？小周！"吴骐畅跑到周瑞身前，蹲下一看，只见周瑞已经没有呼吸了。

他的额头上有一个弹孔。

是谁杀了他？难道有人要来抢我的货？吴骐畅想到这里，倒抽了一口凉气，拔出了手枪，提高警惕，一步一步地走到屋内。

进屋后，却发现有两个人躺在地上一动不动——正是明天要和他一起去进行交易的两个手下。

此时他俩都已经死亡，额头上都有一个弹孔。

"啊？老孙！子豪！"

这两个手下都跟了吴骐畅十年以上，多次和他出生入死，其中老孙还两次救过吴骐畅的性命，而子豪则为吴骐畅挡过一颗子弹。吴骐畅虽然是个杀人不眨眼的毒贩，但对这两个手下却有深厚的感情，看到他们同时遇害，心中悲痛不已。

是谁干的？是仇家吗？还是警察？这个凶手现在还在附近吗？

吴骐畅想到这里，忽听"砰"的一声，同时手腕一阵剧痛，手上的手枪已被击落在地。

吴骐畅还没反应过来，只听身后一个女子喝道："别动！"

吴骐畅转头一看，站在身后的是一个二十来岁的女子，容貌清秀，双目炯炯。此刻她的双手握着一把斑蝰蛇手枪，黑洞洞的枪口正对着吴骐畅的脑袋。

刚才开枪击落他手枪的人，自然就是这个女子了。至于开枪杀死周瑞、老孙和子豪的人，恐怕也是她。

吴骐畅对女子怒目而视，铁青着脸喝道："你是谁？为什么要杀我的人？"

女子没有回答，厉声道："双手抱头！蹲下！"

吴骐畅瞪着她道："臭小妞，你知道我是谁吗？"

他话音刚落，女子又向他脚边开了一枪。吴骐畅吓了一跳，还没反应过来，又听那女子喝道："蹲下！"

吴骐畅心想好汉不吃眼前亏，哼了一声，蹲了下来。

"双手抱头！"女子生怕吴骐畅会突然从身上掏出其他武器。

吴骐畅双手抱住头部，一双小眼睛却在骨碌碌地转动。他思忖着：这个女人是谁呢？肯定不会是警察。难道是麦奇士那边派来的人？他已经知道是我举报了他的窝点吗？还是说，他已经知道了我明天打算干掉他的事？

一想到自己已经暴露了，吴骐畅心中不寒而栗。得罪了鬼筑的人，可不是开玩笑的。他们一出手就杀死了小周、老孙和子豪，果然就像传闻中那样，个个心狠手辣。

在他思考这些问题的同时，那女子已向前走了两步，捡起了吴骐畅被击落的手枪。

"你到底是谁？"吴骐畅冷冷地问。

就在此时，只见一个男子从平房内的某个房间走出来，边走边说："孙竞凡，李子豪，周瑞，这三个人贩卖毒品，害人无数。今天，我们就来制裁他们，为民除害！"

吴骐畅皱了皱眉，看向那男子，只见他六十来岁，目光锐利，英气逼人，让人不敢直视。

"你……"吴骐畅本来也是个叱咤风云的毒贩，天不怕地不怕，但此时见到这个男人，心中不知为何有了一丝惧意，声音微颤地道，"你是谁？"

"我姓霍。"男子答道。

吴骐畅咬了咬嘴唇："我好像并不认识阁下，也没有得罪过阁下吧？你为什么要杀我的人？"

男子冷笑一声："我刚才不是说了吗？这三个人跟着你贩卖毒品，害人无数，罪不容诛。今晚我们杀了他们，就是要惩奸除恶！"

"惩奸除恶？你脑子有病吧？"吴骐畅怒问，"你是警察吗？"

男子摇了摇头："我不是警察，但却能做到连警察也做不到的事。"

"你们到底是谁？"吴骐畅再一次提出这个问题。

男子微微地吸了口气，一字一顿地问："你听说过神血会吗？"

"神、神血会？"霎时间，吴骐畅只感到脑中一震，连脸上的表情也凝固了。

神血会，是传说中的一个神秘的地下执法组织。地痞恶霸、禽兽教师、贪官污吏、在逃通缉犯……这些逍遥法外，甚至凌驾于法律之上的罪犯，都是神血会的"制裁"目标。

神血会创建之初，有四名成员，外号分别是"黑无常""白无常""牛头"和"马面"。他们自诩为审判之神，夺取恶人之血，因此组织名为"神血会"。

此刻站在吴骐畅面前的这个男子，正是神血会的创建者兼首领——"黑无常"霍星羽。

至于刚才开枪击落吴骐畅手枪的女子，则是霍星羽的继承者之一，名叫冷若寒，外号"日游"。

霍星羽本来有三名继承者——养子霍闩、"夜游"以及"日游"，后来霍闩背叛了他，而"夜游"又在三个月前被警方逮捕，只剩了冷若寒一个。

幸好冷若寒对霍星羽忠心耿耿，最重要的是，她对于霍星羽那套关于正邪和善恶的理念十分赞同。

不久前，众叛亲离的霍星羽自己也产生了动摇，不知道自己以及神血会的成员们所做所为是对是错，只有冷若寒始终坚信神血会的所作所为是正确的，她的坚定让霍星羽不再怀疑自己："是的，神血会的存在是正确的，是必要的。法治不彰，人们需要我们的正义审判！"

吴骐畅也听说过神血会的事迹，只是从来没有想过，神血会的人竟然会找到自己头上。

他低头再次看了老孙和子豪的尸体一眼，心中暗忖：老孙和子豪跟着我贩毒，也杀过警察，说他们死有余辜也确实不错。但小周只是在这里帮我看货，他没干过什么十恶不赦的勾当，还是被他们杀死了。唉，这样看来，他们是肯定不会放过我了。

一想到今天自己不能活着走出这间平房，吴骐畅便感到万念俱灰。他害人无数，自己却十分贪生怕死。只要能保住自己的性命，什么金钱利益，什么兄弟情谊，全都不值一提。

此时此刻，他想到了家中的父母、妻子和女儿，对于这个花花世界更是不舍。明知道今天九死一生，他还是挣扎道："霍大哥，您放了我吧，您想要多少钱我都可以给您。您看我这屋子里有不少'好货'，至少值个几百万。只要您放我一马，这些'货'我可以分给您一半。"

霍星羽一步一步地走到吴骐畅身前，突然从口袋中掏出一把贝雷塔手枪，紧紧地抵着他的前额。

吴骐畅大吃一惊，不由自主地跪了下来，惶然道："这些'货'我全给您！全给您！不要杀我！"

霍星羽瞥了吴骐畅一眼，冷冷地道："你认为我今天来这里，是为了钱？你把这些毒品给我，是要我拿去害人吗？"

"我……我不是这个意思……"此时吴骐畅已知道霍星羽并非求财，求饶道，"霍大哥，我知道错了，真的知道错了，我一定会改过自新的，求您给我一个机会吧。"

"我给你机会，谁给那些被你杀死的缉毒警察机会？谁给那些被你的毒品害得家破人亡的人机会？"霍星羽愤然道。

吴骐畅一个劲儿地向霍星羽磕头："大哥，我真的知道错了！请您放过我一次吧！我家里上有老下有小，我、我不能死呀……"

冷若寒听到这里，重重地哼了一声，忍不住说道："那些被你杀死的警察，家里也有父母，也有妻儿，那他们的父母妻儿又怎么办？"

"对不起……对不起……呜呜……我去自首……我去赎罪……我去补偿他们的家属……"吴骐畅痛哭流涕，哪里还有半分贩毒团伙大哥的样子？

他虽然如此求饶，但也知道对方是绝对不会放过自己的，甚至下一秒就可能开枪杀死自己，心中惊惧无比。

看样子求饶认错是没用的，要他们放过我，除非我还有利用价值……对了！吴骐畅想到这里，双眼一亮，说道："对了，霍大哥，我手下有几十个下线，负责在酒吧和KTV散货，我可以把他们全部供出来，让您去举报他们，这样他们就不能再散货害人了。"

"哦？"霍星羽点了点头，"这个主意倒不错。"

吴骐畅见事情有转机，连忙道："我是真心改过的！霍大哥，求您给我一个机会，让我去弥补自己的罪过吧！"

霍星羽却又摇了摇头："不过抓下线没意思呀，抓了这几十个，又会新来几十个，什么时候抓得完？"

吴骐畅捉摸不透霍星羽的想法，不敢说话。

霍星羽顿了顿，接着说道："我要抓上线。"

吴骐畅皱了皱眉："上线？"

霍星羽一字一顿地说："麦奇士。"

此言一出，吴骐畅大吃一惊。

为什么这个来自神血会的人会突然提起麦奇士？难道他知道我和麦奇士的事？

他还在思索，只听霍星羽接着说道："你明天要去跟麦奇士进行一宗毒品交易，对吧？"

"是，是的……"吴骐畅心中一惊。他真的知道！他为什么会知道这件事呢？

知道这件事的就只有老孙和子豪……还有陈盛！难道陈盛跟神血会私下勾结？应该不会吧，这样做对他有什么好处？

霍星羽开口打断了吴骐畅的思索："这个麦奇士的制毒集团，每年都生产大量毒品，害人无数，他死不足惜。"

吴骐畅连忙附和："霍大哥，您说得对，他才是真正的罪恶之源！"

霍星羽瞪了吴骐畅一眼。吴骐畅咽了口唾沫，不敢再说。

霍星羽接着道："我们要制裁麦奇士，彻底瓦解这个制毒集团。明天，我们会假装你的手下，和你一起去交易，在交易时动手杀了麦奇士。"

吴骐畅一听，心中大喜。霍星羽说明天要和他一起去交易，也就是说，今晚是绝对不会杀死他了。等下他们离开后，自己便可逃之夭夭。他可以马上回家，带上家人到外地躲避一段时间，如此一来，霍星羽就再也找不到他了。

然而霍星羽却似乎看穿了他的心思，转头对冷若寒道："若寒，给他看一下吧。"

冷若寒点了点头，走到吴骐畅身前。

只见冷若寒掏出手机，打开了一段视频。吴骐畅一看，惊出了一身冷汗。那视频中有四个人，一对七八十岁的老人，一个四十多岁的妇女，还有一个十五六岁的女生，正是吴骐畅的父母、妻子和女儿！

吴骐畅还没反应过来，只听视频中的妻子叫道："老公！救救我们！"

紧接着女儿哭道："爸爸！我好怕！爸爸！"

吴骐畅霎时间心神大乱，向霍星羽问道："他们……他们现在怎样了？"

霍星羽淡淡地道："我们神血会只杀罪犯，不会伤害无辜百姓。"

吴骐畅松了口气："谢谢，谢谢……"

霍星羽却话锋一转："不过这只是在一般的情况下。必要之时，我也会破例。曾经有人想要阻挠我们神血会制裁罪恶，虽然那人不是坏人，但我们也对他出手了。"

他说到这里低头瞥了吴骐畅一眼，冷然道："你的家人也是一样。现在他们在一个安全的地方，如果明天你好好合作，让我们顺利杀了麦奇士，我自然会放走他们；但如果你不好好合作，让麦奇士逃掉了，就让你的家人代替他去死吧！"

吴骐畅连忙保证道："霍大哥，您放心吧，我明天一定好好配合，协助你们制裁麦奇士这个大毒枭！"

与此同时他心想，自己本来就打算杀死麦奇士，现在还多了两个实力强大的帮手，正是求之不得呢。

却听冷若寒冷冷地道："你自己不也是个毒枭吗？还好意思说别人？"

吴骐畅尴尬地笑了笑，心想：看来杀了麦奇士以后，他们也不会放过我。唉，现在担心也没用，只能到时候见机行事了。反正在明天之前，我的处境是安全的。

"明天什么时候交易？"霍星羽问。

"下午一点钟。"吴骐畅如实答道。

"交易地点呢？"

"鬼头山的云端宾馆。唔，他们说到时在云端宾馆内连接东院和西院的石桥处交易。"

"你们本来打算几点出发的？"

"早上八点。噢！对了……"吴骐畅突然想起自己雇了陈盛的事。

"干什么？"霍星羽问。

"还有一个人要和我一起去交易。"

霍星羽浓眉一蹙："谁？"

"是一个叫陈盛的杀手。"

"杀手？他为什么会和你一起去交易？"霍星羽的神色之中掠过一丝怀疑。

吴骐畅哪里敢告诉霍星羽，自己委托了陈盛杀死麦奇士？他撒谎道："因为我怕交易时发生什么变故，所以委托陈盛和我一起去，在交易的时候保护我。唔，我跟他合作过几次，他身手不错的。"

霍星羽心中暗忖：如果现在让吴骐畅通知那个陈盛取消委托，便会引起陈盛的怀疑，节外生枝。万一走漏风声，让麦奇士闻风而逃，再想把他找出来就难于登天了。他思索了数秒，问道："那个陈盛有见过你的手下吗？"

吴骐畅摇了摇头："没有。"

"也就是说，我们假装你的手下，和你一起去交易，他不会识破？"

吴骐畅肯定道："嗯。我本来就跟他说了，我这边还有两个人和我一起去交易。"

"好，那到时候你跟陈盛说，我们两个是你的手下吧。"

"明白。"

"你约了陈盛在哪里见面？"

"仙湖公园的西门。"

"是你开车去鬼头山吧？"

"是的，陈盛也会跟我的车。"

霍星羽哦了一声，又问："什么车？车牌号码是多少？"

吴骐畅如实答道："黑色悍马，车牌是C8888。"

霍星羽冷笑一声："车不错嘛，车牌也不错，花了不少钱吧？看来贩毒还真是赚钱呀。"

吴骐畅哪里敢回答。

霍星羽收起手枪："你走吧，明天早上八点去跟陈盛会合，然后直接开车过去吧，我们会开车跟在你的车后面，到鬼头山的山顶碰面。"

吴骐畅点头："明白了。"

"记得不要耍花招，否则你就永远没有机会见到你的家人了。"

吴骐畅额上的汗水涔涔："霍大哥，您放心吧，我一定会全力配合。"

"走吧。"

"是的。"吴骐畅连滚带爬地走出了平房。

两个对自己肝脑涂地的兄弟死了，家人又被掳走，身陷险境，吴骐畅只觉得悲痛不已，彷徨无助。

岐木村内，在吴骐畅离开以后，霍星羽对冷若寒道："若寒，我们去把外面那个小伙子的尸体也搬进来吧。"如果尸体被村民发现，便会横生枝节了。

"是的，老师。"

两个人走到屋外，正准备合力搬走周瑞的尸体，忽听不远处传来一阵脚步声。

霍星羽立即提高警惕，抬头一看，只见走来一个和自己年纪相仿，身材十分健壮的男子。

霍星羽一见到这个男子，神色不禁有些激动："老雍，你总算来了，我就知道你会来的。"

这个男子名叫雍乌，是神血会的成员之一，外号"白无常"。

三十多年前，在神血会成立之初，霍星羽曾对雍乌等三名神血会成员说："我不是全盘否定法律，但它存在漏洞，受到这样或那样的局限，是不容置疑的事。有一些罪犯，他们所做的事伤天害理，却在法律的管辖范围之外；也有一些罪犯，因为警方没能找到证据而无法被定罪，得以逍遥法外；还有一些罪犯，或家财万贯，或位高权重，利用各种关系，狂妄地凌驾于法律之上。这些败类，都是我们要制裁的目标。我们，是正义的审判之神！"

当时，雍乌颇为赞同霍星羽的这套理念，义无反顾地跟着他走上了这条审判之路。

雍乌聪明绝顶，在神血会中担任军师，曾布下不少连警方也无法破解的杀局。

此时，只见雍乌看了一眼地上的尸体，冷冷地问："这个人是你杀的？"

"进来再说吧。"霍星羽和冷若寒合力抬起了周瑞的尸体，走进屋内。

雍乌紧随其后，走进平房，又看到老孙和子豪的尸体，轻轻地哼了一声："你们杀了三个人呀？"

霍星羽有些不屑地说："这三个都是毒贩，杀人无数，罪不容诛！"

"是吗？"雍乌转头看了一眼冷若寒。

冷若寒此前听霍星羽多次提起过雍乌，但从来没有见过他，这是她第一次见到雍乌，恭恭敬敬地说道："雍老师，您好。"

霍星羽一直在暗中培养着"日游"和"夜游"两名继承者，但没有把这件事告诉神血会的其他三名成员。直到一年多以前，他才告诉雍乌："其实，我还有继承者。"

"除了阿闩，还有其他继承者？"雍乌所说的阿闩便是霍星羽的养子霍闩。

霍星羽颔首："是我暗中培养的。"

"你暗中培养了继承者，却一直瞒着我们？"雍乌的语气颇为冰冷。

霍星羽苦笑："我们都老了，很多事都力不从心了。但是，法治不彰，神血会不能消失，制裁邪恶的事业必须有人继承。"

当时雍乌已对霍星羽颇有微词。

此时雍乌听冷若寒跟自己打招呼，微微地点了点头，淡淡地问："你就是他的继承者，对吧？"

冷若寒颔首："是的，雍老师，我叫冷若寒，外号日游。"

雍乌哦了一声，接着一脸严肃地说："希望你不要像你的霍老那样，最终走火入魔了。"

霍星羽一听，不悦道："老雍，你说什么呢？"

雍乌不理会他，问冷若寒："你们杀的这三个人，事前都仔细调查过吗？"

冷若寒点了点头，指了指老孙的尸体："这个人叫孙竞凡，三十六岁，是吴骐畅的手下，跟着吴骐畅贩卖毒品，他曾经杀死过两名缉毒警察，但警方一直没能抓到他。"

雍乌脸色渐缓，又问："另外两个呢？"

冷若寒又指了一下子豪的尸体："这个人叫李子豪，三十八岁，也是吴骐畅的手下，他的手下有不少下线。他也杀死过一名以上的缉毒警察，以及一名警察卧底。"

雍乌又看了看周瑞："这个小伙子挺年轻的呀，他也干过什么罪大恶极的事吗？"

"这个……"冷若寒看了看霍星羽。

霍星羽摊了摊手："雍老师问你，你就照直说呗。"

冷若寒如实答道："这个人叫周瑞，他是负责帮吴骐畅看守这里的毒品的。"

雍乌脸孔一板，脸上瞬间像罩上了一层寒霜："这也该死吗？"

冷若寒不知道如何回答，沉吟不语。

霍星羽理所当然地道："这些毒品害人无数，他却在这里看守这些毒品，难道不该死吗？"

雍乌咬牙道："强词夺理。"

霍星羽有些不耐烦："老雍，我叫你来，不是来跟我吵架的！"

他停顿了一下，接着说："再说，我们明天要跟吴骐畅去杀麦奇士，今晚怎么能留活口？万一走漏消息，让麦奇士闻风而逃，我们就错过这个千载良机了！"

雍乌语气冰冷："是的，杀死麦奇士对你来说是一件大事，但这个年轻人的生命对他自己来说，对他的家人来说，也不是小事。"

霍星羽摇了摇头："老雍，有时候你就是太迂腐了！成大事者不拘小节呀！麦奇士是鬼筑贩毒集团的首脑，他一日不死，就会去害更多人。我为了顺利杀死麦奇士，为了保护更多平民百姓，而杀了个贩毒团伙的成员，又有什么问题？"

雍乌轻轻地吁了口气，冷冷地道："如果段睿博看到你现在这个样子，一定会后悔当初让你加入黑星会。"

霍星羽和雍乌，都来自一个名为"黑星会"的组织，这个组织由当时包括他两在内的七名身怀绝技、各有所长的年轻人组成。段睿博正是这个组织的召集者和领导人。

他们盗窃或骗取一些贪官以及为富不仁的富商的钱财，匿名送给贫苦百姓，偶尔也会用些非常手段，对付一些法律无法制裁的人。

正如他们的名字——黑星会，意为黑夜中的一颗黯淡的星星，虽然力量弱小，但也要努力驱散黑暗，和各种黑恶势力斗争到底。

可是有一天，霍星羽却跟段睿博产生了分歧。

霍星羽认为他们应该代替法律和警察，让罪大恶极的人付出生命的代价；而段睿博并不认同，觉得除了法律，任何人都无权剥夺别人的生命。

后来，在霍星羽私下联系雍乌等三名认同自己的理念的成员，抓住了一对无恶不作的罪犯夫妇，对他们滥用私刑，炸死了他们后，黑星会成员分为两派，彻底分道扬镳。

霍星羽、雍乌和一个名为南宫听梦的女子，以及一个名为骆浅渊的男子成立了神血会。

而段睿博和剩下那两个黑星会成员，则建立了反神会，阻止神血会的各种地下执法行动。

接下来这十多年，神血会和反神会——这两个均由黑星会分裂出的组织——双方成员多次交手，各有输赢。

直到二十年前，霍星羽计划将当时的二十七名贪污逾千万的贪官，邀请到载有大量炸药的雷霆号邮轮上一举铲除。

段睿博当时也潜伏在雷霆号中。当他发现炸药后，明白了霍星羽是想炸船杀人，于是立即打电话通知警方。

霍星羽随后也得知了段睿博在船上并已报警的事。

当时雷霆号已在大海中央，二十二名贪官已乘快艇登上了雷霆号，而上百名特警也正开着快艇驶来。

霍星羽本打算等二十七名贪官全部登上雷霆号后，就带自己人乘坐快艇撤离，再引爆雷霆号上的炸药。可是情况有变，他只得立即打电话通知骆浅渊驾驶直升机前往雷霆号助众人脱身。

撤离之前，霍星羽告了段睿博自己炸船的决心，并让他和自己一起坐直升机离开邮轮。

但段睿博没有走，他要用自己的命，去赌霍星羽的良心。

霍星羽终于还是按下了引爆器上的按键。

随着一声惊天动地的巨响以及冲天的火光，雷霆号、段睿博以及那二十二名贪官，都被炸成了灰烬。

第 六 章

破　镜

此时霍星羽听雍乌提起段睿博，轻轻地吁了口气："老雍，你始终没能放下段大哥的事呀。当时你也听到了，我本希望段大哥跟我一起离开雷霆号，是他自己一意孤行，我又有什么办法？如果我不炸船，那些贪官就会逃之夭夭，到现在，又会有多少平民百姓被他们所害？"

雍乌目光凛然，一脸严肃地道："不是我没有放下段大哥的事，而是你在杀死段大哥以后，就变本加厉。"

霍星羽不禁问："我怎么变本加厉了？"

"如果杀死段大哥算是迫不得已，"雍乌紧紧地盯着霍星羽的双眼，冷然问，"那么，穆雨墨呢？"

霍星羽听雍乌提起穆雨墨，霎时间心头一震。

穆雨墨当初也是黑星会的一员，后来则成了反神会的成员，和段睿博一起跟神血会展开战斗。她学识渊博，贯通古今，还精通多国语言，在反神会中担任技术员。

同时，穆雨墨也是侦探慕容思炫的老师之一。段睿博当年为了培养反神会的继承者，从孤儿院带回了年仅三岁的慕容思炫。慕容思炫八岁时，段睿博死于雷霆号上，此后便由穆雨墨来照顾和教导他。穆雨墨把她所精通的各种知识，以及自己的思考方法和丰富阅历毫无保留地传授给慕容思炫，潜移默化地影响着这位反神会继承者的理念。

而当年"雷霆号事件"发生后，霍星羽、雍乌、南宫听梦和骆浅渊四个人被B市警方通缉，他们分别逃往不同的城市暂居，直到几个月后才在L市会合，从此在L市住了下来。这期间穆雨墨一直在追查他们的下落。

八年前的某天晚上，霍星羽和妻子被穆雨墨发现并跟踪。于是霍星羽将穆雨墨引到后山的空置破屋中，用石头将她砸成了植物人。这件事，只有他和妻子知道，连雍乌、南宫听梦和骆浅渊也没有告诉。当年他为了制裁那二十多名贪官而牺牲了段睿博，几人已腹诽心谤，如果被他们知道自己对穆雨墨狠下杀手，必定会反对，甚至对他强烈谴责，最终导致神血会团队分裂，自己众叛亲离。

但后来雍乌还是知道了这件事。

雍乌对于罪恶的定义十分严格。他认为，那些害人无数、恶贯满盈的罪犯，必须付出生命的代价，但对于那些只是误入歧途的人，应该给予他们改过自新的机会。更何况，穆雨墨根本不是坏人！所以，他对霍星羽试图杀死穆雨墨的事，一直耿耿于怀。

一年半前，霍星羽要杀死一个名叫徐梓陌的杀人犯。这个徐梓陌曾杀死了霍星羽的妻子、雍乌的父亲和骆浅渊的女儿。

当时，徐梓陌已在警方手上，霍星羽却表示要设法把他带走。

雍乌问他："为什么？徐梓陌已被警察逮捕，他会被判刑，那也是接受了应有的制裁。"

霍星羽摇了摇头："我要亲手制裁他！"

雍乌冷冷地说："我们的初衷只是制裁邪恶，而不是杀人，对吧？法律无法制裁的罪犯，才由我们出手，既然法律可以制裁徐梓陌，你为什么偏要自己动手？霍，你是不是有点儿走火入魔了？"

霍星羽咬了咬牙："不是！"

最终他还是坚持己见，狙击了徐梓陌。这之后，霍星羽和雍乌各走各路，再也没有合作过。

直到昨天，霍星羽打电话给雍乌："老雍，近来怎样？"

"还好吧。"雍乌对霍星羽的态度有些冷淡，"找我有事？"

"我想再干一票，你要不要参与？"霍星羽笑问。

"不了……"

雍乌还没说完，霍星羽就打断他的话："这是我的最后一次行动了。我年纪大了，干不动了，干完这票以后，我就会金盆洗手。这最后一票，你也不帮我吗？"

雍乌沉吟了一下，问道："你想干什么？"

"杀一个人。"

"杀谁？"

"鬼筑黑桃会的黑桃J、鬼筑贩毒集团的首脑——麦奇士。"

雍乌自然也听说过麦奇士这个人。他问道："你知道他在哪里吗？"

"我收到情报，他后天要进行一宗毒品交易。我打算明天晚上先去控制跟他交易的那个毒贩，然后假冒他的手下，和他一起去见麦奇士。"霍星羽吸了口气，朗声问道，"老雍，怎么样？杀死像麦奇士这种人人得而诛之的大毒枭，不正是咱们神血会的宗旨吗？"

他本以为雍乌肯定会答应的，没想到雍乌说了句"到时候看情况吧"，便挂了电话。

今天上午，霍星羽给雍乌发了一条短信，把吴骐畅的窝点所在的位置，以及他和冷若寒的行动时间都告诉了雍乌。除此以外，便没有多说什么了。他知道雍乌如果要来，自然会来，如果不来，他多说也是无益。最后雍乌还是来了，但却因为霍星羽杀死了周瑞的事而跟他发生争执。

此时霍星羽听雍乌提起穆雨墨，心头一震，接着吁了口气。他心中也觉得是自己对不起穆雨墨，却不认为自己的做法是错误的。

"老雍，不管以前的事谁是谁非，反正明天的行动，就是我的最后一次行动了，我希望可以得到你的协助，我希望神血会的'黑白无常'，最后可以合作干一票漂亮的，彻底瓦解麦奇士那个罪恶滔天的制毒集团。"霍星羽昂首道。

雍乌思索片刻，淡淡地道："好，那我明天和你一起去，这是我们的最后一次合作，同时……"

他稍微顿了顿，继续道："也是我的最后一次行动了。明天以后，神血会将不复存在。"

霍星羽笑了笑："怎么会呢？我们退休了，还有若寒呀。她会继承我们的理念，继续发扬神血会的精神。"

雍乌却不再回答，转身走出了平房。

还是这一天晚上。

在一间环境阴暗的出租屋中，一个五十多岁的女子躺在床上，望着天花板，怔怔出神。

这女子便是神血会中代号"牛头"的南宫听梦。

她本来容貌俏丽，虽然年过半百，但风韵犹存。只是此时此刻，她头发凌乱，满脸污垢，面容异常憔悴。

这晚她独自在出租屋中吃过外卖，百无聊赖，便上床睡觉，谁知睡着后却梦见了自己的丈夫和女儿，醒过来后，她发现自己泪流满面。接下来她心中感伤，思绪杂乱，再也睡不着了。

当年，反神会的首领段睿博在雷霆号上被炸死了。一年半前，段睿博的儿子为了帮父亲报仇，杀死了南宫听梦的女儿。他要让南宫听梦和自己一样，感受失去至亲至爱之人的痛苦。

后来，南宫听梦的丈夫也被杀了，三口之家只剩下南宫听梦一个。

南宫听梦也被警察通缉，只好躲在这间出租屋中，每天过着行尸走肉的日子。

这时候，大门外传来了一阵敲门声。

南宫听梦咦了一声，从床上坐起来。会是谁呢？根本没有人知道自己住在这里，自然不会有人来找自己。难道是房东？可是房东昨天已经来收过房租了。

她还在思索，门外再次传来敲门声。

来者不善！南宫听梦抓起了床头柜上的军刀藏在身后，接着走到大门前，开门一看，只见门外站着一个二十来岁的长发女子。

这女子神色平和、身材瘦弱，一副弱不禁风的样子。此时她的背上背着一个黑色的背包，双手则空空如也。

南宫听梦看这长发女子似乎没什么攻击性，稍微松了口气，但也不敢掉以轻心，冷冷地问："你找谁？"

对方微微一笑："南宫小姐，晚上好。"

她说话的声音不大，语气温柔婉转，但南宫听梦却吓了一跳。连房东也不知道自己复姓南宫，这个女子为什么会知道？

南宫听梦摇了摇头，冷然道："你认错人了。"

"难道你不是神血会的南宫听梦吗？"长发女子微笑着问。

南宫听梦吃了一惊，索性爽快地承认了："是又怎样？你是谁？来找我干吗？"

长发女子的语气仍然十分平和："南宫小姐，你不要误会，我来找你是想跟你合作的。"

"合作？"南宫听梦有些好奇，"合作什么？"

长发女子吸了口气，淡淡地道："合作杀一个人。"她在说这句话的时候，语调仍然没有什么起伏，但在平静之中，却夹杂着一丝寒意。

南宫听梦更加疑惑："杀什么人？"

长发女子一字一顿地说："霍星羽。"

南宫听梦一听，霎时间心头一震。

霍星羽，曾是她的上司，神血会的首领，南宫听梦佩服他有勇有谋，对他言听计从。

可是，霍星羽，也是杀死自己丈夫的凶手！

南宫听梦的丈夫正是徐梓陌，他本来也是黑星会的一员。

后来，段睿博和霍星羽产生了分歧。霍星羽等人组成了神血会，而段睿博、徐梓陌和穆雨墨则组成了反神会，阻止神血会的地下执法行动。

二十年前，霍星羽准备在雷霆号上炸死二十七名大贪官。

当时徐梓陌和段睿博一起潜伏在雷霆号中。在他们发现了炸药后，段睿博立即报警。

但徐梓陌因和南宫听梦在不知不觉间互生情愫，便瞒着段睿博打电话给南宫听梦报信。

最终霍星羽等人成功脱身，徐梓陌也与他们一起离开。而段睿博则选择留下，和当时船上的二十二名贪官一起被炸死。

徐梓陌觉得是因为自己向南宫听梦通风报信，才害段睿博惨死，不敢回去见反神会的另一名成员穆雨墨，便跟着南宫听梦来到L市。后来二人结了婚，还生下了女儿徐佑怡。

南宫听梦作为神血会的成员，曾"制裁"过无数罪犯。徐梓陌担心这些罪犯的亲人会向他们的女儿报复，多次劝南宫听梦退出神血会。但南宫听梦一意孤行："我跟你说，这件事我会干一辈子，干到死为止！你以后别再跟我提退出神血会的事，否则我就跟你离婚！我说到做到！"

一年半前，徐梓陌为了让南宫听梦明白作为神血会成员的危险，竟然杀死了霍星羽的妻子、雍乌的父亲和骆浅渊的女儿并嫁祸给仇家，好让南宫听梦心生惧意，退出神血会。最终，雍乌破解了徐梓陌的诡计，揭穿了他的意图。

徐梓陌落到警方手上后，霍星羽却向雍乌表示，要亲手制裁他，两个人因此产生分歧。

最终最后雍乌表示会再帮霍星羽一次，他使计从警方手上劫走了徐梓陌，并且把徐梓陌交到了霍星羽手上。

霍星羽亲手杀死了徐梓陌，为妻子报了仇。

而此后，南宫听梦也退出了神血会，并且跟霍星羽和雍乌反目成仇。

此时南宫听梦听这个长发女子提到霍星羽，不禁问道："你为什么要杀霍星羽？"

"因为，"这个外表纤弱的长发女子此刻轻轻地咬了咬嘴唇，用充满怨恨的语气说道，"他杀死了我的父亲！"

"他为什么会杀你父亲？"南宫听梦虽然痛恨霍星羽，但也知道霍星羽不会无缘无故地杀人。

长发女子轻轻地吁了口气："是这样的，我爸是一所小学的教导主任，不久前，有个家长在网上说她的女儿被我爸多次性侵。警察把我爸带回了公安局调查，后来因为证据不足，就放了我爸。但我爸从公安局出来后，却被霍星羽杀死了。"

南宫听梦冷笑道："性侵小学生？那你爸确实该死呀！"

长发女子微微咬牙："事实上我爸根本没有做过！后来警察经过深入调查，发现原来是那个小学生在她妈的教唆下，撒谎栽赃我爸。警方也发出了案情通报，说性侵并不存在，他们根据现场调查、医学检查和孩子自己的口供做出了不予立案的决定，还了我爸一个清白。不过这时候，我爸已经被霍星羽杀了！"

南宫听梦听到这里，不禁心头一震。这些年来，自己也跟霍星羽一样，"制裁"过不少罪犯，那么，是否也存在这种冤枉好人的情况？会不会有些"罪犯"是无辜的，只是因为自己的调查不够深入，或者只听了一面之词，就对他们痛下杀手？

如果真的存在这种情况，那神血会跟那些双手沾满鲜血的杀人犯又有什么区别？即使我杀了一百个坏人，但只要错杀一个好人，便不算是正义的审判者，而是是非不分的杀戮者。想到这里，她冷汗涔涔而下。

长发女子的话打断了南宫听梦的思考："我想杀死霍星羽，为我爸报仇，但我知道霍星羽的身手十分厉害，而我手无缚鸡之力，根本无法接近他，更别说是报仇了。我知道南宫小姐你的身手也很厉害，甚至强过霍星羽，所以想跟你合作。"

南宫听梦回过神来，冷哼一声："你既然知道我是谁，自然也该知道我和霍星羽都是神血会的人，他是我的首领，我怎么可能帮你杀他？"

长发女子不急不躁，淡淡地道："是的，你们确实曾是并肩作战的同伴，但现在，你们已经反目成仇。因为，他杀死了你的丈夫。"

南宫听梦吓了一跳，急问："你为什么会知道这件事？"

"是某个人告诉我的。"

南宫听梦虽然头脑一般，但此时听长发女子这样说，心中也猜到了几分，不禁问道："那个人是不是霍闩？是不是霍闩叫你来找我的？"

霍闩，曾经的神血会继承者。

但他同时也是当年霍星羽等人未脱离黑星会时，炸死的那对无恶不作的罪犯夫妇的儿子。

在霍星羽等人"制裁"那对夫妇的时候，他俩的儿子还不到一岁。霍星羽等人认为这个男婴是无辜的，于是抱走了他。后来霍星羽为这个男婴取名为霍闩，并收养了他。

霍闩非常聪明，在他五岁的时候，霍星羽发现他的智力水平大概已相当于十二三岁的孩子。于是，霍星羽决定培养他成为神血会的继承者。

接下来，神血会的四名成员分别教授霍闩格斗、射击、驾驶、游泳、爆破、侦查、反侦查等多项技能。

当然，他们并没有把霍闩的身世告诉他，只是告诉他是在孤儿院把他收养回来的。

在霍闩十九岁那年，发现了自己的身世。霍星羽等人不仅杀死了他的父母，还要利用他的能力，把他培养成神血会的继承者。霍闩感觉自己的人生一直都在被霍星羽等人所决定、控制、摆弄，因此他决定向霍星羽、雍乌、南宫听梦和骆浅渊展开报复。

徐梓陌之所以杀了霍星羽、雍乌和骆浅渊的亲人，就是受到了霍闩的心理暗示。段睿博的儿子之所以杀死了南宫听梦的女儿，也是因为受到了霍闩的蛊惑。

他的目的，就是让神血会的成员们自相残杀。

他要神血会从此灰飞烟灭，在这个世界上彻底消失。

此刻长发女子听南宫听梦提起霍闩，没有点头，也没有摇头，淡淡地说："南宫小姐，把你跟霍星羽的事告诉我，和让我来找你合作的，确实是同一个人，只是，我真的不能告诉你那个人的身份。"

南宫听梦见她不说，突然伸出右手，把军刀架在长发女子的脖子上，喝道："你说不说？"

长发女子似乎也没有料到南宫听梦会突然发难，呆了一下，却很快又冷静下来，说道："你当然可以现在就杀了我，但我既然答应那个人不说出他的身份，就无论如何也不会告诉你。"她的声音虽然不大，语调也没什么起伏，但语气却坚定无比。

南宫听梦见她命悬一线也丝毫不惧，心中也不禁佩服她的勇气，收起了军刀："好吧，不说就不说。"

长发女子淡淡一笑："那么，南宫小姐，你要跟我合作吗？"

南宫听梦瞥了长发女子一眼，不屑地说："要杀霍星羽，我一个人就足够了，一百的战斗力再加上一的战斗力也没有意义，反而会被你拖累。"

长发女子忍不住扑哧一笑："南宫小姐，我有自知之明，我所说的合作，自然不是和你一起去跟霍星羽打架。"

"哦？那怎样合作？"南宫听梦有些好奇。

"以你的能力是可以杀死霍星羽，但你不知道霍星羽在哪里。而我，"长发女子微微地吸了口气，"知道。"

"他在哪里？"南宫听梦急问。丈夫死后，她确实无时无刻不想把霍星羽揪出来，杀了他，为丈夫报仇。虽然确实是徐梓陌杀了霍星羽的妻子在先，但南宫听梦还是无法原谅霍星羽。她打算杀死霍星羽后就到公安局自首，只是这一年多以来一直没有霍星羽的下落。

"你答应和我合作，我自然会带你去找到他。"长发女子手无寸铁，但在跟南宫听梦这个武术高手交谈的过程中，却处处掌握着主动权。

"好！"南宫听梦爽快地答应了，"什么时候出发？"

长发女子笑了笑："现在就出发吧。"

"现在？"南宫听梦有些疑惑，"你知道霍星羽现在在哪里？"

长发女子摇了摇头："我不知道霍星羽现在在哪里，但我知道他明天要去哪里，我们现在就到那个地方等他过来。"

"哪个地方？"南宫听梦问道。

"鬼头山。"

第 七 章

梦　魇

　　南宫听梦简单地梳洗了一下，换过衣服，便跟着长发女子来到楼下。长发女子带南宫听梦上了停在附近的一辆蓝色小车，她自己开车，南宫听梦则坐在副驾驶座上。

　　"现在直接开车到鬼头山？"南宫听梦问。

　　"是的。"

　　过了一会儿，南宫听梦又问："对了，你叫什么名字？"

　　"我姓韦。"

　　"全名呢？"

　　长发女子笑了笑："南宫小姐，我们只是暂时达成合作关系，明天杀死霍星羽以后就不会再见面了，你知道我的名字又有什么用呢？"

　　南宫听梦脾气火爆，哼了一声，怫然道："你知道我的名字，我却不知道你的名字，这太不公平了吧？连名字也不肯告诉我，还谈什么合作？"

　　长发女子又一笑："好吧，我的名字叫韦雪蕾。"

　　南宫听梦脸色渐缓，尝试与她聊天："看你年纪不大，结婚了吗？"

韦雪蕾一愣，似乎想起了一些悲伤的往事，黯然不语。

"和爱人吵架了？"南宫听梦猜测道。

韦雪蕾回过神来，摇头道："不，我还是单身。不过我之前确实有个男朋友，本来我们已经到谈婚论嫁的地步了。"

"后来，是他变心了吗？"南宫听梦迟疑了下，问道。

韦雪蕾叹了口气："他死了。"

南宫听梦咦了一声："出了什么事？"

"车祸。"

"唉，可怜呀。妹子，你的人生还长，该放下的就慢慢试着放下吧。"南宫听梦语重心长地说。然而她虽如此劝告别人，自己却难以放下。

韦雪蕾苦笑了一下："有些人太过重要，想放下也放不下啊。"

南宫听梦听她这样说，又想起了自己的丈夫和女儿，不禁长叹了一口气："你说得也对。唉，人生真的好苦。"

"杀死了霍星羽以后，你有什么打算？"韦雪蕾问。

南宫听梦听她这样问，忽然脸上有些茫然："我……我也不知道。"她想，哪怕杀死了霍星羽，丈夫也不可能再活过来了。既然如此，报仇又有什么意义呢？

或许，只会带来更多的痛苦。

她定了定神，继续道："我想我会自首吧。"

"你杀过很多人吗？"韦雪蕾接着问。

"是的。"

"你杀的都是坏人吗？"

"这……"南宫听梦微微一怔，摇头道，"我也不知道。"

她顿了一下，接着说："我想，我或许也错杀过好人，就像霍星羽曾经错杀你爸那样。"

"我们现在要去杀霍星羽。那么，你觉得霍星羽是好人还是坏人？"正在开车的韦雪蕾问完这个问题后，转头看了南宫听梦一眼。

"这……"南宫听梦一时语塞。这三十多年来，霍星羽杀过数不胜数的贪官污吏，不计其数的地痞恶霸，他"制裁"了无数罪犯，保护着无数平民百姓，按道理说，他应该是一个好人，一个充满正义感的好人。可是，他又杀死了段睿博，重伤了穆雨墨，还错杀了韦雪蕾的父亲。这几个人都是好人，霍星羽害了他们，还能算是好人吗？

那么自己呢？自己又算是好人还是坏人？

南宫听梦的心中没有答案。

而韦雪蕾也没有再问下去了。一时之间，两个人都陷入了沉默。

两个人开车来到鬼头山山脚时，已经是晚上十一点多了。

韦雪蕾没有停下，直接开车上山。

南宫听梦不禁问道："霍星羽为什么要来这种偏僻的地方？"

"据说明天有一个毒贩会来鬼头山的山顶进行毒品交易，而霍星羽打算来杀死这个毒贩。"

"这些事也是那个人告诉你的？"

韦雪蕾点了点头："是的。"

"那个人是不是姓霍的？"南宫听梦始终不死心。

韦雪蕾笑了笑："梦姐，我说过，我不能告诉你那个人的事。"

"好吧。"南宫听梦吁了口气，又说，"要不我们等他杀了那个毒贩以后，再去杀他吧。"

韦雪蕾应了一声："到时候见机行事吧。或许你还没出手，霍星羽就先被那个毒贩杀死了也说不定。"

"如果是这样，我就替他杀了那个毒贩。"南宫听梦道。

韦雪蕾淡淡地问："你又怎么知道那个毒贩真的是毒贩？"

"这不是你说的吗？"

"我也是听说的，没有证据。"韦雪蕾再次转头看了看南宫听梦，"你仅凭我的两句话，就决定杀他，如果那个毒贩是警方的卧底呢？"

南宫听梦心中一凛，低头不语。是呀，自己每次决定杀人时，是不是太草率了呢？自己到底错杀了多少好人？

汽车在崎岖不平的盘山公路上行驶了一个小时后，终于到达鬼头山的山顶。韦雪蕾把汽车停在一个隐蔽的地方："如果被霍星羽或那个毒贩发现了我们的车，就大事不妙了。"

接着韦雪蕾又带着南宫听梦向前走了十多分钟，来到一座吊桥前。桥头有一块木牌。此时乌云蔽月，四周一片漆黑，于是南宫听梦拿出手机，打开照明灯一看，只见那块木牌上写着"云端宾馆"四字。

"云端宾馆？"

韦雪蕾点了点头："是的，那个毒贩会在云端宾馆进行交易，霍星羽自然要来这杀他。他们应该会直接把车开到这吊桥附近，不会经过我们停车的地方。"

南宫听梦觉得这个韦雪蕾虽然外表柔弱，但心思缜密。自己虽然有信心击败霍星羽，但论智谋却远不是霍星羽的对手，现在有韦雪蕾相助，或许真能事半功倍。

"那我们到宾馆里等霍星羽？"

"嗯，走吧。"

要进入云端宾馆，首先要经过面前这座吊桥。这座吊桥有一百多米长，吊桥下方是万丈深渊。

两个人走上吊桥，吊桥霎时间摇晃起来，脚下的木板也传来嘎吱嘎吱的声音。南宫听梦向下一望，深不见底，不禁咽了口唾沫。

她们走过吊桥，又向前走了一百多米，只见前方有一栋五层高的建筑。这栋建筑的外墙有些残旧，大门上方有一块木牌，写着"夕阳馆"。

两个人走进夕阳馆，但见馆内漆黑一片，隐隐约约看到前方有一张接待台，但并没有接待员。

"怎么一点儿灯光也没有？"南宫听梦满脸疑惑，"停电了吗？"

韦雪蕾答道："据我所知，这间云端宾馆在两年前就已经停业了。"

南宫听梦咦了一声："为什么？"

"可能是因为离城区太远了吧，而且这里本来也没什么好玩的。以前游客来这儿，主要是为了看日出，可是现在可以看日出的地方多的是，根本用不着专程过来。"韦雪蕾解释道。

南宫听梦四处张望："那这里应该是停止供电了。"

韦雪蕾点了点头："应该也没有供水。"

"那个毒贩倒真会选地方。哼！他以为在这里进行那些见不得人的勾当就神不知鬼不觉，没想到神血会早就查到了他交易的时间和地点。"南宫听梦说罢，脸上掠过一丝自豪。她虽憎恨霍星羽，但只是出于私人恩怨。对于"制裁"毒贩的行为，她仍十分赞同。

如果那个毒贩真的死有余辜的话。

韦雪蕾没有接话，而是说道："我们找个房间休息一下吧，等他们天亮后到了这里……"

她还没说完，忽听接待台附近传来一个男子的声音："你们是谁呀？"

南宫听梦吓了一跳，喝问："谁？"

男子没有回答，又问："你们来到我的地方，还问我是谁？你们是什么人？"

韦雪蕾连忙说："你好，我们想入住云端宾馆。"

"真的？"男子的语气中充满喜悦。紧接着，只见接待处旁边的一个房间里走出一个人来。

南宫听梦抬起了手机的照明灯，来人是一个看上去约有六十岁的男子，头发稀疏，脸色蜡黄，此刻笑容满面，一副兴高采烈的样子。

"请问你是这里的老板吗？"韦雪蕾试探着问。

那男子点了点头："对呀。你们确实要入住云端宾馆，对吧？"

他说到这里，声音竟然有些哽咽："已经有三个多月没有客人来了，我还以为再也不会有客人来了……"

"你这里不是停业了吗？"韦雪蕾好奇地问。

旅馆老板瞪了她一眼："停什么业？我这一直在营业呢！"

"那为什么会停电？而且，"南宫听梦一脸不解，"这里除了你好像没有其他人了吧？没有服务员吗？"

旅馆老板有些尴尬："客人太少了，我平均每个月才赚几百块，请不起服务员了。所以，如果你们觉得这里还不错，回去以后记得多介绍朋友过来玩儿呀。"

他一边说一边转身从接待台上拿起两张名片，分别递给南宫听梦和韦雪蕾："请多多指教。"

她们接过一看，只见名片上印着这个旅馆老板的姓名和手机号码，以及云端宾馆的地址。原来这个旅馆老板名叫展舍水。

韦雪蕾心中嘀咕道："这名字还真奇怪呀。"

"对了对了，先说正事。"展老板接着又说，"你们要几间房间呀？"

"两间吧。"南宫听梦答道。她虽然思想单纯，但也有防人之心。虽然她也相信韦雪蕾是来协助她杀死霍星羽的，但对于这个来历不明的人，终究有些怀疑。

展老板奇道："咦，你们不是母女吗？为什么要两间房间？"

韦雪蕾笑了笑："老板，我们要两间房间，你不是能赚更多钱吗？问这么多干什么？"

"也对！"展老板两手一拍，"唔，每间房间两百元，总共四百元，我给你们打个九八折吧，总共是三百九十二元。"

"便宜了八元呀？"韦雪蕾哑然失笑，"哈哈，谢谢你啦。"

南宫听梦接着问："你这里是不是停电了？"

展老板点了点头："对呀。"

"这里也没有水吧？"韦雪蕾问。

展老板有些尴尬，搔了搔头："哈哈，也没有。我的宾馆采用原生态系统，让你们体验身处大自然中的感觉。大自然中怎么会有供电和供水呢？"

他说到这里，回头指了一下刚才走出来的房间，继续道："那里是小卖部，小卖部里有食物和矿泉水，你们如果需要，可以过来购买哦。"原来在南宫听梦和韦雪蕾走进夕阳馆之前，展老板就在小卖部中。

南宫听梦心想算了吧，反正我们又不是来度假的，明天杀死霍星羽后就会离开了，于是说道："好吧，那我们先付钱。可以手机支付吧？我没带现金。"

"这个……"展老板脸露难色，"不好意思呀，这里没有信号，打不了电话，也上不了网，没办法手机支付。"

南宫听梦忍不住抱怨道："没电没水还不能打电话不能上网？难怪你这里一个客人也没有！"

展老板干笑了两声："我这是姜太公钓鱼，愿者上钩啊，哈哈。啊，别误会，我不是说你俩是鱼，你们就算是鱼，也是美人鱼啦。"

韦雪蕾轻轻一笑，掏出四张百元钞票，递给展老板。

展老板接过钱，回到小卖部中，拿了两盒蜡烛和两个打火机，还取了两瓶矿泉水，把这些东西都交给南宫听梦和韦雪蕾："欢迎入住云端宾馆，这些都是赠品哦。"

两个人向展老板道谢。展老板接着又问："对了，你们想住东院还是西院？"

"东院和西院有什么不同？"南宫听梦问。

展老板有条不紊地解释起来："咱们现在所在的就是西院，这里叫夕阳馆，晚上可以看到日落；从这里往东走，经过一座石桥，就能到达东院，东院那边也有一栋建筑，叫旭日馆，可以看日出哦。"

南宫听梦心想，我们又不是来看日出的，于是说道："我们就住在这……"

韦雪蕾拉了拉南宫听梦的手臂："我们住东院吧。"

"为啥呀？"南宫听梦不解地问。

韦雪蕾莞尔一笑："展老板不是说了吗？那边可以看日出嘛。"

南宫听梦自然知道韦雪蕾不是真的想看日出，满腹疑惑，但在展老板面前，也不便多问："好，那过去吧。"

"我带你们过去吧。"展老板说罢，走向夕阳馆的大门。

南宫听梦和韦雪蕾跟在他的身后。韦雪蕾此时才悄声道："东院离吊桥更远一些，更方便我们隐藏。"

南宫听梦一想觉得有道理，连连点头。

展老板带着她们走出了夕阳馆，接着绕到夕阳馆后方，再走几十米便来到一座石桥前。

这座石桥有二三十米长，两边没有护栏，石桥两侧是深不见底的悬崖。

南宫听梦一身武艺，本来艺高人胆大，但此时向石桥下方看了一眼，也不禁倒抽了一口凉气："老板，这石桥竟然没有护栏，也太危险了吧？"

展老板呵呵一笑："没事，慢慢走，不会掉下去的。我跟你说，我第一次走这座石桥的时候也吓得双腿发软，后来走得多了，就没什么感觉了。现在我还敢闭着眼睛走过去呢，你信不信？"

石桥不宽也不窄，展老板先走上石桥，南宫听梦不敢跟韦雪蕾并排过桥，对韦雪蕾道："你先走吧，我跟着你。"

韦雪蕾点了点头，走上了石桥。南宫听梦叫韦雪蕾先走的时候，本来也没什么特别的意思，但此时她望着韦雪蕾的背影，心中却不禁一寒：如果这个韦雪蕾对我心存歹意，而我走在她前面，那她只需要轻轻一推，我就一命呜呼了。

三个人走过石桥，又向前走了一段路，来到一座二层建筑前方。这座建筑跟夕阳馆一样，外墙发黑，陈旧不堪。大门上也有一块牌子，上面写着"旭日馆"。

三个人走进旭日馆。展老板取出一根蜡烛点燃，用来照明。

"你们想住几楼呢？反正我这里都是空房，想住哪里都可以。"展老板自嘲地说道。

"随便，就住一楼吧。"南宫听梦说。

于是展老板带着她们来到一楼的走廊前方，说道："这里的客房你们可以随意挑选。"

说罢他打了个哈欠："好啦，没什么事我就先回去睡觉了。我的房间就在夕阳馆的那间小卖部里，你们如果有什么需要，就过来找我吧。"

"好的。"南宫听梦应答了一声。

"辛苦了。"韦雪蕾也向展老板点了点头。

展老板笑了笑，正准备离开，韦雪蕾却又叫住了他："展老板，如果今晚或者明天还有客人来，麻烦你不要让他们知道我们两个住在这里。"

"还有客人来？"展老板皱了皱眉，接着苦笑着道，"老实说，我这云端宾馆停止营业后……噢！不对，不是停止营业。反正最近两年，每周来的客人绝不会超过三个。今天已经有你们两位贵宾入住了，概率上来说，这两天是不会再有客人来了，呵呵。"

"我是说如果嘛。"韦雪蕾也不想说得太明白。

展老板却似乎瞧出了端倪："喂，你们该不会是什么通缉犯吧？"

南宫听梦心中一凛。她确实就是一名A级通缉犯。

韦雪蕾微微一笑："展老板，你看我们像通缉犯吗？"

她一边说一边掏出一张百元钞票，塞在展老板手中，悄声道："其实，我是被我爸逼婚才逃出来的，他非要我嫁给一个我不喜欢的富二代，所以我阿姨就带我来这躲避几天。我爸应该是不知道我们来了这里，但如果他真的那么神通广大，找到这儿来了，请你高抬贵手，不要把我们住在这里的事告诉他呀。"

"原来是这样啊！"展老板一副恍然大悟的样子，他一边接过钞票，一边义愤填膺地道，"哼！我生平最恨这种愚昧的人了！都什么年代了，还逼婚？你们放心吧，无论谁来了，我都绝不会跟他们说我见过你们两个。此外，我也不会推荐他们住到东院这边来。"

韦雪蕾一脸感激地道："谢谢啦，老板。"

展老板收了一百元，似乎心情大好："客气什么。"

展老板离开以后，南宫听梦一脸佩服地道："雪蕾，你想得比我周到多了，幸好有你。"

韦雪蕾淡然一笑："可惜我手无缚鸡之力，即使见到霍星羽，也无法为我爸报仇。"

南宫听梦胸膛一挺："放心，只要霍星羽来了，我绝对不会让他活着离开鬼头山的！"

南宫听梦是神血会四名成员中身手最好的。她从小习武，十一岁就读于B市的一所武术学校，十三岁前往少林寺拜师学艺，十八般武艺样样精通。加入黑星会之前，她曾多次获得各种大型武术比赛的冠军。

霍星羽虽然也是格斗高手，但如果和南宫听梦直接交手，只有三四成胜算。

韦雪蕾看了看手表："已经凌晨一点半了，我们先回房休息一下吧，早晨六点左右，我们一起去吊桥那边监视。"

南宫听梦点了点头："到时候你到我的房间来叫我吧。"

于是她们各挑了一间客房休息。

南宫听梦走进客房，用手机的照明灯四处一照，只见这个房间不大，但有两张单人床，还有独立的洗手间。

南宫听梦关上了房门，并扣上了防盗链。

接着她取出一根蜡烛，用打火机点燃后放在桌上。霎时间，烛光照亮了整间客房。

南宫听梦在床上躺下，望着摇摇晃晃的微弱烛光，心中思绪万千。

这一年多以来，她一直在寻找着霍星羽，只是始终没有找到。然而现在，几个小时以后，他就可以见到霍星羽，杀了他为丈夫报仇了，这让她的心情有些激动。

可是杀死霍星羽以后呢？自己要去哪里？该干什么？南宫听梦想到这里，心下却是一片茫然。

此外，我要不要向老雍复仇？虽然杀死梓陌的人不是他，但却是老雍把梓陌交给了霍星羽。梓陌之死，老雍难辞其咎。不过老雍的父亲确实是梓陌所杀，他借霍星羽之手为父亲报仇也无可厚非。

而梓陌之所以杀死霍星羽、老雍和老骆的亲人又是为了自己和佑怡。直到徐梓陌被霍星羽杀死以后，南宫听梦才后悔莫及。"唉，我为什么那么固执，不听梓陌的劝告呢？是我害死了佑怡和梓陌。"如果可以再选择一次，她肯定会退出神血会，和丈夫、女儿一起离开L市，到一个没有人认识他们的地方，展开新的生活。

然而时间不会倒流，一切没有如果。

再看另一边，韦雪蕾走进客房，锁上房门，又掏出手机调好了闹钟，便上床睡觉。然而她躺在床上，却辗转反侧，怎么也睡不着。

仇人近在眼前了，明天，到底能不能成功报仇呢？

她思绪杂乱，不禁又想到了自己的未婚夫：如果没出那事，我和阿朗现在已经结婚了。谁能想到，他会死于非命呢？

到了凌晨三点多，她才逐渐入睡。

她做了一个梦，梦见自己在火场之中。四周是熊熊大火，炽热无比，但她却坐在地上。她想站起来逃跑，双脚却好像没有丝毫力气。

"救命……救命呀……"梦中的韦雪蕾高声求救，心中惶恐至极。

就在此时，只见一个人影向自己走来。

韦雪蕾双眼一亮，加大了叫声："救我……救我！"

人影逐渐走近。然而当韦雪蕾看清了来者的样子时，却吓得面如土色。

那是一个女人，双目圆睁，面目狰狞，四肢一片乌黑，像被火烧焦了一般。

韦雪蕾不由得尖叫："孙美恩！"

她从梦中惊醒，发现自己满额冷汗。

她呼呼地喘着气，让自己尽量平静下来。接着她看了看手机，此时已经是凌晨五点多了。

一阵清脆的敲门声惊醒了南宫听梦。

南宫听梦猛地睁开眼睛，问道："谁？"

房外传来了韦雪蕾的声音："梦姐，你起床了吗？咱们要出发去吊桥那边啦。"

南宫听梦听到韦雪蕾的声音，微微松了口气，拿起手机一看，此时已经是清晨六点了。

"等我几分钟。"南宫听梦隔着房门答道。

"好的。"

南宫听梦从床上起来，走进洗手间，想要简单地梳洗一下，却发现水龙头没有水，这才想起云端宾馆早就停水了。于是她拧开了展老板昨天送给她的那瓶矿泉水，喝了两口，接着还洗了个脸。

然后她便走到门前，打开了房门，果然看到韦雪蕾就在房外等候。

"早呀，梦姐。"韦雪蕾微笑着跟南宫听梦打招呼。

南宫听梦点了点头："我们现在就要到吊桥那边去？"

韦雪蕾嗯了一声："霍星羽随时都会到达，我们早些过去监视吊桥，保险一些。"

"嗯，走吧。"

她们走出旭日馆，只见此刻太阳还没升起，天色昏暗至极。此时已是初冬，一阵寒风吹来，韦雪蕾不禁打了个哆嗦。

"你冷吗？"南宫听梦问。

"嗯，有点吧。"

南宫听梦脱掉外衣，递给韦雪蕾："你穿上我的衣服吧，我不冷。"

"这……"韦雪蕾有些不好意思。

"穿上吧。"南宫听梦直接把外衣披到韦雪蕾身上。

韦雪蕾也不再拒绝了："谢谢。"

南宫听梦微微一笑，不禁想起自己死去的女儿，心中一阵凄凉。

她们两个走过石桥，再次来到夕阳馆前方。韦雪蕾指了指夕阳馆的天台："这座夕阳馆有五层，站在夕阳馆的天台，应该可以看到吊桥那边的情况。"

南宫听梦额首："好，那我们就去天台吧。"

两个人走进夕阳馆，只见馆内一片寂静，在经过接待处旁边的小卖部时，只听里面传来一阵若隐若现的鼾声，看来展老板此刻正在小卖部内呼呼大睡。

她们蹑手蹑脚地通过小卖部旁边的楼梯上了天台，发现站在天台西面可以看到位于夕阳馆西侧的吊桥；而东面则可以看到从西院通往东院的石桥和东院的旭日馆。

"这里居高临下，真是一个绝佳的监视点。"南宫听梦眺望着吊桥，沉吟道，"只是吊桥离这里有些远，哪怕有人经过，我们也难以看清他的样子。"

韦雪蕾笑了笑，从背包中取出一个望远镜。

南宫听梦大喜："你还真是准备周全！"她还没说完，忽然想到一事，怀疑地问道，"你来踩过点？"

韦雪蕾摇了摇头："我此前没来过，是让我去找你的那个人把这里的情况告诉我的。"

"那个人到底是谁？"南宫听梦忍不住又问。

韦雪蕾一笑不语。

接下来，她们就在夕阳馆的天台监视着吊桥。大概过了一个小时，韦雪蕾忽道："有人来了！"

"让我看看！"南宫听梦拿过望远镜看了一下，只见有六个人正在经过吊桥，四男二女，但霍星羽并不在内。

"霍星羽好像不在呀。"南宫听梦有些失望地说。

韦雪蕾点了点头："这几个人应该是来交易的那几个毒贩。"

第 八 章

藏 锋

　　这六个人，正是鬼筑的麦奇士、易郁涵、汪叶瞳、潘小岳、贝富齐和胡洪锋。

　　今天凌晨五点，他们六个在昨晚集会的平房前集中，接着乘坐一辆七座的商务车前往交易地点，开车的人是贝富齐。

　　途中，潘小岳冷冷地问贝富齐："贝富齐，现在可以说了吧？交易地点在哪里？"

　　贝富齐此时也不隐瞒了，如实说道："鬼头山山顶的云端宾馆。"

　　"云端宾馆？"潘小岳掏出手机，快速地搜索了一下关于这间宾馆的资料，说道，"这间宾馆在两年前已经停业了呀。"

　　贝富齐笑了笑，一边开车一边说道："所以不就成了一个绝佳的交易地点吗？"

　　他清了清嗓子，接着说："我前两天到云端宾馆视察过，要进出云端宾馆，都需要经过一条吊桥，没有其他路……"

　　他说到这里，易郁涵已经明白了，淡淡地说："只要我们守着吊桥，吴骐畅和他的手下们就成了瓮中之鳖，无法离开鬼头山。"

贝富齐微微颔首："易小姐说得对。我们这次的任务有两个要点：一，杀死吴骐畅；二，不要让吴骐畅被杀的消息走漏，以免高维翰提高警惕。要完成第二件事，和他同来的人一个都不能留。所以，交易开始前，我们需要派人守着吊桥，这样即使有漏网之鱼，也无法逃离云端宾馆。"

胡洪锋两手一拍："齐哥，这主意真高明呀，到时候我们一夫当关，万夫莫开，哈哈！"

"可是，"汪叶瞳淡淡地问道，"贝大哥你昨天不是说，有可能有其他知情人，但今天没和吴骐畅一起来吗？"

贝富齐嗯了一声："所以，我们即使见到吴骐畅，也不要急着动手。总之，到时候一切听从麦哥的指挥吧。"

潘小岳冷笑一声："是听你的指挥，还是听黑桃J的指挥呢？"他仍对昨晚贝富齐嘲讽自己曾被司徒门一囚禁的事耿耿于怀。

贝富齐笑了笑："当然是听麦哥的指挥啦，我只是负责转述而已。"

"我就奇怪了，"易郁涵的语气有些冷漠，"黑桃J明明也在，为什么不直接向我们发出指示，而要让你转述呢？"

"好了！"一直一言不发的麦奇士突然说话了，众人都微微一怔。

只见麦奇士通过车内的后视镜向易郁涵瞥了一眼，用没有丝毫起伏的冰冷语调说道："别聊了，大家休息一下。"

他这样一说，众人都不敢再说话。汪叶瞳和胡洪锋闭上眼睛，闭目养神；潘小岳拿出一本数独，算了起来；易郁涵则望着窗外快速倒退的景物，若有所思。

清晨时分，六个人来到鬼头山山顶。贝富齐把商务车停在吊桥附近某个比较隐蔽的地方。众人下车的时候，贝富齐又从车上取走了两个铝合金公文箱。

"齐哥，这两箱是什么呀？"胡洪锋好奇地问。

贝富齐微微一笑："今天我们不是来'交易'的吗？这两箱自然是用来交易的'货'了。"

胡洪锋咦了一声："交易不是假的吗？我们的真正目的不是干掉吴骐畅吗？"

"所以，这两箱只是面粉而已。"

胡洪锋哈哈一笑："原来如此。"

接下来，他们走过吊桥，来到了云端宾馆。

"这里环境真不错嘛。"胡洪锋拍马屁道，"麦哥，您真会挑选地方呀！"

潘小岳白了他一眼："你是来度假的吗？"

贝富齐接着说："我们跟吴骐畅约定的交易时间是今天下午一点，在此之前，我们先熟悉一下这里的环境吧。"

六个人边走边四向观察，来到夕阳馆前方，只见一个六十来岁、头发稀疏的男子正在夕阳馆的大门前打太极，这人正是云端宾馆的老板展舍水。

展老板看到麦奇士等人，又惊又喜："各位，你们是来入住云端宾馆的吗？"

"是的。你是这里的老板吧？"贝富齐一边说一边走到展老板身前，"麻烦给我们安排六间房间。"他两天前来云端宾馆视察的时候，已经见过展老板了，只是当时展老板没有发现他。

"咦？我这里有不少标准双人房，你们确定是每人一间房间吗？"展老板好奇地问道。

贝富齐笑着说道："老板，我们多要几间房间，让你多赚点钱，难道不好吗？"

展老板微微一怔，随即道："哈哈！你们喜欢的话当然可以啦。每间客房的价格是两百块一天，六间房间是一千二百块，我给你们打个九八折吧，总共是一千一百七十六块……"

贝富齐掏出一沓百元钞票，递给展老板："老板，这里有两千块，不用找了。"

"啊？两、两千块？"展老板喜出望外，接过钞票，连声道谢。

"对了，"潘小岳走过来，问展老板，"在我们到达之前，有人入住吗？"他想看看吴骐畅他们是否已经到达。

展老板看了这个戴着面具的怪人一眼，吞了口口水，答道："没有呀。"

"真的没有吗？"潘小岳再一次问道。

展老板点了点头："上一回来客人是三个多月前的事，我这里已经喝了几个月的西北风啦。所以嘛，你们如果觉得这里还不错，回去以后要帮我多多宣传呀。下次你们再带朋友过来玩，我可以给你们打个九七折……"

易郁涵听展老板滔滔不绝，心中厌烦，打断了他的话："好了，带我们去客房吧。"

"好嘞！各位老板，这边请。"

展老板直接带着麦奇士等人走进夕阳馆，他首先到接待处拿了几张名片，接着又到小卖部拿了六盒蜡烛和六个打火机，依次分给众人。

胡洪锋接过蜡烛，稍微看了看，不解地问："这蜡烛是干什么用的？"

"这是赠品，不用钱的。"展老板尴尬地笑了笑，"由于这里停止供电了，客房里没有灯，所以给你们这些蜡烛用来照明。"

"现在大白天的，要什么照明？"胡洪锋道。

"唔，这是留给你们今晚用的。"

贝富齐轻轻地摇了摇头："展老板，我们今天下午就走了。"

展老板咦了一声："你们千里迢迢地来到这里，玩一个上午就走？"

"是的。"贝富齐答道。

"你们不是来看日出的吗？"

贝富齐怕展老板起疑心，撒谎道："其实我们都是摄影爱好者，想要拍一组山顶的照片，所以就过来这里了。"

"原来是这样呀。"展老板豁然开朗，"那你们真是找对地方了。不是我吹，我这云端宾馆是拍风景照的绝佳地点，保证你们越拍越上瘾，舍不得回去，哈哈！对了，你们的作品到时候会发到网上吧？记得提一下你们是在这里拍的哦，别人看到这么美的照片后也会对这里感兴趣的，哈哈……"

易郁涵听展老板没完没了地说个不停，没好气地道："好了，快带我们到客房休息吧。"

她甚至想要对展老板用催眠术，让他赶紧闭嘴。

接下来，展老板把麦奇士等人带到位于接待处左侧的一条走廊前。

"这条走廊里有八间客房，请各位客人随意挑选吧。"展老板说罢，又指了指接待处右边的小卖部，"那里是小卖部，你们需要食物或日用品可以过来购买。我的房间在小卖部里，我一般都在那里，你们如果有什么需要，也可以过来找我。"

"明白了，谢谢。"贝富齐对展老板笑了笑，接着又问，"据我所知，云端宾馆分东院和西院，我们现在所在的地方是西院，而东院那边还有一栋房子，对吧？"

展老板点了点头："对呀，那是旭日馆……咦？你们想住东院那边吗？"

贝富齐摇了摇头："我们住这里就可以了。不过，接下来到达的客人，能否麻烦你把他们带到东院那边住？"

展老板咦了一声："待会儿还有客人来吗？"

贝富齐颔首："是的。"

"是你们的朋友吗？"

"不是。"

"咦？"展老板满脸疑惑，"那是……"

胡洪锋向前一步，拍了拍展老板的肩膀："老板，你别问那么多啦，反正你照着我们说的去做就是了。"

展老板有些担心地说："你们不会在我这里做什么违法的事吧？"

贝富齐淡淡一笑："展老板，你想多了，我们只是来拍照的。"

展老板一脸怀疑："那待会儿要过来的是什么人？为什么你要我把他们带到东院去？"

贝富齐没想到这个旅馆老板会如此刨根问底，稍微沉吟，正在思考如何回答展老板，一瞥眼间，却看到潘小岳把手伸进了口袋。他知道潘小岳想要掏出手枪吓唬展老板，但如此一来，展老板便会成为惊弓之鸟，待会儿必定会在吴骐畅面前露出破绽。

他想要阻止潘小岳，但此时他跟潘小岳相距甚远，根本来不及阻止。幸好易郁涵按住了潘小岳的手。潘小岳怔了一下，转头看了看易郁涵，只见易郁涵摇了摇头。

"展老板，"汪叶瞳接着嫣然一笑，柔声说道，"待会儿过来的是我的前男友和他的几个朋友。刚才我们一个共同的朋友发信息告诉我，说他们今天也会过来拍照……"

她说到这里，用右手挽住了贝富齐的手臂："现在我有新男友了，不想再见他，所以想请你带他们到东院那边，免得见了面，大家都尴尬。"

众人听汪叶瞳这样说，心中暗赞她真有急智。

展老板听到汪叶瞳说话，多看了她两眼，发现她没有左臂，不禁微微一怔。但他很快就回过神来，笑呵呵地道："原来是这样呀，早说嘛。行，你们就放心住在这夕阳馆吧，待会儿你的前男友来了，我会带他们到东院那边的旭日馆的。"

交代完毕，麦奇士等人便走进走廊，而展老板也回到了小卖部内的房间之中。

几人走进走廊，只见走廊内有四间客房，左右各两间。

汪叶瞳指了指右侧的第一间客房，说道："我累了，不想走啦，我就住这个房间吧。"她左足残疾，平时走路已经比较吃力，刚才还走过了那条颇长的吊桥，早就疲惫不堪了。

麦奇士接着走到了走廊右侧的第二间客房前，冷然道："那我住这里。"

贝富齐低声提醒道："麦哥，这里离走廊入口比较近，还是住里面安全一些。"

麦奇士摇了摇头："不用了。"

他这样说，贝富齐也不再多说什么。

现在走廊左侧的两间客房还没有人，但其余几人听了贝富齐刚才的话，都不愿意住在靠近走廊入口的房间。万一吴骐畅他们发起突袭，住在走廊入口附近的人，确实会首当其冲。

在汪叶瞳和麦奇士进屋后，贝富齐、潘小岳、易郁涵和胡洪锋继续沿着走廊向前走。走廊在十多米后转向右边延伸，四个人右转后足足走了接近一分钟，才来到走廊的尽头。只见这里又有四间客房，左右各两间，尽头则是一堵墙壁，没有其他出路。也就是说，要离开这条走廊，还是需要回到刚才的入口处。

四个人各自挑选了一间客房：贝富齐和胡洪锋住在左侧，潘小岳和易郁涵则住在右侧。

在众人进入客房前，贝富齐交代道："我们跟吴骐畅约定的交易时间是今天下午一点，在此之前，大家先在房内休息。到了中午十二点，请大家到我的房间找我，我们一起敲定对付吴骐畅的一些细节。"

他想了想，又补充道："对了，因为不知道吴骐畅他们什么时候过来，所以请大家尽量待在自己的房间里，不要外出，免得跟他们碰面。"

此时潘小岳终于忍耐不住了，他见麦奇士不在场，便向贝富齐发难："姓贝的，你以为你算老几？老是这样命令我们！我喜欢出去就出去，喜欢留在房里就留在房里，你管不着！"

贝富齐心想今天也没得罪你，你怎么老是跟我过不去？冷笑一声："你自己出去，如果被吴骐畅干掉也跟我无关。但你暴露了行踪，让我们遇到危险，我就不能不管。"

"你要管也管不了！你一个小喽啰，有什么资格跟我这样说话？"潘小岳突然从腰间拔出一把五四式手枪，直指着贝富齐的脑袋，"你信不信我现在毙了你，别说麦奇士，连'大鬼'阁下也不会怪罪于我！"

贝富齐心想如果自己真的被潘小岳杀死了，麦奇士应该会为自己报仇，可是那又有什么用呢？于是他放软了语气，平静地道："问题是，你为什么要杀我呢？我只是根据麦哥的吩咐，嘱咐各位尽量不要外出走动，以免碰到吴骐畅那边的人，不知道哪里得罪了你？"

潘小岳听他语气放软，十分得意："怎么样？现在害怕了？昨晚你不是还很嚣张吗？说什么只要拿着我的面具，就可以冒充我？"

贝富齐恍然大悟，原来他还对昨天的事怀恨于心。这也难怪，潘小岳对自己曾被活尸司徒门一掳走又放回的事一直耿耿于怀，贝富齐昨晚却在众人面前提起这件事，讽刺潘小岳，他如何能不生气？

贝富齐心想好汉不吃眼前亏，吁了口气，说道："小岳哥，如果因为我昨天说错了话，引起了你的不满，我向你道歉。大敌当前，我不希望为了我们的私人恩怨坏了麦哥的事。毕竟，吴骐畅现在才是我们的共同敌人。"

潘小岳其实也不敢杀死贝富齐，毕竟这样无法跟麦奇士交代，只是如果这样就放过他，又咽不下这口气。此时易郁涵说道："行啦，黑桃6，人家都道歉了，你就见好就收吧。"

胡洪锋见易郁涵也说话了，连忙来打圆场："就是呀，潘大哥，齐哥，现在咱们可是坐在同一条船上，大家都是自己人，千万不要伤了和气，翻了船便宜了敌人呀。"

潘小岳当然没有把胡洪锋放在眼里，只是听易郁涵这样说，才冷哼一声，收起了手枪，走进自己的房间，摔上了门。贝富齐在心中松了口气，这才发现自己手心全是冷汗。

其余几人依次回了房间后，贝富齐定了定神，向着走廊的拐弯处匆匆走去。

再看夕阳馆的天台上。南宫听梦和韦雪蕾清晨便上来监视吊桥那边的情况，后来看到麦奇士等人到达。南宫听梦没有看到霍星羽，有些失望。

听韦雪蕾说这几个人应该是来进行毒品交易的毒贩，南宫听梦问："霍星羽会不会在我们睡觉的时候就已经到了，现在正潜伏在云端宾馆的某个地方？"

韦雪蕾在心中微一琢磨，说道："也有可能。"

"那怎么办？"

"据我所知，那些毒贩会在今天下午一点的时候进行交易，交易的地点就是连接东院和西院的那座石桥，到时候霍星羽肯定会出现。"

"那倒是。"南宫听梦咬了咬牙，"就让他多活几个小时吧。"

接下来两个人继续留在天台监视，等了两个多小时后，南宫听梦突然精神一振。

又有五个人正在走向吊桥！

南宫听梦拿着望远镜逐一观察这五个人：一个不到五十岁、满头油腻的长脸男子；一个三十岁左右、身材结实的矮子；一个四十来岁、红光满面的男子；一个同样四十来岁、样貌猥琐的男人；还有三十岁左右、化着浓妆的女子。

"咦，这次来的人里也没有霍星羽呀。"南宫听梦满脸疑惑，"这拨人还是毒贩吗？"

韦雪蕾笑了笑："梦姐，你们神血会里有个叫雍乌的人，不是懂得化装技术吗？"

南宫听梦轻呼一声："你是说，这五个人之中，有化装后的霍星羽？唔，老雍也来了吗？"

霎时间，她的心情有些激动。杀死丈夫的凶手，此刻终于近在眼前，复仇之刃，蓄势待发。

"梓陌，你看到了吗？"她在心中默念，"很快我就可以为你报仇了……"

现在经过吊桥走向云端宾馆的这五个人，正是吴骐畅、陈盛、霍星羽、雍乌和冷若寒，其中霍星羽、雍乌和冷若寒戴着硅胶面具，伪装成其他人的样子。

今天早上，吴骐畅开车来到仙湖公园的西门外时，陈盛已经到了。

吴骐畅在车里向他招了招手："小陈，这边！"

陈盛见吴骐畅来了，立即走过来，坐在副驾驶座上："早呀，吴哥。吃过早饭了吗？"

他一边说一边回头望了望后排的座位，只见车内空空如也，不禁好奇地问道："咦，吴哥，你的人呢？"

吴骐畅笑了笑："他们开另一辆车过去。"

"你这里不是还有座位吗？为什么要再开一辆车？"陈盛不解地问，"要去的人很多？"

"我让他们另外开一辆过去，这样万一这辆车坏了，我们也能开另一辆车回来。"

吴骐畅说罢，不禁望了望窗外，心想，那两个神血会的人，此刻是否正在附近监视着自己呢？

是的，在吴骐畅到达仙湖公园的一个小时前，霍星羽、雍乌和冷若寒就已经到达了。他们把汽车停在公园西门附近一个隐蔽的地方，留在车内监视。

"戴上这个吧。"在等候的过程中，雍乌取出了三张硅胶面具。

雍乌擅长制作这种硅胶人脸面具，并精通化装技巧。这些面具上的纹理和肤色仿真度很高，戴上以后，再稍微化装，便可伪装成另一个人。

本来霍星羽和雍乌都已年过花甲，但此时戴上硅胶面具，瞬间便像是四十来岁的男子。至于冷若寒戴上硅胶面具后，则变成了另一个女子的面容。

冷若寒拿出手机，打开前置摄像头，看着自己的样子，一脸不可思议："太厉害了。"

"你可以在面具上再化个妆，这样能更好地掩饰面具的存在。"雍乌提醒道。

"是的，雍老师。"

霍星羽笑了笑："老雍，不如你把这项技术传授给若寒吧，免得你退休以后就失传了。"

"失传了就失传了。"雍乌淡淡地说，"就是因为当时我把这化装技术传授给了阿闩，才导致现在即使他化装成另一个人出现在我们面前，我们也毫不知情。"

原来他曾把硅胶面具的制作方法以及各种易容化装的技巧传授给霍闩，没想到后来霍闩青出于蓝，制作的硅胶人脸面具厚度不到一毫米，而且耳朵、鼻孔和嘴唇等部位的通气孔十分隐蔽，仿真度之高，匪夷所思。霍闩戴上自己特制的硅胶面具，装上隐藏的微型变声器，再配合天衣无缝的演技，足以完美地伪装成任何一个人。

霍星羽苦笑了一下："阿闩的化装技术，确实令人防不胜防呀。现在我们三个人中，就可能有一个是阿闩化装成的。"

冷若寒也笑了笑："老师，这么说，这个冒充者的脸上现在不就戴着两张面具吗？热都热死了。"

接下来，三个人在车里等了半个小时，终于看到一个个子不高的男子走到仙湖公园的西门外，四处张望，似乎正在等人。

冷若寒首先注意到这个男子，对霍星羽道："老师，那个人应该就是吴骐畅所说的杀手陈盛。"

"应该是吧。"

雍乌皱了皱眉："什么杀手？"

霍星羽把吴骐畅雇了一个杀手在交易时保护他的事告诉了雍乌。雍乌听后沉吟片刻，分析道："去进行毒品交易，为什么要带上一个杀手？保护之说，过于牵强。恐怕吴骐畅本来就打算杀死麦奇士，因此才会让陈盛一同前往。"

"哦？"霍星羽问道，"他为什么要杀死麦奇士？"

"应该是为了某种利益吧。"雍乌猜测道。

霍星羽嗯了一声："如果真的是这样，我们见到麦奇士以后，倒不用急着动手，先让他们自相残杀，然后我们再来收拾残局。"

三个人又等了一会儿，终于看到一辆车牌号码为C8888的黑色悍马到达，那正是吴骐畅的车。接下来，那矮个男子上了车，看来他果然便是吴骐畅所提到的杀手陈盛了。

吴骐畅驾车离开后，冷若寒便开车跟上他。在前往鬼头山的途中，霍星羽几次跟雍乌说话，雍乌都只是简单回应，后来霍星羽索性不再说话，闭目养神。冷若寒见老师这样，也不敢作声了。

一个多小时后，吴骐畅开车来到鬼头山山顶，和陈盛一起走下汽车。冷若寒则把汽车停在吴骐畅的悍马旁边。吴骐畅看到霍星羽等人下车，微微一怔。此时霍星羽等人戴着硅胶面具，吴骐畅自然不认得他们的模样。

霍星羽瞧出了吴骐畅的疑惑，走到他身前，叫了声："吴哥，早上好呀。"

吴骐畅认得霍星羽的声音，这才知道他便是昨晚那个自称姓霍的神血会成员。

接着冷若寒和雍乌也走过来跟吴骐畅打招呼。吴骐畅也认出了冷若寒的声音，但是雍乌的声音他却不认识，因为他昨晚离开岐木村时雍乌还没到达。

"跟你们介绍一下，"吴骐畅介绍道，"这位是陈盛，是我请来的外援，哈哈。小陈，这三位都是我的搭档。"他不知道霍星羽等人的名字，索性就不一一介绍了。

陈盛也不多问，向霍星羽一行人点了点头："三位好，多多指教。"

霍星羽淡淡地应答了一声，接着问吴骐畅："吴哥，钱带来了吗？"

吴骐畅点了点头，从自己的车内取出了一个行李箱。

"要不打开检查一下吧？"霍星羽说。

吴骐畅不敢违抗霍星羽的命令，只好打开了行李箱，只见箱内装满了一百元的练功券。霍星羽看到练功券，跟雍乌对视了一眼，心中均想，吴骐畅来这里果然不是为了交易。

与此同时，冷若寒也从霍星羽的车内取出一个小提琴的琴盒。陈盛好奇，问道："咦，这位小姐姐，你带小提琴来干什么？"

为了不在这个陈盛面前露出破绽，假装成吴骐畅的手下已经让冷若寒心中不爽了，现在她见陈盛多管闲事，白了他一眼，冷冷地道："关你什么事？"

陈盛没想到吴骐畅的手下会这样跟自己说话，微微一怔，有些不悦地道："这位小姐姐怎么说话呢？"

冷若寒不再多瞧陈盛一眼，径自向前走去。

吴骐畅自然不敢得罪冷若寒，拍了拍陈盛的肩膀，低声笑道："小陈，这小姐脾气不太好，你最好别惹她，她发起脾气来，我也管不住呀，哈哈。"

霍星羽听吴骐畅这样说，看了他一眼，似笑非笑。吴骐畅一脸尴尬，干笑了两声，不再说话。

第 九 章

囹 圄

霍星羽一行人来到吊桥前方，陈盛看了桥头的木牌一眼，喃喃地问："云端宾馆？"

吴骐畅点了点头："据说这家宾馆里有一座石桥，今天下午一点，我们就在石桥那里跟麦奇士他们进行交易。"

五个人走过吊桥，来到夕阳馆前方。吴骐畅看了一眼夕阳馆的大门，说道："不知道麦奇士他们到了没有？"

霍星羽看了看手表，此时已经是上午十点了，说道："应该到了吧。"

他话音刚落，只见一个六十来岁、脸色蜡黄的男子从夕阳馆走出来，正是云端宾馆的老板展舍水。

展老板看到霍星羽等人，问道："欢迎光临，各位是要入住云端宾馆吗？"

吴骐畅点了点头："是的。有房间吗？"

展老板嗯了一声："有的，各位请随我来吧。"说罢他朝夕阳馆的另一边走去。

霍星羽指了指夕阳馆的大门："客房不是在这里吗？"

展老板回头看了看霍星羽，笑着解释："这里是西院，在东院那边还有一间旭日馆，我带你们到旭日馆去吧。"

霍星羽试探着问："就住在这间夕阳馆不可以吗？我们不想走那么远。"

展老板似乎有些为难："这个……也不是不可以，不过这夕阳馆内的客房比较老旧，而旭日馆是后来新建的，客房比较新，所以我打算带你们到那边去。"

霍星羽心中思忖：这个旅馆老板眼神闪烁，肯定有所隐瞒。应该是麦奇士他们已经到了，现在住在这间夕阳馆中，还叮嘱老板再来客人不要带入夕阳馆，所以老板才试图把我们带到东院那边。唔，哪怕我推断有误，此时麦奇士他们还没到，我们住在东院那边，离吊桥远一些，也更利于隐藏。

于是他对吴骐畅道："吴哥，那我们就去东院吧，价钱相同，当然是要住比较新的客房嘛。"

吴骐畅看上去是老大，实际上受控于霍星羽，点了点头："走吧。"

五个人跟着展老板来到连接东院和西院的石桥前方。霍星羽看了一眼石桥，心道这里就是那个罪恶滔天的大毒枭麦奇士的葬身之地！

与此同时吴骐畅也心想：等一下这里免不了有一场恶战，如果在枪战中，神血会的人和麦奇士的人两败俱伤就好了，只是如果神血会的人都死光了，就没人知道我老婆孩子被关在哪里了……

"在想什么？"雍乌上前一步，拍了拍吴骐畅的肩膀。

吴骐畅连忙摇头："没什么。"

展老板首先走上了石桥。吴骐畅当时就站在展老板身后，却不敢跟着展老板走上石桥。他怕一旦遭到后面的人偷袭，就会掉落悬崖，粉身碎骨。

霍星羽自然瞧出了吴骐畅的心思，对他道："大哥，快走吧。"

吴骐畅心中暗骂了两句，极不情愿地走上了石桥。接着霍星羽又转头向陈盛摊了摊手："陈先生，请。"

"好嘞。"陈盛大步走上了石桥，似乎没看出霍星羽让他先走是在提防他。

霍星羽见后面的全是自己人，这才放心过桥。随后冷若寒和雍乌也跟着走了过去。

五个人跟着展老板来到旭日馆。此时南宫听梦和韦雪蕾已经入住旭日馆一楼的两个房间，于是展老板把霍星羽等人带到楼梯前，想要把他们带上二楼。

"一楼没有客房吗？"霍星羽问。

"这个……"展老板支支吾吾，最后有些言不由衷地道，"唔，没有。"

其实霍星羽一走进旭日馆的大堂，便看到一楼的一侧有条走廊，走廊内似乎有若干房间，但他也没有点破，点头道："嗯，那我们住二楼吧。"

展老板带着几人来到二楼，走到某条走廊前方："这条走廊里的客房，各位可以随意挑选……"

没等他们答话，展老板接着又指了指位于入口处左侧的房间，补充道："除了这间。"

陈盛好奇地问："为什么这间不可以住？"

其余几人心中也有同样的疑问，不约而同地望向展老板。

展老板笑了笑，打开了这间房间的门："因为这里不是客房，是医务室。"

众人探头一看，这间房间果然是医务室，室内有一张病床，数个矮柜，以及几个玻璃药柜。

接着展老板又问："对了，请问你们要几间房间？这条走廊里的客房都是标间。"

霍星羽想了想，说道："五间吧。"

"哦？"展老板双眼一亮，"每间客房两百元一天，你们是住一天吗？"

"嗯，先住一天吧。"霍星羽心想今天下午杀死麦奇士后，就不会在此逗留了。

"总共一千元，我给你们打个九七折吧，一共是九百七十元。"

霍星羽点了点头，对吴骐畅道："吴哥，给钱吧。"

吴骐畅无奈，只好数了一千元现金交给展老板。

"谢谢。唔，我现在没有零钱，要不待会儿再找给你吧？"展老板笑嘻嘻地道。

吴骐畅摆了摆手："不用找了。"

展老板似乎就是在等吴骐畅说这句话，喜笑颜开地说："哈哈，谢谢老板啦。那我先回去了，在西院夕阳馆的接待处旁边，有一间小卖部，我平时就在那里，你们如果有什么需要，随时过来找我吧。"

展老板正准备离开，霍星羽却叫住了他："老板，今天除了我们几个，还有其他客人入住吗？"

"这……没有了。"展老板言不由衷，似乎怕霍星羽不相信，接着又补充道，"我这里已经有三个月没有客人来了。"

霍星羽心里有数，不再多问。

展老板离开后，霍星羽道："吴哥，我们跟麦奇士的交易时间是下午一点，中午十二点五十分我们在这里集中，然后一起过去石桥那边吧。你看行不？"霍星羽看似在向吴骐畅征求意见，其实是在向众人交代集合的时间。

"可以，没问题。在此之前，大家先在房间里休息一会儿吧。"

在霍星羽、雍乌和冷若寒各自进屋后，陈盛拉住了准备进房的吴骐畅，低声道："吴哥，我怎么觉得你这几个手下都怪怪的，他们是不是不喜欢我一起过来呀？"

吴骐畅苦笑了一下："怎么会呢？你想多了。你是我请来的，他们怎么可能有意见？"

陈盛微微点头，又问："待会儿我们是一见到麦奇士就开枪吗？"

"不用着急，待会儿交易的时候，先看看他们那边有多少人，然后再见机行事吧。"吴骐畅一边说一边在心中琢磨，在交易的时候怎样才能让神血会的人和麦奇士的人两败俱伤，而自己又能保住性命呢？

关键时刻，是不是还要陈盛帮忙杀死霍星羽等人呢？

现在在鬼头山上，陈盛是最值得吴骐畅信任的人了。毕竟陈盛是个收人钱财替人消灾的杀手，他昨晚给了陈盛十万元订金，现在也只能依靠这十万元跟陈盛暂时建立合作关系了。

南宫听梦和韦雪蕾看到化装后的霍星羽、雍乌等人走过吊桥，便来到天台东边的边沿等候，不一会儿，又看到展老板领着霍星羽等人走过了石桥，走进了位于东院的旭日馆。

南宫听梦喃喃地道："这五个人哪个是霍星羽，哪个是雍乌呢？"

韦雪蕾微一凝思，说道："梦姐，我们也回旭日馆去吧。"

南宫听梦咦了一声："那不是会碰到霍星羽他们吗？"

韦雪蕾微微一笑："展老板应该会把他们带到二楼或三楼的客房，我们就躲在一楼的客房里，静观其变。据我所知，那些毒贩交易的地点就在那座石桥，而我那个房间的窗户，正好可以看到石桥那边的情况。"

南宫听梦搔了搔头："留在这里也可以看到石桥的情况呀。"

"梦姐，你想想看，那些毒贩就住在这栋夕阳馆内。交易的时候，这里的天台是一个极佳的制高点，那些毒贩想要掌控全局，很可能派人到这里来监视整个过程。此外，霍星羽他们如果想要杀死那些毒贩，也可能在这里进行狙击。"韦雪蕾有条不紊地分析道。

南宫听梦一想，觉得有道理，说道："还是你想得周到，那我们快回去吧。"

此时鬼筑的人都在自己的房内。南宫听梦和韦雪蕾走到一楼时，接待处一片寂静。两个人匆匆走出夕阳馆，经过石桥，回到旭日馆前方，刚好看到展老板从旭日馆走出来。

南宫听梦微微一惊，左右张望，只见刚才那五个人并没有跟着出来，这才问展老板："老板，刚才你带进去的那几个人呢？"

展老板笑了笑："我把他们带到二楼去啦。"接着他看了看韦雪蕾，笑问："那不是你爸他们吧？"

韦雪蕾摇了摇头："不是。你没跟他们提起我们吧？"

"当然没有呀。"展老板理所当然地说，"我不是答应过你吗？无论是谁来了，我都不会跟他们提起我见过你们两个。"

韦雪蕾嫣然一笑："谢谢你啦，展老板。"

"那我先走啦，有事到小卖部找我吧。"展老板说罢告别她们，走向石桥。

而韦雪蕾和南宫听梦也匆匆回到一楼的走廊内。

"雪蕾，现在霍星羽他们来了，那些毒贩也来了，这里充满危险。安全起见，我们待在同一个房间吧。"南宫听梦提议道。此时她对韦雪蕾已经完全放下戒心，把她当成一个值得信任的同伴。她见韦雪蕾手无缚鸡之力，自然想着要保护韦雪蕾的安全。

韦雪蕾知道南宫听梦提议和她共处一室，实际上是为了保护她，一脸感激地说："好啊，梦姐谢谢你。唔，你到我的房间来吧，我们可以通过窗户监视石桥那边的情况。"

于是她们走进韦雪蕾所住的客房，关上房门，扣上防盗链，再到窗边拉上了窗帘，只留下一道缝隙。

接下来，两个人便通过缝隙监视着石桥周围的风吹草动。

中午十二点，潘小岳、易郁涵和胡洪锋来到了贝富齐的客房前。

贝富齐打开房门，让三个人进来，然后又吩咐胡洪锋道："小胡，你去把麦哥和叶瞳也叫过来吧。"

"好嘞。"胡洪锋应答一声，快步走出房间。

贝富齐右手一摊："小岳哥，郁涵姐，请坐吧。"

坐下之后，潘小岳问道："吴骐畅他们来了吗？"

"来了。我去监视过，看到旅馆老板把他们带到东院的旭日馆去了。"贝富齐答道。

潘小岳看了看手表，又道："马上就要开始交易了，我们不是要派人到吊桥那边守着吗？"

贝富齐点了点头："等麦哥和叶瞳来了，我们就分配一下工作吧。"

不一会儿，胡洪锋带着麦奇士和汪叶瞳来到贝富齐的房间。现在，鬼筑这边的六个人都在这个小小的客房之内。

贝富齐关上门，还扣上了防盗链，接着转头对众人道："各位，吴骐畅他们已经来了，总共有五个人，四男一女，现在他们被带到了东院的旭日馆内。不过，有一件事比较奇怪。"

"什么事呀，齐哥？"胡洪锋好奇地问。

"吴骐畅手下的人，我也认识一些，特别是他的两个心腹，孙竞凡和李子豪，我都跟他们打过交道。但是，吴骐畅今天没有带这两个心腹过来，他带过来的那四个人，我一个都没有见过。"贝富齐说到这里，神色凝重。

"这是什么意思？"胡洪锋不解，"吴骐畅开始起用新人了？"

贝富齐摇了摇头："我的意思是，他们今天过来，可能不是来交易的。"

胡洪锋更加疑惑了："不是来交易？那他是来……"

易郁涵已经明白了贝富齐的意思，冷冷地道："跟我们一样，来杀人。"

胡洪锋轻呼一声："杀谁？"

贝富齐看了看面无表情的麦奇士："自然是要杀麦哥了。"

汪叶瞳接着分析道："吴骐畅是怕自己的行迹暴露，所以想先下手为强杀了黑桃J吧。"

贝富齐补充道："而且麦哥认为，吴骐畅可能是受了高维翰的指使。"看来在此之前他已经跟麦奇士单独交流过这件事。

麦奇士点了点头，肯定道："嗯。"

胡洪锋咬了咬牙："这个吴骐畅，不仅害麦哥损失了几千万，现在还想来杀死麦哥？真是不可饶恕！我们现在就该去东院那边把他灭掉！"

他说罢站了起来，一副跃跃欲试的样子。

"小胡，冷静一些，先坐下来。"贝富齐顿了一下，接着看了看麦奇士，继续道，"麦哥，以防万一，待会儿的交易你就不要去了，就让我跟小岳哥、小胡三个人去就好了。"

麦奇士略一思索，点了点头："好。"

贝富齐指了指自己放在床上的那两个铝合金公文箱："这两箱'货'虽然不是真的，但我们也暂时先别带去。郁涵姐，待会儿麻烦你到吊桥那边守着，如果吴骐畅他们的人想逃跑，你就杀了他们，不必留活口。"

易郁涵冷哼一声，问："我见到有人要逃出去，就把他叫过来，对他催眠，让他自己跳崖，对吗？"

贝富齐知道易郁涵在说气话，笑了笑，从自己的背包中取出四把九二式手枪，放在床上："郁涵姐，小岳哥，叶瞳，小胡，你们每人带一把枪在身上吧。这几把枪都已经装满子弹了。"

"好嘞！谢谢齐哥！"胡洪锋迫不及待地拿起了其中一把手枪，放进口袋中。

至于潘小岳，虽然他自己带了一把五四式手枪，但此时也没有拒绝，拿起一把收了起来。

汪叶瞳秀眉一蹙，摇头道："我不会用枪呀。"她很少自己动手杀人，更擅长下毒胁迫别人。

易郁涵看了一眼床上剩余的两把手枪，也没有伸手去取。她虽然偶尔也会用枪，但枪法一般。所以她一直想不明白，这次的行动，麦奇士为什么会叫上她？又为什么会叫上汪叶瞳？

一个多月前麦奇士要杀死朱亚军全家，催眠术和毒针都能派上用场，让她们两个参与倒是无可厚非。然而这次的行动，是要明刀明枪地杀死吴骐畅，让她俩参与确实有点莫名其妙。

此时只见胡洪锋嘿嘿一笑："叶瞳姐，还是带一把枪在身上保险一些呀，如果你不会用，我待会儿教你用吧。"

汪叶瞳想了想，微微颔首，拿起了床上剩下的两把手枪，把其中一把递给易郁涵："郁涵姐，你也带上一把吧。"

易郁涵接过，向她点了点头，表示感谢。

贝富齐转头看了看易郁涵："郁涵姐，那把守吊桥的事，就交给你了。"

"哦。"易郁涵冷淡地应答道。

贝富齐也不介意她的冷漠态度，接着又对汪叶瞳说："叶瞳，你和麦哥暂时留在这里。"

"好的。"不用去跟吴骐畅那边的人见面，不用以身犯险，汪叶瞳自然十分乐意。

最后贝富齐又对潘小岳和胡洪锋道："小岳哥，小胡，待会儿交易的时候，我们也不用急着杀死吴骐畅，先摸清楚他们那边的情况，再见机行事吧。"

交易即将开始。虽然房内几人都是身经百战的鬼筑成员，见过不少大场面，但此时房间里仍然弥漫着一股紧张而不安的气氛。

还有半个小时就到交易的时间了。此刻冷若寒在自己的房间里闭目养神，忽然听到门外传来一阵敲门声。冷若寒双眼一睁，秀眉一蹙，走到门前，略带警惕地问道："谁？"

"是我。"门外传来了老师霍星羽的声音。

冷若寒放下了防盗链，打开了房门，果然看到霍星羽站在门外。

"老师，有事？"冷若寒问。

霍星羽点了点头："我刚才观察了一下，以石桥作为交易地点的话，西院那边夕阳馆的天台是一个不错的制高点，你可以以那里作为狙击点。"

在霍星羽的计划中，当麦奇士现身交易之时，埋伏在暗处的冷若寒便开枪狙击他。冷若寒所带的那个小提琴的琴盒里，实际上装着一把狙击枪。

"好的，"冷若寒回到房间，拿起了装着狙击枪的琴盒，再次走到门前，"我现在就过去准备。"

霍星羽嗯了一声，叮嘱道："现在麦奇士他们应该就在夕阳馆里，你要潜入，务必小心谨慎，不要被他们发现。"

"是的，老师。"

"快去吧。"冷若寒办事，霍星羽还是比较放心的。

于是冷若寒带着狙击枪，快步走出旭日馆，再匆匆走过石桥，来到夕阳馆前。她探头一看，此时夕阳馆的接待处空无一人，于是快速进去，通过楼梯来到了夕阳馆的天台。

正如霍星羽所说，这里果然是一个绝佳的狙击点。冷若寒架好狙击枪，做好了狙击的准备。

她现在还不知道麦奇士那边有多少人，但她的第一枪，肯定是瞄准麦奇士。擒贼先擒王，这第一枪，不容有失。

还有十分钟就到交易时间了。

吴骐畅拖着那个装满了练功券的行李箱走到房外，只见霍星羽和雍乌已在走廊等候。

吴骐畅见陈盛不在场，自然不敢再冒充老大："两位大哥，这么早就出来啦？"

霍星羽看了吴骐畅一眼，冷冷地道："你的家人安全与否，就看我等一下能不能杀死麦奇士了。"

吴骐畅咽了口唾沫："霍大哥，我一定全力配合。"

"叫上陈盛，出发吧。"霍星羽吩咐道。

"好的。"

吴骐畅走到陈盛所住的房间前，敲了敲门。不过数秒，房门便打开了，陈盛从房中走了出来。

"吴哥，要过去啦？"陈盛问。

吴骐畅点了点头："早点儿过去吧。"

"咦？"陈盛突然疑惑道，"那个小姐姐呢？"他所说的自然是冷若寒了。

吴骐畅其实也想知道她在哪里，但又不敢问霍星羽，此刻他听陈盛问起，看了看霍星羽。

霍星羽转过头来，答道："她有些不舒服，在房间里休息。"

陈盛微微一怔，接着呵呵一笑："也对，咱们要对付的人可是鬼筑黑桃会的麦奇士，异常危险，小姐姐还是留在房间里比较安全。"

"好了，吴哥，咱们快走吧。"霍星羽催促道。

四个人走出旭日馆，走向石桥，远远看到石桥另一边的桥头站着三个人。

正是贝富齐、潘小岳和胡洪锋。

交易双方，首次碰头。

贝富齐远远看到吴骐畅等人来到石桥前方。双方人员，分别站在石桥两侧，悬崖边沿。

吴骐畅知道贝富齐是麦奇士的保镖，朗声道："阿齐！别来无恙吧？"

他一边说一边快速打量着贝富齐身旁的胡洪锋和潘小岳：胡洪锋在梁醒死后接管了梁醒的工作，为麦奇士管理制毒集团，后来也跟吴骐畅打过交道，吴骐畅自然也认得他；至于戴着面具的潘小岳，吴骐畅并不认识，不禁多看了几眼他脸上那张诡异的白色面具。

贝富齐也对吴骐畅笑了笑："吴哥，今天带来的人怎么这么面生呀？"

吴骐畅心中一凛，勉强一笑，也不回答贝富齐的问题，扯开话题道："对了，麦哥呢？"

贝富齐笑道："这种小交易，就不劳烦麦哥亲自过来啦，我们自己搞定就好了。"

吴骐畅一听，不禁脸色微变。麦奇士没有到云端宾馆来？不会吧？旁边这三个人说是什么惩奸除恶的神血会成员，其实根本就是杀人不眨眼的魔鬼，如果他们杀不了麦奇士，会不会转过头来对付我？

他还在胡思乱想，只见霍星羽向前几步，来到悬崖的边沿，隔着悬崖向贝富齐昂首问道："麦哥没到鬼头山来，对吧？"他此前派冷若寒对鬼筑进行过深入调查，知道贝富齐是麦奇士的保镖，也知道那个戴着白色面具的人是鬼筑黑桃会的成员之一——黑桃6潘小岳。

贝富齐点了点头："对呀。"与此同时他心想，对方为什么如此在意麦哥有没有来？难道他们的目的真的是要杀死麦哥？看来来者不善呀。而且他们来时明明有五个人，那个女人到哪里去了？

吴骐畅也向前走了两步，来到霍星羽身后，对贝富齐道："阿齐，你们也太没诚意了吧？麦哥让我们到这鸡不生蛋鸟不拉屎的地方来交易，我们二话不说直接过来了，麦哥自己却不来？"

贝富齐收起了笑容，淡淡地道："吴哥，你们要的是我们的货，麦哥来没来有什么关系？难道你们找麦哥有事？"

吴骐畅见贝富齐等人两手空空，又问道："那么货在哪儿呢？"

只听贝富齐说道："货我们带来了，放在房间里。钱呢？"

吴骐畅翻了翻眼皮，阴阳怪气地道："阿齐，我觉得你们这次真是太没诚意了。钱我亲自带来了，但你们的麦哥却不过来，你是代替他过来的，但也不带货，你们到底还要不要交易呀？"

贝富齐赔笑道："吴哥，您别生气，我马上回去取货。这样吧，您先让我们看看您带来的钱。"

吴骐畅心想，我打开了行李箱，让你们看到里面全是练功券，那还得了？于是板着脸说道："同时开箱，一手交钱，一手交货，阿齐，你也是这一行的老前辈了，怎么连这些最基本的规矩都忘了？"

贝富齐笑了笑："行，那麻烦吴哥您等几分钟，我们马上回去把货拿过来。"

吴骐畅心想："麦奇士没来，看看神血会的人怎么说吧。"于是说道："这样吧，我们也先回去，十分钟后再过来交易。"

"没问题。"

吴骐畅转过身，对站在自己身后的雍鸟和陈盛点了点头，示意先回旭日馆再说。

然而就在这时，却见贝富齐以迅雷不及掩耳之势拔出了一把九二式手枪，对着吴骐畅的背部开了一枪。

"砰"的一声，子弹疾驰而出，击中了吴骐畅的背部。吴骐畅全身一震，转过身子，怒喝："混账！谁开的枪？"原来他早知道今天的交易凶险无比，所以穿上了一件防弹衣。

贝富齐微微一怔，然后马上反应过来，对着他的右腿又开了一枪。

这一次，子弹击中了吴骐畅的右小腿，只听吴骐畅惨叫一声，跪倒在地。

"混蛋！"吴骐畅怒不可遏，转头对陈盛道，"小陈，干掉他们！"

现场瞬息万变。陈盛见吴骐畅中枪，呆了一下，随即回过神来，以极快的速度拔出了一把黑星手枪。

就在这时候，忽然"轰"的一声巨响，惊天动地。

那似乎是爆炸声。

爆炸声是从吊桥那边传过来的。

片刻之前，易郁涵独自来到吊桥前，走到一块大石后面，监视着吊桥的情况。

她对自己的枪法实在没什么信心，唯一的优势就是敌在明而她在暗。

她等了一会儿，无意中忽然发现吊桥上有些东西。

那是什么？易郁涵向桥头走了几步，定睛一看，那东西竟然是几捆炸药！

今早众人经过吊桥的时候，并没有发现桥上有炸药啊！是谁，在什么时候把炸药放在这里的？又为什么要炸掉吊桥？

难道是吴骐畅那边的人？

易郁涵心中一凛。吊桥是进出云端宾馆的唯一通道，一旦被炸断，众人便无法离开云端宾馆，也无法下山了，这里又没有信号，想要打电话求助也办不到。

难道，那个安放炸药的人，就是要把众人困在鬼头山上？

易郁涵想到这里，想要跑过去把那几捆炸药踢到吊桥下方，这样即使炸药被引爆，吊桥也不会被炸断。

可是，万一自己刚走到旁边，炸药就爆炸了呢？那自己当场便会被炸得粉身碎骨。

这件事太危险了。易郁涵定了定神，决定先回到夕阳馆，把吊桥上放着炸药的事告诉麦奇士和汪叶曈。

她转过身去，刚走了几步，身后却传来一声地动山摇的巨响。

那些炸药爆炸了！炽热的气浪把易郁涵整个人掀翻在地。

易郁涵爬起身，回头一看，只见吊桥已经被炸断了。

易郁涵心中骇然。如果刚才自己真的走过去把炸药踢到吊桥下方，那此时此刻哪里还有命在？

她惊出一身冷汗，匆匆返回夕阳馆。

大半个小时前，冷若寒来到夕阳馆天台东侧的边沿，架好了狙击枪，准备在这里狙杀麦奇士。

她在天台等了二十分钟，果然看到有三个人从夕阳馆所在的方向走向连接东院和西院的石桥。

这三个人她都认识。一个是黑桃6潘小岳，一个是麦奇士的保镖贝富齐，还有一个是目前正在帮麦奇士管理制毒集团的胡洪锋。在此之前，她已深入调查过这三个人的背景资料。

麦奇士没有出现。难道他没有到云端宾馆来？

此时此刻，冷若寒要击毙潘小岳、贝富齐、胡洪锋中的任何一个都可谓轻而易举。甚至要连续击毙他们三个人，对她来说也并非难事。但这次他们制裁的目标是麦奇士，她怕如果此时开枪，会打草惊蛇，于是静观其变。

接着，霍星羽、雍鸟、吴骐畅和陈盛也走出旭日馆，来到石桥前方。

冷若寒立即通过瞄准镜把枪口对准了贝富齐，以防万一。

贝富齐和吴骐畅聊了几句后，只见吴骐畅转过身子，似乎想走回旭日馆。然而就在这时候，贝富齐却突然拔出了一把手枪，向吴骐畅的背部开了一枪。

吴骐畅中枪了，但却没有倒下。冷若寒咦了一声，马上明白过来：这个贪生怕死的毒贩穿着防弹衣。

紧接着，贝富齐又开了一枪，击中了吴骐畅的右腿。

眼看双方即将要爆发一场枪战，霍星羽和雍乌或许会遇到危险，冷若寒准备马上击倒贝富齐，然后再快速击倒潘小岳和胡洪锋。

然而就在此时，她的身后传来了一声震耳欲聋的爆炸声！

冷若寒吓了一跳，马上跑到天台西侧眺目远望，竟见云端宾馆入口处的吊桥被炸断了。

冷若寒心念电转：昨晚她曾在网上搜索过云端宾馆的详细资料，那座吊桥是进出云端宾馆的唯一通道。吊桥断了，众人就会被困在鬼头山山顶，无法离开！

而且这里没有信号，不能打电话，也不能上网，无法跟外界取得联系。

冷若寒想到这里，心中一惊。这里没有水源，一旦超过三天，所有人都会有生命危险！

冷若寒记得旅馆老板说过在夕阳馆的接待处旁边有一间小卖部，她刚才进来时，好像确实在楼梯附近看见那间小卖部。里面肯定有矿泉水！现在，就是抢夺矿泉水的最后时机。一旦麦奇士那边的人也发现吊桥被炸毁，众人被困，便会去控制小卖部中的食物和水，到时候他们在接下来的这场生存游戏中，便处于劣势了。

她来不及收起狙击枪，匆匆离开天台，跑到一楼，果然看到在接待处和楼梯之间有一间小卖部。

此时旅馆老板展舍水就站在小卖部门外，一脸惊慌。他应该是被爆炸声惊动了，从小卖部中出来一探究竟。

冷若寒知道麦奇士那边的人随时会出现，不敢耽误，快步走到小卖部前。展老板看了她一眼，满脸疑惑地问："你怎么过来了？你知道刚才那是什么声音吗？"

时间紧迫，冷若寒没有回答展老板的问题，径自走进小卖部，四处张望，只见地上放着两箱矿泉水。

"只有这两箱矿泉水吗？"冷若寒回头向展老板问道。

"对呀，你是要买水吗？"

冷若寒还是没有回答展老板的问题，她搬起一箱矿泉水，就准备离开。然而还没转身，忽然"砰"的一声，她手上的那箱矿泉水竟被子弹击中了！

冷若寒这一惊实在非同小可。她猛地回头一看，只见开枪的是站在小卖部外的一个独臂女子。

这女子自然就是汪叶瞳了。贝富齐、潘小岳、胡洪锋和易郁涵离开贝富齐的房间后，她和麦奇士就留在房间里等候。过了一会儿，她觉得口渴，便出来买水。

当她走到走廊的拐弯处时，忽然听到夕阳馆外传来了爆炸声。

汪叶瞳不知道发生了什么事，加快脚步走向接待处。只是由于她左足残疾，所以走得并不快。

当她来到接待处时，正好看到冷若寒想要搬走一箱矿泉水。汪叶瞳能加入黑桃会，自然是聪明至极，一看到眼前这个陌生女子的举动，心念电转，马上想到刚才的爆炸炸断了吊桥，现在众人被困在云端宾馆内，矿泉水将是他们生存下去的重要资源。既然如此，她怎能让对方带走这箱矿泉水？于是她立即开枪，想要击毙冷若寒。只是她不擅长用枪，子弹打偏了，没有击中冷若寒，却打中了她手上的那箱矿泉水。

此时冷若寒已经回过神来，她反应极快，立即掏出手枪反击。

她所用的斑蝰蛇手枪枪体表面光滑，使用者可以在极短的时间内在枪套或口袋中把枪取出。汪叶瞳还没反应过来，已被疾驰飞出的子弹射中了腹部。

冷若寒曾是L市特警队的特警，受过严格的射击训练，她跟汪叶瞳的枪法，自然不可同日而语。

汪叶瞳惨叫一声，倒在地上。

展老板见冷若寒和汪叶瞳爆发枪战，惊慌失措，两手抱头，蹲了下来，嘶声道："不要打我……不要打我呀……"

这时候，接待处左侧的走廊里走出来一个长发男子。冷若寒看向那长发男子，只见他左脸俊雅，右脸毁容，正是他们这次行动要"制裁"的目标——黑桃J麦奇士！

冷若寒知道要取走矿泉水已经来不及了，留得青山在，不怕没柴烧，现在最重要的是全身而退。于是没等麦奇士弄清楚这里的情况，便对着他"砰砰砰砰"连开数枪。

麦奇士大惊，退回走廊内。冷若寒抓住这稍纵即逝的机会跑出了夕阳馆。

刚走到夕阳馆外，又看到一个女子从远处快步走来。这女子自然就是易郁涵了。

冷若寒怕麦奇士追出来，自己腹背受敌，于是也不理会易郁涵，而是快步绕过夕阳馆，向石桥方向走去。事实上，以她的枪法，要射杀易郁涵绝非难事。

易郁涵从吊桥那边回来，看到冷若寒从夕阳馆走出来，自然知道是敌非友，极有可能是吴骐畅那边的人。但她知道自己枪法一般，冷若寒手里也有枪，若跟对方枪战，自己必定吃亏，因此不敢贸然追赶。

第 十 章

饮　鸩

爆炸发生后，石桥两侧的众人都吓了一跳。

霍星羽很快便反应过来，拔出手枪，对着贝富齐射击。贝富齐也眼疾手快，一看到霍星羽拔枪，身子猛地一扭，避开了霍星羽射过来的子弹。

与此同时，雍乌快步上前，拖着右脚受伤的吴骐畅连连后退。他虽然时常锻炼，身体健壮，但身手十分平庸，平时以脑力见长。此时他看到霍星羽跟对方爆发枪战，自然后退躲避。

陈盛见状，也倒退着撤退，快速远离石桥。

霍星羽一枪没打中贝富齐，紧接着准备再次射击。潘小岳见霍星羽专心对付贝富齐，怎能错失良机？于是也拔出了自己那把五四式手枪，想要击毙霍星羽。

然而此时胡洪锋却拉了拉他的手臂，尖声叫道："潘大哥，快走呀！咱们先回去再说吧！"

他话音刚落，霍星羽已向他和潘小岳所在的方向开了两枪。胡洪锋和潘小岳被逼得连连后退。

"走吧！回去再说！"贝富齐一边后退一边对胡洪锋和潘小岳道。

三个人连连后退，转眼间退到离石桥数十米外的地方。霍星羽怕有埋伏，又怕遭到他们的反击，也不敢跑过石桥继续追击。

"齐哥，刚才是什么声音呀？"胡洪锋颤声问。巨响传来，紧接着枪战发生，他早就吓得魂飞魄散了。

"好像是爆炸声。"贝富齐微一凝思，说道，"声音应该是从吊桥那边传来的。"

"吊桥？"胡洪锋咽了口唾沫，哭丧着脸道，"不会是吊桥被炸断了吧？那我们怎么回去呀？"

当此情形，贝富齐却也临危不乱，他在心中微一琢磨，说道："我们先回去跟麦哥他们会合吧。"

于是三个人不再理会霍星羽了，匆匆回到夕阳馆中。

冷若寒离开夕阳馆后，快步走向石桥，途中刚好看到贝富齐、潘小岳和胡洪锋迎面走来。她心中一惊，立即躲到附近的一棵小树后，等那三个人走进了夕阳馆，才从树后出来，继续前行，来到石桥前方。

此时霍星羽站在石桥的另一侧，昂然而立，而雍乌、陈盛和吴骐畅则已退到旭日馆的大门前方。

冷若寒快步走过石桥，回到了东院。

霍星羽上前一步，问她道："若寒，没事吧？"

冷若寒摇了摇头："没事。"

"那边什么情况？"

"吊桥被炸断了。"冷若寒缓过了口气，把自己在天台上发现吊桥断裂，随后到小卖部夺取矿泉水，接着跟那边的一个女子发生枪战，把对方射伤后逃离夕阳馆等事，简短地告诉了霍星羽。

最后她还补充道："被我打伤的那个女子没有左臂，好像是鬼筑黑桃会的黑桃7，汪叶瞳。"

霍星羽点了点头，又问："你确定从走廊走出来的那个人是麦奇士？"

"确定。"冷若寒稍微回想了一下刚才的情景，又道，"此外，我离开夕阳馆的时候，看到有个女人从吊桥那边走过来，好像是黑桃会的黑桃9易郁涵。"

霍星羽微微颔首："也就是说，目前我们知道他们那边的人有黑桃J麦奇士、黑桃9易郁涵、黑桃7汪叶瞳、黑桃6潘小岳、麦奇士的保镖贝富齐和手下胡洪锋。"

"是的，目前见到的人就是这些。"

"麦奇士来跟吴骐畅交易，带上贝富齐和胡洪锋是理所当然的，可是为什么要带上易郁涵、汪叶瞳和潘小岳呢？"霍星羽微微皱着眉，脸上有些疑惑。

"确实有些奇怪。根据我此前的调查，易郁涵擅长催眠，汪叶瞳擅长用毒，而潘小岳则是电脑高手，在毒品交易中他们的作用确实不大。"冷若寒分析道。

霍星羽思索片刻，又道："我认为，麦奇士他们今天来这里，不是为了交易，而是为了杀死吴骐畅。"

冷若寒点了点头："我也有这种感觉。"

"可是，"霍星羽接着说，"炸掉吊桥的人到底是谁，又为什么要这么做呢？"

两个人正在讨论，忽听不远处传来了吴骐畅的声音："哎呀！疼！"

霍星羽转头一看，原来雍乌和陈盛正在旭日馆的大门前查看吴骐畅右腿上的伤口。

霍星羽略一斟酌，说道："这样吧，若寒，你守着这座石桥，不要让麦奇士那边的人过来，我先跟老雍商量一下接下来怎么做。"

冷若寒点了点头："知道了，老师。"

于是霍星羽转身走向雍乌等人，而冷若寒则躲到石桥附近的一棵大树后方，监视着石桥。虽然她的狙击枪留在了夕阳馆的天台，但她身上还有两把手枪，如果麦奇士那边的人要经过石桥，她可以开枪击退他们。

然而此时，她却突然心中一凛。云端宾馆布局奇特，连接东院和西院的石桥又地势险要，无意中把霍星羽等人和麦奇士等人分成了两大阵营。这一切，只是巧合吗？

霍星羽走到吴骐畅身前，瞥了他一眼，淡淡地问："伤得怎样？"现在"交易"已经失败，他没有必要再在陈盛面前冒充吴骐畅的手下了。

吴骐畅咬了咬牙："走不了。贝富齐那混蛋，竟敢暗算老子？我一定不会放过他！"

霍星羽冷笑一声："你自身难保呀，吴哥。"虽然霍星羽这次行动的"制裁"目标是黑桃J麦奇士，但这个吴骐畅也是个恶贯满盈的毒贩，霍星羽本来也没打算放过他。

吴骐畅看了霍星羽一眼，满脸愠色，却又不敢发作。

陈盛也觉察到霍星羽对吴骐畅的态度剧变，但他没有多问，只是说道："我们先帮吴哥处理一下伤口吧。"

"旭日馆二楼的医务室里应该有用得上的药物，我们到那边去吧，我帮他处理一下伤口。"雍乌淡淡地说道。他曾是L市公安局物证鉴定中心的主任法医师，在此之前更是一名医生，熟知应急医疗方法。

"好的，谢谢了。"吴骐畅向雍乌道谢。这个人虽然跟霍星羽是一伙的，但吴骐畅对他的印象比对霍星羽和冷若寒要好一些。

于是陈盛背起了吴骐畅，和霍星羽以及雍乌走进了旭日馆。

路上霍星羽把吊桥被炸毁，冷若寒打伤了汪叶瞳等事告诉了雍乌。雍乌听后喃喃地道："炸掉吊桥的应该是麦奇士那边的人吧？"虽然也有可能是吴骐畅或者陈盛，但此时在他们面前，雍乌没有把这个推测说出来，以免引起内讧。

"他们为什么要炸掉吊桥呢？"霍星羽问道。

陈盛也听到霍星羽和雍乌的讨论，此时答话道："肯定是为了把我们困在山顶嘛。"

"混账！"吴骐畅骂了一句，"这样他们自己也不出去啊！这样损人不利己，有意思吗？"

此时四个人来到医务室。陈盛把吴骐畅放到床上。雍乌则在一个药柜里找到了止血粉、石膏衬垫和止血带，此外还有一些消炎药。

他走到床前，问吴骐畅："要不要把子弹取出来？"

"废话！"吴骐畅冲口说，"肯定要啊！"

雍乌冷冷地盯着吴骐畅，没有答话。

吴骐畅吞了口口水，低声道："唔，麻烦你了。"

于是雍乌给吴骐畅取出了子弹，并且帮他包扎好伤口，让他服下消炎药。

"吴哥，接下来我们要怎么做呀？"陈盛询问吴骐畅道。

吴骐畅咬了咬牙："先干掉贝富齐他们，然后想办法下山呗。"

霍星羽摇头："吊桥是离开这里的唯一通道，吊桥断了，我们就无法下山了，除非跳崖。"

"不会吧？"吴骐畅也开始意识到问题的严重性，"你是说我们一辈子都无法下山吗？"

霍星羽冷冷一笑："不用一辈子，缺水三到五天，我们就会死了。"

"那……那怎么办？"吴骐畅脸色微变，"我们不能这样坐以待毙呀！要不我们去问问旅馆的老板，看看还有什么方法下山吧？"

陈盛想了想，说道："对了，那个旅馆老板不是说在夕阳馆那边有间小卖部吗？小卖部里应该有矿泉水吧？"

"小卖部现在已经被麦奇士那边的人控制了。"霍星羽冷然道，"也就是说，我们几个会因为缺水，比他们那边的人先死。"

"混蛋！怎么可以便宜他们？"吴骐畅恨恨地道，"咱们过去把他们的水抢过来吧！"

"好啊！你去吧。"霍星羽冷笑。

"这……我的脚受伤了嘛。小陈，要不你去把水抢过来吧？"吴骐畅知道霍星羽他们即使把水抢过来了，也不会分给自己，只好寄希望于陈盛。

陈盛摇了摇头，推搪道："他们人那么多，我双拳难敌四手呀。"

此时雍乌突然说道："不用去抢，他们很快就会送水给我们。"

"咦，为什么？"陈盛不解。

霍星羽和吴骐畅也一脸好奇地望向雍乌。

"因为他们那边有人中了枪，需要药物，而医务室在我们这边，他们只能拿矿泉水来换。"雍乌推想道。

陈盛两手一拍："对哦！他们那边有小卖部，我们这边也有医务室呢，哈哈！只可惜这些药不能填饱肚子，唉！"

易郁涵回到夕阳馆，刚好看到麦奇士从接待处左侧的走廊里走出来。

"刚才从这里出去的那个女人是谁？"易郁涵问。

"应该是吴骐畅那边的人，"想起刚才的情景，麦奇士有些心有余悸，他说着指了指躺在小卖部外的汪叶瞳，"她好像还打伤了黑桃7。"

"啊？"易郁涵轻呼一声，快步走到汪叶瞳身前，只见她蜷缩着身体，神情痛苦。鲜血从她的伤口中不断流出，染红了衣服。

"你还好吗？"易郁涵蹲下身子查看汪叶瞳的伤势。虽然她跟鬼筑成员们的交流不多，但跟汪叶瞳的关系还算不错。

"好痛……"汪叶瞳吃力地抓住了易郁涵的手，"郁涵姐……救我……我不想死……"

此时麦奇士也走过来，向瑟瑟发抖的展老板问道："刚才发生了什么事？"

"有……有个女人走进小卖部，想要拿走一箱矿泉水……这位小姐就开枪……那个女人也开枪……"展老板惊魂未定，结结巴巴地讲述刚才的情况。

虽然他讲得不清不楚，但麦奇士和易郁涵都大概明白了事情的经过。

这时候，贝富齐、潘小岳和胡洪锋也回到了夕阳馆。

"麦哥，你们这边没事吧？"贝富齐问。

麦奇士看了看汪叶瞳，算是回答。

胡洪锋惊呼一声："叶瞳姐怎么啦？"

"中枪了。"易郁涵答道。

"被谁打的？"胡洪锋接着问。

"吴骐畅那边的人，是个女人。你们回来时没看到吗？"易郁涵想起自己刚才跟冷若寒碰上的场景一阵心有余悸。如果自己当时主动攻击，恐怕现在的下场便跟汪叶瞳一样了。

贝富齐摇了摇头："没有。不过难怪那个女人没有去石桥交易，原来是潜伏在我们这边。对了，刚才的爆炸声是怎么回事？"

"吊桥被炸断了。"易郁涵把看到吊桥上有数捆炸药，随后炸药发生爆炸炸断了吊桥等事，告诉了众人。

"你既然看到炸药，为什么不去把炸药踢到桥下？"麦奇士脸色阴沉地问道。

易郁涵心想，如果我这样做，现在还能站在这里说话吗？但她也没有反驳，只是撒谎道："我正准备过去把炸药踢走的时候，炸药就爆炸了。"

"是吗？"麦奇士满脸怀疑。

"各位大哥大姐，要不我们等一下再讨论这些事吧？"胡洪锋急道，"叶瞳姐流了很多血，我们先帮她止血吧。"

贝富齐嗯了一声："麦哥，我和小胡先把叶瞳送到房间去。"

"去吧。"

于是贝富齐和胡洪锋合力抬起了汪叶瞳，走向走廊。麦奇士、易郁涵、潘小岳和展老板四个人则留在接待处。

潘小岳走到展老板身前，掏出手枪，抵着展老板的前额。

展老板脸上陡然变色，跪下来向潘小岳磕头："大哥，饶命啊！"

"老实告诉我们，现在吊桥断了，我们要怎么下山？如果不说实话，我就在你的脑袋上开个洞！"潘小岳森然道。

"不要……不要杀我……"展老板全身颤抖，"大哥，要离开这里，就只能通过那座吊桥，现在吊桥断了，我也不知道怎么下山呀。"

"是吗？那你去死吧！"潘小岳把子弹上膛。

"啊？我说的是实话呀！"展老板哭丧着脸道，"没有吊桥，真的无法下山了呀。"

易郁涵走过来，瞥了潘小岳一眼，冷冷地道："疯够了没有？把枪收起来。"

潘小岳哼了一声，收起了手枪。

展老板再次磕头："多谢大哥不杀之恩，多谢大姐帮我求情，多谢多谢。"

"起来，我有话问你。"易郁涵说。

"是！！"展老板连忙站了起来。

易郁涵望了望小卖部内的那两箱矿泉水，问道："小卖部里就只有这两箱矿泉水吗？"

"是的。"展老板战战兢兢地道。

"这里也没有信号？"易郁涵接着又问。

展老板点了点头："这里太偏僻了，四周确实没有基站。"

吊桥断裂，无法下山，山上又没有信号，无法用手机向外界求助。也就是说，众人已被困在鬼头山上，与世隔绝。要在封闭的环境中生存下去，最重要的就是水源。换句话说，面前这两箱矿泉水，无比珍贵，甚至关系到每一个人的生死。

潘小岳走进小卖部，打开了那两箱矿泉水。其中一箱是还没开封的，箱子里有十二瓶矿泉水；另一箱则已经开封了，箱子里本来有九瓶矿泉水，但有一瓶被汪叶瞳射出的子弹击中了，水流了一地，所以只剩下八瓶。

也就是说，现在整座云端宾馆中，只剩下二十瓶矿泉水。

"还有二十瓶水。"潘小岳转头向麦奇士汇报道。

麦奇士还没答话，只听一阵急促的脚步声传来，众人转头一看，原来是贝富齐和胡洪锋从走廊里走出来了。

进入走廊后右侧的第一间客房，便是汪叶瞳所住的房间。片刻之前，贝富齐和胡洪锋合力把汪叶瞳抬进房间，放在床上。

此时汪叶瞳已经昏迷不醒了。

贝富齐简单地查看了一下汪叶瞳的伤口，摇了摇头："她腹部中枪，情况很不乐观呀。"

胡洪锋一脸担心："她……她会死吗？"

贝富齐点了点头："如果不能止血，很快就会有生命危险了，但这里没有止血工具。唔，本来用干净的毛巾堵住伤口，也可以暂时止血，但这家宾馆的房间连毛巾也没有。"

胡洪锋脱掉了自己的外衣："用衣服堵住伤口吧。"

"你的衣服细菌太多了，这样她的伤口很容易感染的。"贝富齐沉吟了一下，"不过也没别的办法了，再这样流血，她会失血而死。"

贝富齐说罢，用胡洪锋的衣服堵住了汪叶瞳的伤口，接着又对胡洪锋道："走吧，我们去问问老板有没有止血药和消炎药。"

胡洪锋看了汪叶瞳一眼，担心地说："不用留个人看着她吗？"

"看着她也没用，走吧。"

于是两个人快步回到接待处。此时潘小岳刚查看完小卖部内那两箱矿泉水。

"展老板，"贝富齐走到展老板身前，"宾馆里有止血药和消炎药吗？"

展老板点了点头："在医务室里有。"

"医务室在哪里？"

"在东院的旭日馆二楼。"

"东院？那有个屁用啊？"胡洪锋急了，转头对麦奇士道，"麦哥，要不我们过去把药物抢过来吧？"

麦奇士还没答话，贝富齐摇头道："吴骐畅肯定派了人守着那座石桥，我们过不去的。"

潘小岳看了看展老板："你过去拿吧。"他虽然这样说，但实际上并不关心能否救活汪叶瞳。

"我？"展老板哭丧着脸道，"他们肯定不会给我呀。"

"是的，"贝富齐分析道，"他们知道叶瞳中枪，我们拿药是为了救叶瞳，肯定不会把药给我们。对他们来说，我们这边少了一个人，对他们的威胁便少了一分。"

"那怎么办呀？"胡洪锋猛抓脑袋，"难道真的救不了叶瞳姐了吗？"

"要救她。"易郁涵冷不防地说。

"怎么救呀？"胡洪锋着急地问。

"他们现在应该也知道吊桥断了，所有人都被困在山顶吧？既然这样，他们肯定明白水源的珍贵。"易郁涵向小卖部里那两箱矿泉水看了一眼，"我们用矿泉水去换药。"

"那怎么行？"潘小岳首先提出反对，"这里只有二十瓶矿泉水，我们每人只能分四瓶，两天就喝完了。"此时他心中已放弃了救治汪叶瞳，也没打算把矿泉水分给展老板。

易郁涵冷然道："那我用我的四瓶水去换药。"她不能对汪叶瞳见死不救。

潘小岳瞪了她一眼："你不要的话就把你的水也分给我们，不能带走！"

"齐哥，叶瞳姐还在流血，不能再耽误时间了。"胡洪锋见潘小岳和易郁涵争论不休，心中焦急不已。

贝富齐点了点头："好，那我们赶快拿矿泉水去换药吧。"

"混蛋！"潘小岳掏出手枪，指着贝富齐，"贝富齐，你是没听懂我的话吗？"

贝富齐有些为难，看了看麦奇士："麦哥……"

麦奇士颔首："先把药物换回来再说吧。"

"黑桃J！"潘小岳急了，"只有二十瓶水！"

麦奇士目光一凛，森然道："现在把你杀了，就能省下四瓶水了。"

潘小岳听麦奇士这样说，心中一凉，知道拿水换药是势在必行了。只见他从鼻孔里重重地哼了一声，收起了手枪，愤然道："随便你们吧，过两天你们没水喝了，渴死了，那也是咎由自取！"

"阿齐，换药的事就由你来拿主意吧。"麦奇士吩咐道。

"是的，麦哥。"贝富齐在心中微一琢磨，说道，"他们那边有五个人，我们就拿五瓶矿泉水去跟他们换药吧……"

麦奇士打断了贝富齐的话："拿四瓶吧。"

贝富齐明白了麦奇士的意思：五个人，却只有四瓶矿泉水，他们极有可能因此自相残杀。毕竟，在这个完全与世隔绝的环境中，水比黄金还要珍贵。

"好的。"贝富齐从其中一个箱子里拿出了四瓶矿泉水。

此时潘小岳说道："剩下的水我们先分了吧，箱子里还有十六瓶水，我们有五个人，每人拿三瓶，还剩一瓶……"

"五个人？"易郁涵斜眼瞅了一下潘小岳，脸色一沉，说道，"你没算上叶瞳？"

"她不是受伤昏迷了吗？还怎么喝水？"其实潘小岳心中想的是，汪叶瞳反正都救不活了，干吗还要浪费水给她喝？

这时候展老板战战兢兢地道："这个……你们每人分了三瓶水后，剩下那瓶可以给我吗？"

潘小岳瞪了他一眼："不可以！"

展老板咽了口唾沫，不敢再说。

麦奇士说道："现在每人拿一瓶水，剩下的水交给阿齐保管。"

"凭什么交给他保管呀？"潘小岳提出异议，"黑桃J，每人分三瓶水，自己保管自己的，不是更好吗？"

没想到麦奇士直接掏出了一把格洛克18手枪，指着潘小岳，阴恻恻地道："你死了，我们还能再节省一瓶水。"

鬼筑黑桃会中的等级制度十分严格，作为黑桃J的麦奇士，权力远高于作为黑桃6的潘小岳，因此即使当场枪杀了他，也不会有人追究。

潘小岳知道跟麦奇士作对对自己没有任何好处，咬牙不语。

胡洪锋见氛围中充满了火药味儿，连忙来打圆场："麦哥，别生气嘛，潘大哥也是提个建议而已，对吧，潘大哥？大家都是自己人，这些水由谁来保管也没关系啦。潘大哥，你把三瓶水都带在身上，多重呀。喝完了再过来拿，不是更好吗？"

潘小岳闷哼一声，没有答话。

麦奇士收起了手枪，向贝富齐点了点头。贝富齐会意，把箱子里的矿泉水先后分给麦奇士、易郁涵、潘小岳和胡洪锋，最后自己也拿了一瓶。展老板嘴唇微张，似乎想要请求贝富齐也给他一瓶，却又不敢。

潘小岳已经半天没喝水了，早就口干舌燥，此时拿到矿泉水，马上拧开瓶盖，喝了一小口。

易郁涵也打开了矿泉水，喝了一口。突然间，她感到口腔内有一股强烈的烧灼感。她还没反应过来，紧接着又感到一阵恶心，似乎想吐，却又吐不出来。

易郁涵心念电转，明白矿泉水中有毒，而且是极为强劲的毒药！

"郁涵姐，你怎么了？"贝富齐首先发现了易郁涵的异常。

他这样一叫，其余几人也不约而同地把目光聚集到易郁涵身上。

此时易郁涵已经说不出话了。她全身抽搐，呼吸困难，意识正在迅速地消失。

而贝富齐等人看到易郁涵此时眼球突出，瞳孔散大，已知她回天乏术了。

最终，易郁涵带着几分遗憾，几分不甘，还有几分解脱，永远地闭上了眼睛。

"砰"的一声，她重重地倒在了地上。

"郁涵姐！"胡洪锋失声大叫。

贝富齐蹲下身子查看了一下易郁涵的情况，摇了摇头："已经死了，看样子是中毒。"

潘小岳大吃一惊，看了看自己手上的矿泉水，骇然道："水中有毒？"

贝富齐点了点头："郁涵姐一喝完水就出现了中毒症状，肯定是水中有毒。"他说到这里也看了看自己手中的矿泉水，继续道："但应该不是每一瓶都有毒，小岳哥你也喝了水，不就没事？"

潘小岳心有余悸。贝富齐发水的顺序是随机的，而刚才自己又是第一个喝水的，万一自己拿到了有毒的矿泉水，此刻倒在地上的就不是易郁涵而是他潘小岳了。

他定了定神，走到展老板身前，揪住了他的衣领，喝问："为什么矿泉水里有毒？"

展老板四肢颤抖，怯生生地道："我……我也不知道呀……"

潘小岳恶狠狠地道："水是你的，你怎么会不知道？是你投的毒吧？你想把我们都毒死，对吧？"

"不是呀……"展老板脸色苍白，额上的汗水涔涔而下，"我真的什么都不知道呀……"

此时胡洪锋把自己手上的矿泉水扔回了箱子里，胆战心惊地道："太恐怖了！我宁愿渴死，也不要被毒死！"

"我认为，"麦奇士冷不防说道，"炸掉吊桥和在水里投毒的，是同一个人。这个人想把我们困在云端宾馆内，再把我们逐一杀死。投毒，是他这个谋杀计划的第一步。"

"是吴骐畅那边的人干的吧？"胡洪锋咬牙切齿，他想了想，又说，"既然往矿泉水中投毒的人就是他们，那他们肯定不肯拿药物来换我们的毒水了。"

"或许，"潘小岳面具后的双眼向麦奇士、贝富齐、胡洪锋和展老板快速地扫了一眼，森然道，"炸吊桥和投毒的人，就在我们之中呢？"

"潘大哥，你这是什么意思？"胡洪锋一脸不解，"炸了吊桥对我们有什么好处呢？"

他说到这里看了展老板一眼："是你干的？"

展老板哭丧着脸道："大哥，吊桥断了，我无法做生意，甚至也下不了山，我干什么要这样做呀？"

五个人沉默了一会儿，贝富齐向麦奇士询问道："麦哥，要不我试试拿这些水去跟吴骐畅那边的人交换药物吧？"

麦奇士点了点头："就按照原计划，拿四瓶水去跟他们换。黑桃6，小胡，你们两个去吧。"

潘小岳自然知道再去跟吴骐畅那边的人交易有一定的危险，万一再次爆发枪战，自己凶多吉少，但麦奇士的命令，他又不得不遵从。于是他眼皮一翻，没有说话。

胡洪锋从箱子里拿起了四瓶矿泉水："潘大哥，走吧。希望我拿的这四瓶矿泉水都有毒，可以毒死他们四个人。"

贝富齐苦笑了一下："他们中有一个人出现中毒症状后，剩下的人自然就不会再喝这些矿泉水了，怎么可能毒死四个人呢？"

胡洪锋干笑了两声："说得也是。"

第 十 一 章

暗　箭

接下来，麦奇士和贝富齐留在接待处，看守着展老板，胡洪锋则拿着四瓶矿泉水，和潘小岳一起走出了夕阳馆，再次来到石桥前方。

躲在石桥另一侧的冷若寒见胡洪锋和潘小岳接近石桥，向地上开了一枪，警告他俩不要再前进。

胡洪锋和潘小岳后退了两步。胡洪锋高声道："别开枪！我们是来跟你们做一笔交易的！"

"什么交易？"冷若寒没有现身，躲在树后问道。

"吊桥断了，我们暂时都不能离开。我们那有一些矿泉水，所以给你们送几瓶过来。"胡洪锋朗声说道。

冷若寒听他这样说，想到被自己开枪打伤的汪叶瞳，已经明白了："你们要用矿泉水交换药物，对吧？"

"是的。"

这时候，因为听到枪响而出来查看的霍星羽走到石桥前："什么情况？"

"他们想拿矿泉水换药物。"冷若寒答道。

胡洪锋接着说："这位大哥，你们那边有止血药和消炎药吗？"

"有啊。"霍星羽看了一眼胡洪锋手上的四瓶矿泉水，冷笑道，"我们有五个人，你们却拿四瓶水过来，安的是什么居心呀？"

胡洪锋笑了笑："大哥，你想多了。小卖部里总共只有八瓶矿泉水，所以我们就拿一半过来交换，仅此而已。"

"是吗？"霍星羽微一沉吟，"那你们把八瓶水都给我们，我就把止血药和消炎药，以及一些处理伤口的工具都给你们。"

"这样呀……"胡洪锋犹豫不决。

霍星羽接着说："你不把水给我们，我们还能活几天，但你们那个同伴如果不尽快处理伤口，最多只能熬半天，你自己想清楚吧。"

胡洪锋看了看潘小岳："潘大哥，怎么办呀？"

潘小岳微一沉吟，说道："好，那我们现在回去拿水，你也回去拿药物吧，十分钟后再过来交易。"

霍星羽斟酌了一下，朗声道："好，十分钟后见。"说罢不再多瞧他们一眼，转身走回了旭日馆。

而胡洪锋和潘小岳也匆匆回到夕阳馆，胡洪锋把刚才的情况转述给麦奇士和贝富齐，最后说道："麦哥，齐哥，他们要八瓶水，我们就给他们八瓶吧，反正不知道哪瓶水是有毒的，我们也不敢喝。"

贝富齐摇了摇头："你这么轻易就给他们八瓶水，他们会怀疑水中有问题的。他们要八瓶，我们偏偏只给五瓶。"

麦奇士也颔首："是的，以进为退，让他们不要起疑心。不过不要给五瓶，要给六瓶。"

贝富齐明白麦奇士的意思。对方有五个人，如果给他们五瓶水，他们每人分一瓶，毫无争议可言。但如果给他们六瓶，每人一瓶后，多的那瓶水怎么处理呢？他们或许会因此发生冲突，甚至还没开始喝水就已经自相残杀了。"嗯，还是麦哥想得周到。小胡，去拿水吧。"

"好的。"胡洪锋走进小卖部，又从箱子里拿起了两瓶矿泉水。现在他的手上有六瓶矿泉水了。

"黑桃6，过来一下。"麦奇士叫道。

潘小岳走到麦奇士身前："怎么了？"

麦奇士握了握潘小岳的手，悄声道："见机行事。"

潘小岳微微一怔，接着点了点头："明白。"

接下来，他便跟胡洪锋走出夕阳馆，再次来到石桥前方，只见对面站着一个四十来岁的男子，样貌猥琐，却不是刚才出来谈判的人。

片刻之前，霍星羽回到旭日馆后，来到二楼的医务室，把刚才的情况告诉了雍乌。

雍乌听后还没答话，陈盛就说："那还等什么呀？没有水，我们三五天就渴死了。这些药物对我们来说也没什么用，快拿去换水吧。对了，他们那边的小卖部应该也有方便面、饼干之类的干粮吧？叫他们也给我们一些。"

霍星羽看了看雍乌："老雍，你怎么看？"雍乌足智多谋，是神血会的军师，霍星羽每次做决定前，都会先询问他的意见。

雍乌点了点头："可以换。"

"好，那你准备一下吧。"

"嗯。"雍乌在医务室里找到了一个塑料袋，把止血粉、止血带、消炎药以及一些处理伤口的工具都放进了塑料袋中。

霍星羽正要去交易，但转念一想，虽然自己控制住了吴骐畅的家人，此时他的右脚也受了伤，但此人终究是一个心狠手辣的毒贩，陈盛是一名杀手，而且是吴骐畅所雇的，不可不防。刚才他听到石桥那边传来枪声，急着出去一探究竟，竟把雍乌一个人留在医务室，万一陈盛突然发难，雍乌可就凶多吉少了。现在想来，他只觉得心有余悸。至于自己，精通格斗，倒也不用害怕他们两个，于是说道："老雍，你去交易吧。"

雍乌自然明白霍星羽的想法，点了点头："好的，这次我去吧。"虽然前往石桥交易也有一定的危险性，但至少冷若寒也守在桥头，可以为他支援，相比之下，跟吴骐畅以及陈盛独处一室反而更加危险。于是雍乌拿着药物走出旭日馆，来到石桥前方，只见潘小岳和胡洪锋已经到了。

"喂！"胡洪锋隔着石桥朗声问道，"刚才那个人呢？"

"做交易，谁来不都一样吗？"雍乌一边说一边看向胡洪锋拿在手上的六瓶矿泉水，"不是说用八瓶水来换我们的药物吗？"

"这个……"胡洪锋有些为难，"我们老大说，我们这边也要留两瓶水，最多只能拿六瓶跟你换。如果你们不愿意，那就真的算了。"

没等雍乌答话，他接着又说："大哥，你就把药物换给我们吧，我们那个同伴伤得很重！"

潘小岳听到这里，不禁斜眼瞪了胡洪锋一眼，心想，我们这边的情况，干吗要详细告诉他们？

然而他这样说，雍乌反而没有疑心矿泉水有问题，他思索了数秒，便道："好，六瓶水也可以。"他说罢晃了晃手中的塑料袋，继续道："你们需要的药物和工具都在这里。"

"把水都给我吧。"潘小岳对胡洪锋道。

胡洪锋嗯了一声，把六瓶矿泉水都交给了潘小岳。

潘小岳拿着矿泉水，大步向前，踏上了石桥。当他走到石桥中间的时候，冷若寒却在他面前的地上开了一枪。潘小岳吓了一跳，停住了脚步。此时两侧都是万丈深渊，万一被子弹击中，掉到桥下，绝对就一命呜呼了。

"就站在那里！别再往前走了！"冷若寒高声喝道。

雍乌接着说："把水都放在桥上吧。"

潘小岳蹲下身，把六瓶矿泉水逐一放到桥上。

"后退五步！"冷若寒命令道。

潘小岳倒退了五步。

雍乌走上石桥，来到那六瓶矿泉水前方，弯下腰准备去拿矿泉水。胡洪锋拔出手枪，对着雍乌，喝道："先别拿！先把药物给我们！"

雍乌抬头看了看胡洪锋，把手上的塑料袋向他扔去。

胡洪锋捡起塑料袋，打开一看，放在袋子里的果然是止血粉、止血带、消炎药以及一些工具。

"潘大哥，确实是药物。"

"哦。"潘小岳应答了一声，继续后退。

与此同时，雍乌伸出双手，拿起了地上那六瓶矿泉水，接着转过身，准备走下石桥。

然而就在这电光石火之间，潘小岳右手一扬，以迅雷不及掩耳之势向雍乌投出了一枚飞镖！

嗤的一声，飞镖刺入了雍乌的背部。雍乌身子一晃，险些掉落悬崖。原来刚才，在离开夕阳馆之前，麦奇士塞给了潘小岳一枚飞镖，并且吩咐他"见机行事"。

此时潘小岳偷袭成功，立即转身快步跑下石桥。这一切发生在转瞬之间，当冷若寒反应过来，想要反击对方的时候，潘小岳已经离开石桥，退到了安全区域。

雍乌咬了咬牙，稳住了身子，接着跌跌撞撞地走下石桥。冷若寒从大树后走出来，扶住了雍乌："雍老师，您没事吧？"

雍乌虽然被暗算，但却临危不乱，只是淡淡地道："好像被什么刺中了背部。"

冷若寒查看了一下雍乌的背部："是飞镖。我先帮您拔出来吧！"她一边说一边抬头一望，只见潘小岳和胡洪锋已经离开了石桥，消失无踪。

雍乌虽然受伤，但思路仍然十分清晰，提醒道："飞镖恐怕有毒，不要用手拔。"

冷若寒脱掉外衣，用外衣裹着手，隔着衣服拔出了雍乌背上的飞镖。雍乌闷哼了一声。冷若寒低头一看，果然看到飞镖上沾着黑血。

"真的有毒！"冷若寒骇然道。

雍乌点了点头，也不惊慌，吩咐道："你继续在这里盯着，别让他们过来，我到医务室找些药处理一下伤口。"

"好的。"冷若寒本想先扶雍乌回旭日馆，但转念一想，万一被麦奇士那边的人潜入东院，情况将更加糟糕。霍星羽经常教导她凡事要以大局为重，所以她最终还是决定继续死守桥头。

"你要水吗？"雍乌把手上的矿泉水递给她。

冷若寒摇了摇头："我不渴，您先拿回去吧。"

"好的。"

此时雍乌已感到背部的伤口发麻。他咬着牙，拿着那六瓶矿泉水，忍着疼痛，一步一步地走回旭日馆。

雍乌好不容易回到医务室，已是气喘吁吁，满头大汗。霍星羽见他脸色苍白，吃了一惊，急问："老雍，你怎么了？"

雍乌把矿泉水放在桌子上，接着在一把椅子上坐了下来，缓过了一口气，低声道："我遭了暗算，中毒了。"

"什么情况？"

雍乌把潘小岳用毒飞镖偷袭他的事简单地讲述了一遍。霍星羽听完以后又惊又怒，气愤道："那群'人渣'！我绝对不会放过他们！"

雍乌微微地吸了口气，说道："那枚飞镖上的毒药，很有可能是他们那边的那个黑桃7汪叶瞳自己配制的。"

霍星羽点了点头："这样的话，就只有她自己有解药了。"

他沉吟了一下，说道："我去找他们要解药，看看他们提什么条件。"止血药和消炎药已经交给对方，霍星羽心想自己这边已经没有什么可以跟他们交换的筹码了。

吴骐畅见雍乌受伤，心中幸灾乐祸，表面却不动声色，只是问霍星羽道："要不咱们先把矿泉水分了吧？半天没喝水，渴死我了！"

霍星羽瞥了他一眼，接着看了看桌子上的矿泉水，突然脸色微变："怎么只有六瓶？若寒拿了两瓶？"

雍乌摇了摇头："他们只肯拿六瓶来换。"

霍星羽点了点头，脸色渐缓，接着拿起两瓶矿泉水，先后扔给了吴骐畅和陈盛。

雍乌也拿了一瓶矿泉水，却无力拧开瓶盖，叹道："这毒药真厉害，我现在全身无力，连拧个瓶盖的力气也没有。"

"我先扶你过去躺下吧。"霍星羽扶着雍乌走向病床。

此时吴骐畅因为右脚受伤而躺在病床上，见霍星羽扶着雍乌走过来，知道他要自己让出病床，轻轻地哼了一声，一瘸一拐地走到一把椅子前，坐了下来，拧开矿泉水的瓶盖喝了一大口。

突然间，吴骐畅尖叫一声，手上的矿泉水掉落在地。霍星羽、雍乌和陈盛都吓了一跳，一齐向他望去。只见他全身的肌肉都在强烈抽搐，面容扭曲，神色极为痛苦。

"吴哥！你怎么了？"陈盛惶然问道。但吴骐畅哪里还会回答？

"水中有毒！"雍乌道。

"什么？"当时陈盛也已经喝了一口，听雍乌说矿泉水有毒，又见吴骐畅的反应如此恐怖，吓得把手中的矿泉水扔在地上，使劲把五根手指全部塞进嘴里，压住舌根，想要把刚才喝下去的水吐出来。

说时迟那时快，吴骐畅这时候已经瞳孔散大。紧接着他"扑通"一声，倒在地上，又抽搐了几下，便一动不动了。

霍星羽走到他的身前，蹲下身探了一下他的鼻息，发现他已经没有任何呼吸了。

"死了。"这个害人无数的毒贩，就此命丧于鬼头山上。

"啊？"陈盛大惊失色，"矿泉水里真的有毒？"

"放心吧，我估计不是每一瓶水都有毒，吴骐畅喝的那瓶是有毒的，你刚才喝的那瓶是没毒的。"雍乌猜想道。

"真的？"陈盛连忙把自己丢在地上的矿泉水捡了起来，可惜此时瓶子里只剩下小半瓶水了。

霍星羽走到陈盛身前，淡淡地说："陈先生，估计你也瞧出来了，我们不是吴骐畅的手下。"

陈盛点了点头，满脸不安地问："那你们是谁呢？警察？"

霍星羽笑了笑："你为什么猜我们是警察呢？"

"吴哥……唔，吴骐畅是贩毒的，你们和他一起来交易，却又不是他的手下，自然就是警察了。你们是想要假装吴骐畅的手下，当场逮捕麦奇士，对吧？"陈盛猜测道。

霍星羽嘴角一扬："你只猜对一半。我们不是要逮捕麦奇士，而是要杀死麦奇士！"

"咦？你们……不是警察？"陈盛满脸疑惑。

"你听过神血会吗？"霍星羽问。

陈盛皱了皱眉，凝神一想，突然轻呼一声："你们……是神血会的？"此前他也听说过神血会的种种事迹，只是没想到自己竟然会遇上神血会的人。

"是的。"霍星羽说罢，撕掉了脸上的硅胶人皮面具，露出了自己本来的容貌。

陈盛目瞪口呆："这……这是什么？太厉害了吧？"

他定了定神，又问："我听说神血会中有'黑白无常'和'牛头马面'，您是哪位呀？"

"黑无常。"

陈盛恭敬地说："您就是神血会的首领黑无常呀？久仰久仰。"

他一边说一边伸出手，想跟霍星羽握一下手。霍星羽却没有伸手，只是用冰冷的目光盯着陈盛。

陈盛猜到霍星羽心中所想，连忙说："说起来，我们也是同行呢，虽然我是一个杀手，但我从来不杀好人，我杀的人都是大毒枭、黑帮老大之类的，总之都是死有余辜的人。"这只是谎话。实际上只要客户给得起钱，陈盛什么人都愿意杀。

"是吗？"霍星羽虽然此前并没有调查过陈盛这个杀手的所作所为，但鉴貌辨色，对于他的话并不相信。

陈盛扯开话题，走到雍乌身前，笑问："这位大哥也是戴着面具的？"

这种硅胶人脸面具虽然有通气孔，但戴上以后脸部也不太好受，此时既然已经向陈盛表明了身份，雍乌也没必要隐藏面容了，于是也撕掉了面具，露出本来的样貌。

"让我猜猜……您是白无常？"陈盛猜测道。

"是。"雍乌淡淡地道。此时他感到背部的伤口剧痛无比，连说话也十分吃力。

陈盛接着回到霍星羽身前："黑无常大哥，不瞒您说，这次我来这里，也是为了杀死麦奇士。"

霍星羽点了点头："我知道。是吴骐畅雇你来杀他的，对吧？"

"是的。"

"理由呢？"

"他没说，但麦奇士这样一个大毒枭，人人得而诛之，这样的委托，哪怕没有酬金，我也会欣然接受！"陈盛正气凛然地说。

"是吗？"霍星羽微微冷笑。

陈盛接着说："现在吊桥断了，我们暂时被困在这里，麦奇士那边的人是我们共同的敌人，我跟你们几个，可是同一阵营的。"

霍星羽见雍乌的脸色越来越苍白，懒得再跟陈盛废话了，走到床前，问道："老雍，伤口很痛？"

雍乌咬了咬嘴唇："毒很厉害。"

"你休息一下，我去弄解药。"霍星羽吸了口气，转头对陈盛道，"小陈，跟我来吧。"

"是的，大哥！"陈盛唯唯诺诺，跟着霍星羽走出了医务室。

两个人走出旭日馆，来到石桥前方。

冷若寒见到霍星羽来了，也从大树后方走出来："老师。"

他见到霍星羽撕掉了硅胶面具，看了看陈盛，脸上有些疑惑。

霍星羽嗯了一声："不用再隐藏身份了，把面具撕掉吧。"

"好的。"冷若寒也撕掉了自己脸上的硅胶面具。

为了不引起别人的注意，雍乌制作的这张面具长相平平，哪怕冷若寒后来在面具上化了浓妆，仍称不上漂亮。此时见冷若寒露出本来的清秀样貌，陈盛不禁呆了一下，赞赏道："原来小姐姐这么漂亮。不知道小姐姐是牛头还是马面呢？"外面的人并不知道霍星羽还有日游和夜游两名继承者。

冷若寒没有理会他，向霍星羽问道："雍老师现在怎样了？"

"中毒了，而且我们怀疑飞镖上的毒药是黑桃7汪叶瞳配制的，只有她有解药。"

冷若寒秀眉一蹙："雍老师现在和吴骐畅在一起吗？雍老师受了伤，吴骐畅会不会……"

霍星羽摇头："吴骐畅已经死了。"

"咦？"

"麦奇士那边的人给我们的几瓶矿泉水，有些是有毒的，吴骐畅喝了有毒的水，当场死亡。"

"啊？"冷若寒想起刚才雍乌曾问自己要不要矿泉水。如果自己拿了其中一瓶，又刚好拿到有毒的，此刻岂非凶多吉少？

"总之，现在我们要做三件事：一，杀死麦奇士；二，拿到解药给老雍解毒；三，想办法离开这里。"霍星羽说到这里看了看陈盛，"接下来，小陈会协助我们。"

陈盛向冷若寒伸出了手，笑嘻嘻地道："小姐姐，多多指教。"

冷若寒没有理会他，对霍星羽道："我们要怎么取解药呢？跟他们谈判吗？"

霍星羽摇头苦笑："我们手上没有什么谈判的筹码了。"

冷若寒明白霍星羽的意思："偷药？"

"嗯，我先过去探一探，你和小陈守着这里，随时支援我。"霍星羽说罢走向桥头。

"老师，等一下！"虽然霍星羽身手极好，但毕竟年纪大了，冷若寒不想他冒险，自告奋勇地道，"让我去吧！"

霍星羽看了看冷若寒，略一斟酌，说道："好，那你去吧。你打算怎么做？"

"找到汪叶瞳，逼她交出解药。"

霍星羽点了点头："汪叶瞳中了枪伤，应该在夕阳馆的某个房间中休息，要潜入夕阳馆，或许会惊动麦奇士等人。这样吧，如果你看到他们那边有什么人落单了，可以直接把他抓过来，这样我们就有交易的筹码了。"

"好的，我明白了。"冷若寒快步走过石桥，前往西院。而霍星羽和陈盛则躲到刚才冷若寒藏身的那棵大树后，监视着石桥。

潘小岳用麦奇士交给他的毒飞镖成功偷袭雍乌后，和胡洪锋匆匆离开石桥，回到了夕阳馆内。

此时麦奇士、贝富齐和展老板都在夕阳馆的接待处。

贝富齐见他们俩回来，问道："怎么样？"

胡洪锋晃了晃手上那个装着止血药和消炎药的塑料袋，大笑道：

"药已经拿到啦，嘿嘿！"

麦奇士看了看潘小岳，问道："那支毒飞镖呢？"

"刺中了他们中的一人。"潘小岳洋洋得意地道。

"什么毒飞镖？"贝富齐不解。

"刚才去石桥之前，黑桃J交给了我一支毒飞镖。"潘小岳解释道。

麦奇士接着道："那是出发前汪叶瞳给我的，飞镖上的毒药是她自己配制的，只有她有解药。"

潘小岳狞笑道："没有解药，那个中了毒飞镖的人必死无疑。"

"我们还成功把那些有毒的矿泉水交到了他们手上，接下来，他们至少还会有一个人被毒死。"胡洪锋奸笑一声，"我们也拿到了我们需要的药物，这次交易，真是一石三鸟，大获全胜呀！"

"小胡，药物给我吧。"贝富齐急于去帮汪叶瞳处理伤口。

"好嘞。"胡洪锋把塑料袋交给了贝富齐。

麦奇士向潘小岳吩咐道："黑桃6，你到夕阳馆的大门外守着，如果那边的人接近夕阳馆，你就直接开枪，格杀勿论。"

"明白！"潘小岳答道。

麦奇士接着又转头吩咐胡洪锋："小胡，你留在小卖部，看着这里的矿泉水和食物……"他说到这里，指了指展老板，"还有他。"

"是的，麦哥！"胡洪锋朗声答道。

展老板则干笑了两声："麦哥，我就不用看着啦，我又不会跑掉的。"

胡洪锋瞪了他一眼："别那么多废话！"

"走吧，"麦奇士最后对贝富齐道，"我们去看看汪叶瞳。"

"好的。"

两个人穿过走廊，来到汪叶瞳的房间。此时汪叶瞳处于昏睡状态，躺在床上，一动也不动。

贝富齐用工具帮她把子弹从体内取了出来，接着又用石膏衬垫和止血带帮她包扎好伤口。

过了一会儿，汪叶瞳悠悠醒来，有气无力地问："发生什么事了？"

"你中枪了。"

汪叶瞳喘了口气，又问："严重吗？"

"没事，"贝富齐笑了笑，安慰道，"没打中要害，我已经帮你取出了子弹，也包扎好伤口了。"

他说到这里，递给她一片消炎药："现在你先把药服了吧。"

汪叶瞳曾配制过无数毒药，对于药片自然十分敏感，有些怀疑地问："这是……什么药？"

贝富齐把包装盒给她看："是消炎药。"

汪叶瞳接过消炎药："谢谢。唔，可以给我一瓶水吗？"

贝富齐苦笑了一下："小卖部里确实有矿泉水，但我们也不知道哪瓶有毒，你敢喝吗？"

"什么有毒？"汪叶瞳一脸不解。

贝富齐把易郁涵喝下有毒的矿泉水后身亡的事告诉了汪叶瞳。汪叶瞳听到易郁涵的死讯，脸上掠过一丝悲痛的神色，但仅仅在转瞬之间，表情又恢复正常。

汪叶瞳房间窗外两百米左右的地方，有一棵大榕树。在贝富齐为汪叶瞳处理伤口的时候，麦奇士一直坐在屋内的一把椅子上，望着窗外的那棵大榕树，怔怔出神。

此时，麦奇士起身走到床前，低头看了汪叶瞳一眼，淡淡地问："出发前你给我的那枚毒飞镖，它的解药你带在身上吗？"

汪叶瞳点了点头："在的。"

"给我吧。"麦奇士向汪叶瞳伸出了手。

"嗯？"汪叶瞳边拿解药边问，"谁中毒了吗？"

贝富齐替麦奇士解释道："是吴骐畅那边的人。麦哥怕他们过来抢解药，所以让你把解药交给他保管。"

"这样呀……"汪叶瞳松了口气。从口袋中取出两包药粉和一个药瓶，交给麦奇士，"药粉是外敷的，药瓶里的药片是口服的，服一片就可以了。"

"哦。"麦奇士接过药粉和药瓶，放进了口袋中。

贝富齐好奇地问："如果没有解药，会怎么样？"

"中毒七个小时内，必死无疑。"汪叶瞳胸有成竹地说。她对于自己配制的毒药的毒性十分自信。

贝富齐看了看手表，此时已经下午两点多了，而雍乌是在两点左右中毒的，说道："也就是说，那个人最多只能熬到今晚九点。"

"嗯。"此时汪叶瞳药效上来，有些昏沉。

"走吧。"麦奇士径自走出客房，没有再向汪叶瞳那边看上一眼。

"那我们待会儿再来看你。"贝富齐说罢，也跟着麦奇士走出了客房。

两个人走了几步，麦奇士突然道："你先出去吧。"

贝富齐好奇地问："麦哥，你要去哪？"

"我回房间拿点东西。"麦奇士的房间就在汪叶瞳房间的左侧。

"好的。"贝富齐不敢多问。

"对了，那个旅馆老板，盯着他，别让他跑了。"麦奇士森然道，"必要的时候，我们要抓他试水。"

贝富齐一怔，随后心中一寒。

贝富齐独自走出走廊，回到了接待处。

胡洪锋走过来问道："齐哥，叶瞳姐没事吧？"

"嗯，我已经帮她取出子弹，包扎好伤口，暂时没有大碍。"贝富齐一边说一边向缩在角落的展老板看了一眼，心中叹了口气。麦奇士要用展老板试毒，即使他喝下第一瓶水安然无恙，也会被强迫喝第二瓶、第三瓶，直到他中毒为止。也就是说，这个展老板必死无疑。

"那就好。"胡洪锋听贝富齐说汪叶瞳没有生命危险，松了口气。

接着贝富齐走到展老板面前，问他道："展老板，除了吊桥，真的没有其他方法下山了吗？"

展老板摇了摇头："云端宾馆的四周都是悬崖，必须经过吊桥才能下山呀。"

胡洪锋突发奇想："要不我们用烟火来发信号求救吧？"

展老板还是摇头："这里太偏僻了，方圆百里之内都没有人，没人能看到的。"

"那怎么办呀？难道我们只能在这里等死？"胡洪锋泄气了。

展老板也两手抱头，一脸痛苦的表情："为什么会这样呀？我在这里守了两年，也赚不到什么钱，现在还把小命给搭上了。唉，早知如此，两年前我就该回老家养老去。"

这时候，麦奇士从走廊里走了出来。

"这里没什么异常吧？"他问胡洪锋。

"没有！一切正常。"胡洪锋嘿嘿一笑，"他们的人中了毒，现在肯定在想办法解毒呢，哪有精力攻过来呀？"

"就是因为他们中了毒，所以才会过来抢解药。"贝富齐说。

胡洪锋恍然大悟："也对呀！"

他停顿了一下，接着又说："他们现在应该已经发现矿泉水有毒了，到底是谁被毒死了呢？真让人期待！嘿嘿！"

"说起来，我觉得他们那边的人很奇怪。"贝富齐分析道，"那些人，根本不像是吴骐畅的手下。"

麦奇士颔首："是的，他们有可能是冒充的。"

"他们为什么要这么做呢？"胡洪锋不解。

贝富齐则明白了麦奇士的意思："他们是冒充吴骐畅的手下，来对付我们的，对吧，麦哥？"

麦奇士嗯了一声："准确地说，是来对付我的。"

胡洪锋也明白了："那些人想要对付麦哥，但是找不到麦哥，知道吴骐畅要来跟麦哥交易，就冒充他的手下，想在交易的时候动手。"

贝富齐接着说："那些人是谁呢？警察吗？"

麦奇士摇头："我看不像，可能是我的仇人。"

"仇人？"贝富齐听麦奇士这样说，脑海中闪出了一个人的名字，脱口道："活尸？"

活尸司徒门一跟鬼筑成员有各种过节，此前多名鬼筑成员被警方抓捕，就是因为遭到司徒门一的暗算。

此时贝富齐提起活尸，胡洪锋脸色微变。他听说过司徒门一的种种事迹，自然知道此人非同小可。他吸了口气，问道："那个什么活尸，不是向来独来独往的吗？冒充吴骐畅手下的人有好几个，应该没有活尸吧？"

贝富齐最后总结道："不管是什么人，反正他们和我们一样，也被困在云端宾馆里了。现在他们还有人中了毒，而解药在我们手上。在接下来的博弈中，我们占据绝对优势。"

"小胡，你继续留在这里，"麦奇士吩咐道，"我和阿齐到吊桥那边去看看。"

"是的，麦哥。"

麦奇士和贝富齐走出夕阳馆，却没有看到潘小岳。

"咦？"贝富齐微微一惊，"潘小岳呢？你不是让他守着夕阳馆的大门吗？"

麦奇士也呆了一下，接着快速地环顾四周，冷冷地道："看来他们终于主动出击了。"

第 十 二 章

背　叛

二十分钟前，冷若寒来到西院，快速接近夕阳馆。远远看到潘小岳拿着手枪，守在大门外。

根据她此前的调查，这个潘小岳擅长IT技术和魔术，但身手一般，对于冷若寒来说，更是不堪一击。

如此良机，怎可错失？

冷若寒取出了一把电击器，一步一步地走近潘小岳，在离他还有十多米的时候，从地上捡起一块小石子，使劲向远处扔去。

石子落地，引起了潘小岳的注意。就在潘小岳把目光转向石子的一刹那，冷若寒一个箭步上前，跑到潘小岳身后。潘小岳听到脚步声，吓了一跳，猛地回头一看。然而已经迟了，此时冷若寒已经把电击器架在他的脖子上了。

只见电光一闪，潘小岳就此失去意识，倒在地上。

冷若寒取出一把刀子，割破了潘小岳的手指，在地上写下"到石桥换人"五个字，接着便拖着昏迷不醒的潘小岳回到了东院。

潘小岳醒来时，发现自己手脚都被反绑，吃了一惊。只听一旁的霍星羽冷笑道："黑桃6潘小岳，你坏事做尽，没想到自己会有这么一天吧？"

潘小岳看向霍星羽，颤声问："你是谁？"

第一次"交易"的时候，霍星羽还戴着硅胶面具，所以此时潘小岳并没有认出他。至于陈盛，他倒是认得的。

到了此刻，霍星羽也不再隐瞒身份了，冷冷地道："我是神血会的黑无常，今天来这里，就是要制裁你们鬼筑黑桃会这些恶徒！"

"神血会？"潘小岳自然也听说过神血会的事，不禁吃了一惊，"我们鬼筑跟你们神血会向来井水不犯河水吧，你跟我们作对干什么？"

"井水不犯河水？"霍星羽冷笑一声，"那些平民百姓跟你们鬼筑也是井水不犯河水吧，你们又为什么要害他们？为什么要杀人、纵火、贩毒、抢劫？为什么要制造各种恐怖袭击？"

"那你现在想怎么样？"潘小岳知道神血会的人杀人不会手软，心中害怕，语气却颇为强硬。

"你放心，我现在还不会杀你，因为你还有利用价值。"

潘小岳一听，马上明白了：霍星羽要用他换取救治雍乌的解药。

"看来你也明白了。"霍星羽看了看潘小岳，森然道，"如果我的搭档有个三长两短，你就去给他陪葬吧。"

麦奇士和贝富齐发现潘小岳失踪后，紧接着就看到地上那五个血字——到石桥换人。

"麦哥，要不我跟小胡过去看看？"贝富齐既然知道吴骐畅那边的人要对付麦奇士，自然不能轻易让他露面了。

麦奇士点了点头，回到了夕阳馆中。贝富齐紧随其后。

"咦？"胡洪锋见他们去而复返，奇道，"麦哥，齐哥，怎么这么快就回来啦？"

贝富齐吁了口气："潘小岳被吴骐畅那边的人抓走了。"

"什么？"胡洪锋心头一惊。

"他们还让我们到石桥那边去换人。小胡，你和我过去看看吧。"贝富齐吩咐道。

"这……"胡洪锋犹豫了半秒，明白自己没有拒绝的权利，说道，"好的，走吧。"

于是麦奇士留在接待处盯着展老板，贝富齐和胡洪锋则走出了夕阳馆，前往石桥。

两个人来到石桥前方，果然看到霍星羽、冷若寒和陈盛，以及手脚被绑躺在地上的潘小岳。

在霍星羽等人初到云端宾馆时，贝富齐虽然跟踪监视过他们，但他没有见过他们撕掉面具后的样子，此时以为他们那边不止五个人，不禁怔了一下。

"穿黑色衣服的那位朋友，怎么称呼呢？"贝富齐向霍星羽朗声问道。

霍星羽答道："神血会的黑无常——霍星羽！"

"啊？"贝富齐微微一惊，"你们是……神血会的人？"

"是！"

贝富齐早就听说过神血会的人懂得化装技术，戴上硅胶人脸面具后，可以伪装成另一个人。看来他们那边确实只有五个人，只是此前霍星羽等人戴着面具而已。

贝富齐定了定神，向霍星羽抱拳一拱："霍先生，久仰大名。"

霍星羽冷冷地道："你一个毒贩的久仰，我可不怎么稀罕。麦奇士呢？"

贝富齐心中一凛。他们的目标果然是麦哥！

他心念电转，说道："麦哥没来啊，你们找他有事吗？"

"不用骗我了，我已经见过他了。"实际上霍星羽并没有亲眼见到麦奇士，只是冷若寒此前逃离夕阳馆时匆匆一瞥看到了麦奇士。

"啊？他们怎么会见过麦哥呢？"贝富齐心中暗忖，"对了！麦哥说那个打伤叶瞳的女人曾见过他……"

霍星羽见贝富齐眼神闪烁，更加肯定冷若寒所见到的人便是麦奇士，冷笑不语。

贝富齐也意识到自己的表情为霍星羽提供了信息，连忙扯开话题，指了指潘小岳道："霍先生，您让我们过来换人，现在我们来了，请您放人吧。"

冷若寒插话道："我们是让你们过来换人，不是让你们过来取人。"

贝富齐笑了笑："那你们想我们拿什么来换呢？"

霍星羽翻了翻眼皮："明知故问。"

贝富齐也不跟他们拐弯抹角了："是要用那飞镖上毒的解药对吧？不过那解药现在不在我身上。"

"是在麦奇士手上吧？"霍星羽问。

贝富齐呵呵一笑："不是跟您说了吗？麦哥没来呀。"

"好了，废话少说吧。"霍星羽大声道，"我给你们十分钟的时间，十分钟后，拿解药过来换人，过时不候。"

"好的。"贝富齐再次向霍星羽拱了拱手，"待会儿见。"

接着，他便跟胡洪锋离开石桥，回到了夕阳馆。

麦奇士见贝富齐和胡洪锋走进来，却没有带回潘小岳，已经料到了："他们要毒飞镖的解药，对吧？"

贝富齐点了点头："是的。麦哥，你知道那边的是什么人吗？"

"什么人？"

"神血会的人，黑无常霍星羽。"

"神血会？"麦奇士皱了皱眉。

接着，贝富齐把刚才跟霍星羽交谈的事告诉了麦奇士。麦奇士听完以后，对贝富齐和胡洪锋道："阿齐，你看着展老板。小胡，你跟我出来一下。"

胡洪锋跟着麦奇士走到夕阳馆的大门外，有些不安地问："麦哥，有什么事吗？"

麦奇士从口袋中取出一个药盒，交给胡洪锋："你拿这些药去跟他们交易，把潘小岳换回来吧。"

"我？"胡洪锋吞了口口水，"我自己去吗？"

"你怕吗？"麦奇士冷然问道。

胡洪锋尴尬地笑了笑："要不还是让齐哥我和一起去吧？人多好办事嘛。"

麦奇士没有回答，突然转移话题："实际上，这个药瓶里的不是解药，而是毒药。"

刚才，麦奇士和贝富齐离开汪叶瞳的房间后，麦奇士让贝富齐先去接待处，说要回房间拿东西。实际上，他并没有回到自己的房间，而是再次走进了汪叶瞳所住的客房。

汪叶瞳见麦奇士去而复还，有些奇怪："怎么啦？"

麦奇士走到床前，问道："你身上有没有能瞬间致命的口服毒药？"

"有啊。"

"给我一瓶。"

汪叶瞳点点头，取出一个药瓶，交给麦奇士："这些药片都是用氰化物制成的，服下一片，一分钟内就会死亡，无药可解。"

此时，麦奇士交给胡洪锋的就是这瓶毒药。

胡洪锋听麦奇士说要用毒药换潘小岳，大吃一惊，颤抖着声音问："麦哥，要是他们要求先试解药，确定真的能解毒以后，再放走潘大哥，那怎么办？"

麦奇士语气阴冷："怎么会给他们先试解药的机会呢？一手交人，一手交药。"

胡洪锋看了看手中的药瓶，双手颤抖："麦哥，我怕被他们看穿呀，要不让齐哥拿着药吧？"

麦奇士冷哼一声："连这点儿小事都办不了，以后还怎么帮我管理公司？"

"这……好吧！"胡洪锋一副豁出去了的样子，"麦哥，我一定会把毒药交到他们手中，再把潘大哥换回来的！"

麦奇士脸色渐缓，又道："待会儿我会把拿毒药交换的事跟阿齐也说一下，如果有什么突发情况，就由他来处理吧。"

"齐哥也和我一起去？那就好了，那就好了。"胡洪锋松了口气。

"还有，从现在开始，就不要再提'毒药'这两个字了，免得隔墙有耳，你和阿齐心里知道就可以了。"

"是的，麦哥。"

"那你在这里等一下吧，我去跟阿齐交代一下，再叫他出来。"

"好的。"

胡洪锋看着麦奇士走进夕阳馆，心中吁了口气。不到一分钟，贝富齐便走出来了："解药在你手上，对吧？"

胡洪锋心想，麦哥一定也叮嘱过齐哥不要提"毒药"吧，于是说道："嗯，在我这里。"

"走吧。"

两个人再次来到石桥前方。霍星羽大声问道："解药呢？"

胡洪锋取出麦奇士交给他的那个药瓶："在这里！"

"扔过来！"霍星羽命令道。

"这……"胡洪锋后退了一步，"霍先生，咱们要公平交易呀，一手交人，一手交药。你放了我们的人，让他走过来，他走到石桥中间的时候，我就把解药扔给你。"

霍星羽冷笑一声："我怎么知道你给我的解药是真的还是假的呢？我们试过之后，如果确实是真的，自然会放人。"

"我们出来混的，最重承诺了，说是解药，就是解药，怎么会骗你呢？"胡洪锋理直气壮地道。

霍星羽脸孔一板，冷然道："我再说一遍，把解药扔过来！"

"霍先生，要不这样吧？咱们各退一步，你先解开绳索……"

胡洪锋还没说完，霍星羽已掏出手枪，朝潘小岳的右腿开了一枪。潘小岳惨叫一声，在地上折腾了两下。

"下一枪打头，我霍星羽向来言出必行！"霍星羽把枪口对准了潘小岳的脑袋，"我再给你们五秒的时间把解药扔过来。五！四！三！二……"

贝富齐当机立断，一手抢过了胡洪锋手上的药瓶。胡洪锋轻呼一声，还没反应过来，贝富齐已把药瓶扔到了石桥的另一侧。

霍星羽弯腰捡起药瓶，放进了口袋里，说道："如果解药有效，我就会放人。小陈，我们回去吧。"

说罢他拖着潘小岳走回了旭日馆，陈盛紧随其后，冷若寒则继续躲到石桥附近的那棵大树后方，监视着石桥。

胡洪锋不敢多说什么，和贝富齐匆匆走回夕阳馆。进入夕阳馆后，他才说道："齐哥，你为什么要把药给他们？这样会害死潘大哥呀！"

贝富齐满脸疑惑："为什么？"

"他们发现了那是毒药，肯定会杀死潘大哥啊！"

贝富齐怔了一下："毒药？什么毒药？"

这时候麦奇士走过来，面无表情地道："实际上，我根本没有告诉阿齐交给你的是毒药。"原来刚才麦奇士走进夕阳馆，只是告诉贝富齐，自己已经把解药交给了胡洪锋，让他和胡洪锋拿着解药去把潘小岳换回来。

"这……这……"胡洪锋不知所措，"麦哥，这是什么意思呀？"

麦奇士忽然向贝富齐命令道："阿齐，抓住他！"

贝富齐虽然不知道麦奇士为什么要抓住胡洪锋，但知道他这样做一定有理由，当下也不多问，掏出手枪指着胡洪锋，喝道："两手抱头！蹲下！"

胡洪锋哭丧着脸道："麦哥，齐哥，这是怎么回事？我做错什么了？"

麦奇士阴森森地道："阿齐，他再说一句废话，你就直接毙了他吧。"

贝富齐再次喝道："我叫你蹲下！"

胡洪锋哪里还敢说话？立即蹲下身子，双手抱头。

贝富齐走到他身前，搜查了一下他身上的物品，把他口袋中的那把九二式手枪取了出来。

"站起来！"贝富齐接着命令道。

胡洪锋战战兢兢地站了起来。

"走到那边！"贝富齐指了指接待处旁边的一扇窗户。

胡洪锋走到那扇窗户前方。贝富齐跟过去，取出一副手铐，把胡洪锋的手铐在了窗户的铁栏上。

展老板看得张大了嘴，蜷缩着身体躲在角落，不敢作声。

麦奇士慢慢走到胡洪锋身前。贝富齐此时才问道："麦哥，他怎么了？"

麦奇士一字一顿地说："我怀疑他是神血会那个霍星羽派来的内鬼。"

"内鬼？"贝富齐双眉一皱。

胡洪锋一脸委屈地说："麦哥，我怎么会是内鬼呢？我根本不认识他们呀！"

麦奇士看了看贝富齐："阿齐，在潘小岳被抓走，你和胡洪锋第一次去交涉的时候，那个霍星羽并没有提到矿泉水中有毒的事，对吧？"

贝富齐回想了一下，说道："是的，没有。"

"他为什么没有提呢？"麦奇士用毫无起伏的冰冷语调分析道，"有两种可能性：一，他们还没喝过那些矿泉水，或者还没喝到有毒的水，因此不知道一些矿泉水有毒。二，他们那边已经有人喝下有毒的矿泉水死了——这个人很有可能是后来没有露过面的吴骐畅，但他早就知道了矿泉水有毒的事，所以看到吴骐畅中毒也见怪不怪。"

麦奇士说到这里，瞥了一眼被铐在窗边的胡洪锋："如果是第二种情况，那么霍星羽为什么会知道矿泉水中有毒呢？自然是因为我们这边有人把这个信息传递给他了。胡洪锋，这个人就是你，对吧？"

胡洪锋猛地摇头："真的不是我呀！麦哥！"

"是不是你，很快就清楚了。"麦奇士冷冷一笑，"如果你真的是内鬼，刚才把毒药带过去的时候，肯定也把'你交给他们的并非解药而是毒药'这个消息传递给霍星羽了。反正除了我以外，就只有你一个人知道这件事。如果最后他们并没有使用那毒药，那么通风报信的人，就是你。"

"冤枉呀！麦哥！"胡洪锋激动地叫道。

"我刚才说过了，你再说一句废话，就毙了你，你认为我说话是在放屁吗？"麦奇士走到胡洪锋身前，从身上取出一把军刀，手起刀落，把他的左耳割了下来。

"啊——"胡洪锋失声惨叫。

"你再大叫大嚷，我就割掉你的另一只耳朵，割完耳朵割手指，割完手指割脚趾。"麦奇士鬼气森森地道。

胡洪锋哪里还敢说话？他双目含泪，忍着疼痛，低头不语。

贝富齐见麦奇士手起刀落，转眼间就割掉了胡洪锋的耳朵，也不禁倒抽了一口凉气。展老板则目瞪口呆，自然也不敢作声。接待处中霎时间鸦雀无声。

霍星羽拿着胡洪锋扔过来的那个药瓶，拖着潘小岳，和陈盛回到旭日馆。走到一楼的一条走廊内，打开了走廊入口处的一间客房，把潘小岳拖了进去，直拖到客房的洗手间中。

接着他又取出一副手铐，把潘小岳那已经被反绑的双手铐在洗手池下方的水管上。

潘小岳破口大骂："不是说拿到解药就放了我吗？言而无信！"

"着什么急呢？我还没试过那解药是不是真的呢。"霍星羽道。

"想想也知道那解药肯定是真的啊！如果是假的，他们怎么可能不等你放人就把药给你！"潘小岳不屑地说。

霍星羽讥笑道："哪怕解药是真的，我也不一定要放你回去吧。"

潘小岳一呆："什么？"

"对付奸恶之徒，何必信守承诺？"霍星羽理直气壮地道。

"混蛋！"潘小岳知道霍星羽一定会杀死自己，不禁痛骂起来。

霍星羽不理会他，对陈盛道："小陈，你看着他。"他虽然对陈盛并非完全信任，但反正手铐钥匙在自己身上，陈盛哪怕想放走他，也办不到。

"好嘞，霍大哥！"陈盛爽快地答应了。

霍星羽回到二楼的医务室，只见此时雍乌脸色发青，似乎难受至极。

"老雍，怎么啦？"霍星羽快步走到床前，关切地问道。

雍乌咬牙道："这毒确实厉害。有拿到解药吗？"

霍星羽摇了摇头，把胡洪锋扔过来的那个药瓶拿了出来，打开看了看，发现里面是一些黄色的药片。

"这是……"

"这是麦奇士那边的人给我的，不过，"霍星羽话锋一转，"这里面装的不是解药，而是毒药！"

雍乌微微一惊，问道："你怎么知道？"

霍星羽环顾四周，确认此时医务室内只有他跟雍乌两个人，又重新检查了房门，才低声道："因为，我在麦奇士那边有卧底。"

雍乌咦了一声："是谁？"

霍星羽吸了口气，一字一顿地道："就是穿白色T恤的那个年轻人，他叫胡洪锋。"

胡洪锋，确实是霍星羽安插在鬼筑的卧底。

事情要追溯到七年前。当时胡洪锋只有十九岁。他高中毕业后就不上学了，在他父亲开的一家小超市中工作。可是后来，由于超市的资金周转不灵，胡洪锋的父亲向高利贷借了十万元，并且答应在三个月内归还本息十二万。

虽然胡父借到了钱，但最终还是无法改变超市倒闭的命运。

超市结束营业后，胡父无力偿还那十二万，被高利贷逼得走投无路，竟然跳楼自杀，抛下了妻子和一对儿女。

胡父死后，高利贷却没有就此罢休，每天上门追债，让胡洪锋和母亲、妹妹时刻都过着担惊受怕的日子。

胡洪锋没读过大学，也没什么工作技能，为了还债，在朋友的介绍下，加入了一个名叫梁醒的毒贩的制毒团伙，帮梁醒贩卖毒品。

过了一段时间，好不容易用贩毒赚回来的钱还清了那十二万，正打算金盆洗手，退出制毒团伙，高利贷那边却出尔反尔，连本带利要三十万。为了筹集这十二万，胡洪锋已经焦头烂额了，哪里还能再筹十八万？

没钱还债，高利贷又上门追债。他们仗着人多，将胡洪锋打得遍体鳞伤，强奸了年过不惑的胡母，接着又想要强奸胡洪锋那只有十五岁的妹妹。胡洪锋愤恨交织，却只能被人死死按在地上，听着家人声嘶力竭的求救声。

千钧一发之际，是一个蒙面男人破窗而入，连开数枪，把那几个禽兽当场击毙，救了他们全家。

这个男人，正是神血会的首领——黑无常霍星羽。

此前，霍星羽打探到那几个放高利贷的奸淫掳掠，无恶不作，已经跟踪、调查了他们一段时间。那天他跟踪着那几个人来到胡家，听到胡母的求救声从屋内传出，知道他们又在作恶，便想出手干预。不过当时胡家大门紧闭，无法进入，他只得通过外墙爬到胡家所在的楼层，破窗而入，虽然没能阻止胡母被辱，却也救下了胡洪锋的妹妹。

后来胡洪锋再次见到霍星羽时，当即跪了下来，向他磕头：
"恩人！"

霍星羽先询问了他家里的情况，又用严厉的语气说道："你还在帮梁醒做事？毒品害人无数，趁早退出吧！"梁醒这个毒贩，也是霍星羽的重点调查对象。

胡洪锋叹了口气："恩人，我早就不想再做了，但我试探过醒哥的口风，他说从前有个人想退出，醒哥把他全家都杀死了。恩人，我真的不敢退出呀！你身手那么好，能不能杀掉梁醒？"

霍星羽吁了口气："梁醒只是一枚棋子罢了，死了一个梁醒，还有下一个梁醒。只有揪出这个制毒团伙的幕后黑手，才能把这个制毒团伙彻底瓦解。"

胡洪锋听霍星羽这么说，想了想，突然朗声说道："恩人，让我去吧！"他是个知恩图报的人，霍星羽救下了他全家，他愿意为他赴汤蹈火，在所不惜。

"让我继续留在梁醒身边当卧底，"胡洪锋义无反顾地说，"以后如果有机会接触到那个幕后黑手，我就可以把他的相关信息告诉您，到时候您就可以彻底端掉这个制毒团伙了！"

贩毒的这段时间，胡洪锋见过无数为了毒品倾家荡产，甚至贩卖妻儿的人。他一直为自己加入这个制毒团伙而感到后悔不已。

而现在，他有机会揪出这个制毒团伙的幕后黑手，彻底将其瓦解。他不是英雄，只是一个普通人，但不知道为什么，此时却全身热血沸腾，觉得自己非要完成这件事不可！

就这样，胡洪锋走上了卧底之路。

他本来是个性格沉稳的人，但为了在制毒团伙中生存下去，逐渐变得油腔滑调，圆滑无比。又因为他的办事能力强，梁醒对他越来越信任，集团中很多事情都交给他处理。

后来，胡洪锋查到梁醒果然只是一个傀儡。这个制毒集团，实际上是由L市内一个名叫鬼筑的庞大犯罪组织所操控的，制毒集团的首脑名叫麦奇士，代号黑桃J。

他把麦奇士的事告诉了霍星羽。至此，他们的目标明确了——寻找机会，杀死麦奇士！

一周前，胡洪锋收到麦奇士的指示：十一月十七日那天，他将跟毒贩吴骐畅进行交易，并且在交易中杀死吴骐畅。到时候黑桃6、黑桃7和黑桃9也会一起前往，共同对付吴骐畅。

胡洪锋立即把这件事告诉了霍星羽。霍星羽终于等到了麦奇士现身，心情极为激动。

至于昨晚在光荣路那间平房中所举行的秘密会议，胡洪锋也是会议开始前几小时才收到通知，他得知后立刻联系了霍星羽，可是霍星羽没有听到电话，错失了这个杀死麦奇士的绝好机会。直到会议结束、众鬼筑成员离开后，霍星羽才回拨了胡洪锋的手机，但此时麦奇士已经离开了光荣路。

如果霍星羽知道麦奇士昨晚会在光荣路出现，直接到光荣路杀死他，就不会有今天在鬼头山上发生的这一切了。

第 十 三 章

弃　子

　　胡洪锋是霍星羽对付麦奇士的秘密武器，所以霍星羽一直没有把这个卧底的存在告诉任何人，包括这次和他一起来鬼头山的冷若寒和雍乌。

　　冷若寒曾对胡洪锋进行过若干调查，查到当年迫害他们一家的那几个高利贷的人暴毙的事，只是不知道出手杀死他们的人，正是自己的老师霍星羽。

　　今天下午，霍星羽等人第一次跟贝富齐等人交易的时候，双方发生枪战。霍星羽专心对付贝富齐时，潘小岳乘虚而入，拔出手枪，想要射杀霍星羽。

　　虽然当时霍星羽戴着硅胶面具，但胡洪锋根据他的身形，早认出了他。见他有危险，连忙拉了拉潘小岳的手臂，假装惊慌地叫道："潘大哥，快走呀！咱们先回去再说吧！"

　　潘小岳被他这么一拉，便错失了偷袭霍星羽的良机。

　　后来，胡洪锋和潘小岳拿着矿泉水，到石桥处跟霍星羽交换药品。当时，胡洪锋用唇语告诉霍星羽，说某些矿泉水是有毒的。霍星羽本就会解读唇语，这是他和胡洪锋约定好的信息传递方式。

正因为霍星羽知道矿泉水有毒，所以后来雍乌拿着六瓶水回来时，霍星羽以为守在桥头的冷若寒拿走了两瓶水，才脸色突变。

接着他把矿泉水分给了吴骐畅和陈盛，对他来说，这两个人的生死都无关紧要，特别是吴骐畅，本来就死有余辜。

然而这时候，雍乌也想喝水，只是因为中毒，没有力气拧开瓶盖。霍星羽也不帮他拧开瓶盖，而是先扶他到病床上躺下。接下来吴骐畅因为喝下有毒的矿泉水而毒发身亡，雍乌知道矿泉水中有毒，自然就不会再去喝了。

刚才，胡洪锋跟着贝富齐再次来与霍星羽交易时，他再次用唇语告诉霍星羽，这些根本不是解药，而是毒药。

此刻，霍星羽把胡洪锋是他安插在麦奇士身边的卧底一事的始末，原原本本地告诉了雍乌。雍乌听后，脸色阴沉地道："你早知道那些矿泉水有毒，却眼睁睁地看着吴骐畅和陈盛喝下矿泉水？"

霍星羽没想到雍乌会提起这件事——毕竟他认为这件事在他的讲述中无关紧要。他不屑地道："那吴骐畅本来就是个毒贩，死不足惜。"

雍乌脸色严肃："那陈盛呢？"

"他是杀手，杀过不少人，也不是什么好人。"

雍乌冷冷地道："我和你杀过的人难道就少吗？"

"这怎么有可比性呢？我们制裁的都是奸恶之徒，死有余辜！"霍星羽一脸正义地说。

雍乌反问："陈盛不是说他杀的人也都是罪有应得的人吗？"

霍星羽哼了一声："那是他自己说的，谁知道是真是假呀？再说，当时他还没跟我们说这件事，我怎么知道他杀的是些什么人？"

雍乌的脸色越来越阴沉："你还不知道他杀的是什么人，还不知道他是否该死，就看着他喝下矿泉水而不出言提醒，你这跟滥杀好人有什么区别？"

"老雍，你这就是蛮不讲理了！"霍星羽脸孔一板，怫然道，"第一，他是杀手，我不相信他从来没有杀过好人，因此他就该死；第二，即使他真的没有杀过好人，但他如果中毒身亡，也是因为自己喝了矿泉水，跟我有什么关系呢？你怎么能怪罪到我的头上呢？"

雍乌身体微颤，不再答话。

霍星羽知道雍乌此时中毒已深，也不跟他辩驳了，说道："好了，不说了，你好好休息一下，我再去跟他们谈判，非把解药弄回来不可。"

不等雍乌答话，他便大步走出了医务室。

霍星羽回到一楼，来到陈盛和潘小岳所在的那间客房。

陈盛一见到霍星羽，便关切地问："霍大哥，怎么样？白无常先生的毒解了吗？"

霍星羽瞪了潘小岳一眼，冷然道："解药是假的，那是毒药。"

"怎么可能？"潘小岳叫了出来，"我还在你们手上，他们怎么可能拿假的解药来忽悠你？肯定是你的那个同伴已经解毒了，但你却出尔反尔，不肯放人！"

霍星羽掏出贝富齐扔给他的那个药瓶，冷笑道："这就是你们的人交给我的解药，如果你坚信这不是毒药，不如现在就吃一片？如果你吃完还安然无恙，我马上放你回去。"

潘小岳呆了一下，不敢说话。

陈盛踹了潘小岳一脚："你们才是言而无信的小人！还想拿毒药害人？"

潘小岳咬了咬牙，恨恨地道："什么毒药，只是你瞎猜的吧？难道你的那个同伴已经被毒死了吗？你们肯定是因为疑心病太重，不敢服解药，就来胡说八道！"

霍星羽从药瓶中倒出一片药片，抓住潘小岳的嘴巴，想要把药片塞进去："不是毒药你倒吃一片呀！"

潘小岳紧紧地咬着嘴唇，任凭霍星羽如何掰他的嘴巴，死活不张嘴。

霍星羽也不跟他纠缠了，收起药瓶，接着又掏出一把军刀，二话不说，把潘小岳左手的大拇指切了下来。

潘小岳大叫一声，破口大骂。

"小陈，继续盯着他。"

霍星羽不再理会潘小岳，拿着他的拇指走出了旭日馆，来到石桥前方。

冷若寒走出来，问道："老师，雍老师的毒解了吗？"

霍星羽摇了摇头："他们给我的是毒药。"

冷若寒咬了咬牙："卑鄙！"

霍星羽掏出了他的那把贝雷塔手枪，朝天空开了一枪，通知麦奇士那边的人出来谈判。

数十秒后，只见一个身材高大的男人走出来，正是麦奇士的保镖贝富齐。

片刻之前，西院夕阳馆内，麦奇士割掉了胡洪锋的左耳。

"你再大叫大嚷，我就割掉你的另一只耳朵，割完耳朵割手指，割完手指割脚趾。"

胡洪锋不敢再说话，低头不语。贝富齐和展老板也没有作声。

突然，麦奇士又道："好了，现在我已经确定了……"他说到这里，极为阴冷的眼神看向胡洪锋，"你就是内鬼！"

"不！"胡洪锋大叫，"麦哥，你相信我！我真的不是内鬼！"

麦奇士冷冷地说："你是那个叫霍星羽的人的卧底，你先用唇语告诉霍星羽有些矿泉水是有毒的，刚才又用唇语告诉他，我给他的不是解药，而是毒药，对吧？"

"啊？"胡洪锋见麦奇士什么都知道了，不禁面如土色。

贝富齐讶然道："小胡，你真的是内鬼？"

胡洪锋知道麦奇士手段毒辣，自己的卧底身份暴露，必定会被他折磨得生不如死，马上向贝富齐请求道："齐哥，你一枪打死我吧！求你了！"

贝富齐听他这样说，自然知道他确实是卧底了，虽然如此，但他也不忍心胡洪锋被折磨，于是掏出手枪，准备一枪把他击毙。

麦奇士却道："阿齐，先别杀他。"

胡洪锋一听，心底一阵绝望。看来麦奇士真的要用最狠毒的手段折磨自己了。这七年来，他无时无刻不担心自己的卧底身份暴露，也曾无数次想过，万一身份暴露，梁醒、贝富齐、麦奇士这些人会怎样对付自己？每次只是稍微想一下，他便感到毛骨悚然，不敢再往下想了。然而现在，这个他最为恐惧的事情，终于发生了。他只感到骨寒毛竖，心脏一阵阵地紧缩。

贝富齐不敢违背麦奇士的意思，放下了手枪。

麦奇士接着道："用他来试水。"

"试水？"贝富齐微微一怔，随即便明白了麦奇士的意思。

"是的，麦哥。"

他走到小卖部，从箱子里随手拿起了两瓶矿泉水。展老板默默地看着他，不敢说话。

贝富齐拿着矿泉水回到窗前，拧开了其中一瓶水的瓶盖，把瓶口伸到胡洪锋的面前："喝一口吧。"

胡洪锋看了矿泉水一眼，想起易郁涵毒发身亡时的恐怖情形，心中不寒而栗。

"喝啊！"贝富齐背着麦奇士向胡洪锋使了个眼色，意思是你现在也没得选了，喝不喝水都得死，如果不配合，下场还会更惨，何苦呢？

胡洪锋明白贝富齐的意思，心中叹了口气，闭上双眼，喝了一口水。

他的心怦怦直跳，似乎自己下一秒就会毒发身亡。

十秒过去了，胡洪锋安然无恙，看来这瓶矿泉水是没毒的。

贝富齐把瓶盖拧上，把这瓶确认无毒的矿泉水交给了麦奇士。麦奇士点了点头，把矿泉水放进了自己的口袋。

接着贝富齐又拧开另一瓶矿泉水的瓶盖，强迫胡洪锋试毒。胡洪锋心想，毒死就毒死吧，一了百了，也不用被他们折磨了。心中反而释然，反正也口渴了，索性喝了一大口。

十分幸运，他仍然没有中毒，这瓶水也是没毒的。

贝富齐此时也十分口渴，见这瓶水没毒，自己也喝了一口，之后拧上瓶盖，把矿泉水放进了自己的口袋中。

这时候，只见展老板拿着一瓶矿泉水走过来，怯生生地问道："我……我也渴了，能不能也帮我试一瓶呀？"

贝富齐看了展老板一眼，心想你本来就是麦哥用来试毒的对象，现在却想让我们用胡洪锋为你试毒？当真是异想天开。而且他提出这样的要求，显然是已经把胡洪锋当成死人了，根本没有把他的命放在眼里。果然危机之中，人人只求自保，人性丑恶，展露无遗。

就在这时候，忽听石桥那边传来一声枪响。

"霍星羽他们已经发现我们给他的不是解药了。"麦奇士看了看贝富齐，"你去看看吧。"

"是的，麦哥。"贝富齐快步走出了夕阳馆。

展老板站在原地，手上拿着一瓶不知道是否有毒的矿泉水，继续拿着也不是，放下也不是，表情尴尬无比。

至于胡洪锋，因为暂时不用试毒了，稍微松了口气。

贝富齐来到石桥，只见霍星羽在桥头昂首而立，气势逼人。

贝富齐笑了笑："霍先生，是时候把我们的人放了吧？"

霍星羽瞥了他一眼，冷冷地道："你们给我的是解药还是毒药，你自己心里没数吗？"

他说罢把潘小岳的大拇指扔到了贝富齐身前。

贝富齐低头看了一眼这根断指，稍微收起笑容，淡淡地说："刚才把假的解药给你，不是我的意思，是保管解药的人的意思，他自己替换了解药，我也不知情。不过那也只是假的解药而已，虽然不能解毒，但也没有毒。"

"是吗？"霍星羽冷笑。

"这样吧，霍先生，我待会儿把真正的解药给你，把我们的人换过来。不过，这次我们要一手交人，一手交药……"

霍星羽打断了贝富齐的话："你们毫无诚信，我不会再跟你们交易了！"

贝富齐点点头，不慌不忙地道："霍先生，潘小岳我们还是要换回来的，既然你不相信我们会给解药，那我们就不用解药来换了。"

霍星羽奇道："那你拿什么来换？"

贝富齐呵呵一笑："拿胡洪锋来换呀。"

霍星羽心头一震，脸上却不动声色："胡洪锋是谁？"

"霍先生，咱们明人不说暗话。"贝富齐知道自己掌握了这场谈判的主动权，语气中有些得意，"胡洪锋是你的卧底，对吧？就是他告诉你，那些'解药'是假的吧？"

霍星羽哼了一声："莫名其妙。"

贝富齐笑了笑："我们用胡洪锋把潘小岳换回来，你看这笔交易能行吗？"

霍星羽沉吟不语。

"其实要换也蛮公平的，潘小岳被你们割掉了一根手指，胡洪锋也被我们割掉了一只耳朵，这笔交易，童叟无欺，哈哈。"贝富齐知道霍星羽一定会用潘小岳来交换胡洪锋，这笔交易，他志在必得。

但霍星羽仍在踌躇。

"不换对吧？那就算了。"贝富齐转过身走了两步，又回头道，"对了，霍先生，相信胡洪锋已经告诉过你，那些矿泉水有些有毒，有些没毒了吧？现在我们正在用胡洪锋试毒，他已经试了两瓶，幸好都是没毒的，接下来我们就让他再试第三瓶，你猜他这次还有没有好运气呢？"

他说罢大步走向夕阳馆。

"等一下！"霍星羽叫住了他。胡洪锋是为了帮助他才成为卧底的，他觉得自己有义务把胡洪锋救回来。

可是现在潘小岳是他用来换取雍乌需要的解药的唯一筹码，如果用潘小岳来换回了胡洪锋，那就没有任何筹码让对方交出解药了。

我现在是在用老雍的命来换胡洪锋的命吗？值得吗？霍星羽心中矛盾不已。

贝富齐则转过身子，笑问："怎么啦？"

霍星羽瞪了他一眼："把胡洪锋带出来！"

"好嘞，请您稍等片刻。"贝富齐说罢，快步回到了夕阳馆。

他见霍星羽已经有些沉不住气了，心中窃喜。对方越愤怒，他们在接下来的博弈中的胜算便越大。

贝富齐回到夕阳馆后，把刚才的情况告诉了麦奇士。

胡洪锋自然也听到了贝富齐的话，他本来以为自己必死无疑，现在竟然还有生存的机会，一颗心紧张得怦怦直跳。

他不安地注视着麦奇士的脸色，生怕他说出"不换"两字。

麦奇士听完贝富齐的讲述，凝思片刻，说道："好，那就用他去把潘小岳换回来。"

胡洪锋一听，心中大大地松了口气。没想到自己竟能死里逃生，还有机会回去见家人。

"是的，麦哥。"贝富齐走到窗户的铁栏前，打开了手铐后又把胡洪锋的双手反铐，押着他走出夕阳馆。

"小胡，你跟着阿醒好多年了吧？你一直是神血会的卧底？"在前往石桥的路上，贝富齐问胡洪锋。

胡洪锋叹了口气："齐哥，人在江湖，身不由己呀。"

"神血会的人给了你什么好处呢？"贝富齐冷然问。

胡洪锋摇了摇头，没有回答贝富齐这个问题，而是说道："齐哥，待会儿如果交易失败，你就杀了我吧，不要再把我带回麦哥那里去了。"

"好吧。"

两个人来到石桥前。胡洪锋见到霍星羽，心情激动，嘴唇微张，想要说些什么，但喉咙却似被硬物堵住，说不出话。

至于霍星羽，见到这个为自己在鬼筑制毒集团中潜伏了七年的卧底，看到他的左耳已被割掉，伤口流血不止，心中也有些难过。这一刻，他决定了，先用潘小岳把胡洪锋换回来，至于解药的事，只好之后再从长计议了。

贝富齐把胡洪锋推到桥头，对霍星羽道："霍先生，您要的人我已经带出来了，我们要的人呢？"

"你先让他过来，我再让你们的人回去。"霍星羽虽然这样说，但心里也知道贝富齐是绝对不会答应的。

果然，贝富齐摇了摇头："这不太公平吧？我们交易向来都是一手交一手的。"

霍星羽昂首道："我霍星羽向来言出必行，我说了会放人就会放人！"

贝富齐笑道："要不您先让潘小岳过来，我再让胡洪锋过去吧，反正我也向来言出必行，绝对不会出尔反尔。"

霍星羽心中恼怒，咬牙道："好，就按你说的一手交一手，但你要同时拿胡洪锋和毒飞镖的解药来换潘小岳！"

"这怎么可以呢？一个换一个呀。"贝富齐望着霍星羽那愤怒的目光，却毫不胆怯，"我们要不拿胡洪锋来换潘小岳，要不拿解药来换潘小岳，您自己挑一个吧。"

"那不换了！"霍星羽怫然道，"我现在就回去干掉潘小岳！你们等一下过来给他收尸吧！"

贝富齐不急不躁，淡淡地道："不换就不换呗，您要杀就杀吧，我们鬼筑的人几乎每天都会看到自己的同伴死掉，早就见怪不怪了。"

霍星羽怒目而视，咬牙不语。

贝富齐接着道："霍先生，您确定不换对吧？那我们就带胡洪锋回去，让他继续试毒了。还有，你们同伴所中的那种毒药，中毒之人如果七个小时内没有服下解药，必死无疑，也就是说，他最多只能坚持到今晚九点，九点以后，你们哪怕拿到解药，也救不了他了。"

他说到这里，稍微停了一下，有些嚣张地说："总之，最后我们只死了一个人，而你们则死了两个人，我们赚啦！"

霍星羽怒不可遏，双眼似乎要喷出火焰，但他始终没有说话。

胡洪锋知道在霍星羽心中，自己始终不及他的神血会同伴重要。他手上只有潘小岳一个筹码，自然要留着换取解药来救治自己的同伴，怎么会用来交换自己这个身份已经败露，再也没有利用价值的卧底呢？

左右是死，为什么还要回去被麦奇士折磨？虽然此时他心中对霍星羽有些怨恨，但想到当年确实是霍星羽救下他全家人的性命，仍然朗声道："霍先生！谢谢你！这个社会需要你这种替天行道的大侠！"

一语未毕，他已快步向石桥跑去。

贝富齐吃了一惊。万一被他跑到东院，手上的筹码便少了一个，到时候要把潘小岳换回来，可就不那么容易了。于是他立即掏出手枪，向胡洪锋的背部开了一枪。

是你让我杀了你的。他心中思忖道。

"砰"的一声，子弹射中了胡洪锋的背部。此时胡洪锋已经站在石桥上，突然中枪后一个踉跄，向桥外倒去。

"阿锋！"霍星羽箭步上前，想要跑过去拉住胡洪锋。冷若寒也立即从大树后出来，举枪对准贝富齐，掩护着霍星羽。

可是霍星羽还没踏上石桥，站立不稳的胡洪锋便已掉落下去，坠入那深不见底的悬崖。

"对不起了，妈妈，我不能再孝顺你了……妹妹，希望你好好照顾妈妈吧……"这是胡洪锋这辈子最后的意识。他短暂的一生，就此终结。

霍星羽见胡洪锋坠崖而死，心中悲痛。但他很快就回过神来，后退了几步，退回了安全区域。

"把解药交出来！"霍星羽向贝富齐吼道。

胡洪锋的死也在贝富齐的意料之外。现在他手上少了胡洪锋这个筹码，就只能用解药去交换潘小岳了。

他略一斟酌，说道："好，那我现在回去取解药，你也把潘小岳带出来，咱们一手交人，一手交药。"

霍星羽还没答话，忽听身后一个男子朗声说道："不用交换了！我在这里！"

霍星羽大吃一惊，回头一看，只见说话的人戴着一张白色面具，正是本来被自己铐在旭日馆一楼的潘小岳！

此时跟潘小岳在一起的还有三个人。

一个霍星羽不认识的长发女子，正用一把刀架在雍乌的脖子上，挟持着雍乌走来，而旁边的人，却是曾经的神血会成员，后来跟霍星羽反目成仇的南宫听梦！

今天上午，在霍星羽一行人被展老板带入东院的旭日馆后，南宫听梦和韦雪蕾便离开了夕阳馆的天台，回到旭日馆。当时霍星羽等人在二楼，所以没有碰到她俩。两个人躲在韦雪蕾昨晚所住的房间，通过窗帘的一道缝隙，监视着石桥的情况。

随后，她们在房间中目睹了从霍星羽、贝富齐等人初次交锋，吊桥方向传来巨响，到霍星羽拿到"解药"后，拖着潘小岳回到旭日馆的全过程。

观看完这一系列事件，韦雪蕾忽然说道："梦姐，这个霍星羽为人机警，身手又好，想要杀死他，难度的确不小呀。"

南宫听梦轻轻地吁了口气："老雍以前经常说，谋事在人，成事在天。今天既然见到了霍星羽，我自然会竭尽全力杀了他，为我丈夫和你父亲报仇。如果最后我没能杀死他，甚至被他杀了，那也是天意了。"

韦雪蕾看上去弱不禁风，性格似乎也比较平和，但实际上外柔内刚，此刻只见她摇了摇头，毅然道："梦姐，我们自己的命运必须掌握在自己手中，我们要靠自己的力量报仇，不能等待上天的眷顾呀。"

南宫听梦看了看韦雪蕾："你已经有计划了？"

韦雪蕾点了点头。

"快说！"南宫听梦催促道。

韦雪蕾微微地吸了口气，说道："我们可以和西院那边的人合作。"

"合作？"南宫听梦皱了皱眉。

"是的，他们现在跟霍星羽势不两立，如果我们加入他们的阵营，和他们合力对付霍星羽，那么要杀霍星羽就不是什么难事了。"韦雪蕾分析道。

南宫听梦却有些犹豫。霍星羽虽然杀死了她的丈夫，但毕竟是她曾经的首领，他们曾一起"制裁"过不少罪犯，西院那些贩毒害人的毒贩，正是他们"制裁"的对象之一。现在，韦雪蕾竟然要她跟这些她昔日所深恶痛绝的毒贩合作，反过来去对付霍星羽，她的心中实在是纠结无比。

韦雪蕾看穿了她的心思，怂恿道："梦姐，今天如果不能杀死霍星羽，你就再也没有机会找到他，为你的丈夫报仇了。我知道你不愿意跟那些毒贩合作，但你可以先借助他们的力量，杀死霍星羽，再杀了他们为民除害。"

南宫听梦犹豫了一会儿，觉得她说得也对："好，那我们就暂时和他们合作吧。只是，我们这样贸然过去，说要加入他们的阵营，人家会答应吗？搞不好他们会以为我们是霍星羽派过去的卧底呢。"

韦雪蕾早就有所计划了，她笑了笑，说道："他们那边不是有个人被抓过来了吗？我们只要救下那个人，自然就能取得西院那边的人的信任。"

南宫听梦两手一拍："对！那我们快走吧！"

于是两个人蹑手蹑脚地离开房间，在接近走廊入口的时候，忽听一间客房内传出霍星羽的声音："不是毒药你倒吃一片呀！"

南宫听梦怔了一下，韦雪蕾已把她拉到附近的一间客房内。

她俩躲到门后，继续偷听霍星羽所在的那间客房中传出的声响。

此时只听那潘小岳大叫一声，破口大骂——那是因为霍星羽用军刀切掉了他的左手大拇指。南宫听梦和韦雪蕾对视一眼，南宫听梦心想："原来被他们抓来的那个人，就在那个房间里。真是踏破铁鞋无觅处，得来全不费工夫了。"

接下来只听霍星羽又道："小陈，继续盯着他。"最后传来一阵急促的脚步声。

刚好此时南宫听梦和韦雪蕾所在的客房靠近石桥那边，两个人来到窗边，往外一看，只见霍星羽已经走出了旭日馆，正在走向石桥。

"梦姐，现在可是好机会！"韦雪蕾道。

南宫听梦点了点头："对，我们快去救人吧。"

她话音刚落，忽然窗外传来"砰"的一声枪响——霍星羽朝天开枪通知贝富齐等人出来谈判。

第十四章

济　恶

南宫听梦听到枪声，吓了一跳："又枪战了？"

韦雪蕾也微微一惊，看了看窗外，只见麦奇士那边的人还没出来，摇头道："应该不是，霍星羽只是鸣枪叫那边的人出来而已。"

南宫听梦嗯了一声："他马上就要回来带人质出去了，我们赶紧救人吧！"

韦雪蕾却摇头："先不忙着救人。"

南宫听梦奇怪地看着她："为什么？"

"虽然以梦姐你的身手可以轻易制伏房间里那个看守。可是救下了那个人质后，我们怎么到西院去呢？霍星羽手下那个女人一直持枪守着石桥，我们一接近石桥她就会开枪。"韦雪蕾有条不紊地分析道。

"那怎么办？"南宫听梦猛抓头发。

"之前中了飞镖的那个人，是雍乌吧？"韦雪蕾反问。

"应该是的。"

"他中了飞镖以后，连走路也走不稳了，我怀疑那飞镖上有毒。"韦雪蕾推想道，"雍乌现在应该在二楼的某个房间内休息，我们只要挟持着他，霍星羽他们自然就无法阻止我们前往西院那边了。"韦雪蕾说罢莞尔一笑。

南宫听梦连连点头："对呀！我怎么没想到！"

于是两个人来到二楼，不一会儿，果然找到了雍乌所在的医务室。她俩看到雍乌趴在医务室内的病床上，似乎无法动弹，而吴骐畅的尸体倒在地上。

南宫听梦大步走进去，韦雪蕾紧随其后。雍乌听到脚步声，转头一看，见南宫听梦进来了，怔了一下："南宫？"

南宫听梦见他脸色苍白，一副有气无力的样子，问道："你怎么了？中毒了？"

雍乌点了点头："中了一支毒飞镖。"没等南宫听梦答话，他接着又问，"你怎么会在这里？什么时候来的？"

"昨晚来的。"南宫听梦深深地吸了口气，咬牙道，"我来这里，是为了杀死霍星羽，为梓陌报仇！"

此时雍乌无力反抗，深知南宫听梦要杀自己易如反掌，但仍然说道："是我把徐梓陌交给霍的。"

南宫听梦咬了咬牙："我知道……梓陌杀死了你爸，所以你把梓陌交给霍星羽，我不怪你。"

雍乌肃然道："徐梓陌也杀死了霍的妻子……"

"是！"南宫听梦听雍乌这样说，似乎有些恼羞成怒，"我知道是梓陌做错了，但是，他也确实死在霍星羽的手里，我不能让他就这么死了，我得为他报仇！"

雍乌摇了摇头："你跟霍星羽，都已经与神血会的宗旨背道而驰了。他走火入魔了，成了独裁者；至于你，也被仇恨冲昏了头脑。"

南宫听梦恨恨地道："你把梓陌交给霍星羽，不也是为了让霍星羽杀了他，为你父亲报仇吗？你虽然没有亲自动手，但也有杀人复仇之心，又有什么资格说我？"

雍乌听南宫听梦这样说，也无从反驳，吃力地从床上坐起来，淡淡地说："走吧。"他头脑聪明，自然知道南宫听梦和韦雪蕾此行的目的。

韦雪蕾从背包中取出一把刀子，走到雍乌身前，对他说道："我来扶你吧。"

她虽然扶着雍乌，却用刀子轻轻地抵着他的后背。雍乌也没有多说什么。

两个人挟持着雍乌来到一楼，再次走到关押着潘小岳的那间客房前。

南宫听梦知道时间不多，二话不说，径自走进客房。此时陈盛正在看守着潘小岳，忽然看到一个陌生女人闯进来，大吃一惊，连忙拔出手枪。南宫听梦眼疾手快，陈盛还没扣动扳机，她已身子一闪，猛冲到陈盛跟前，紧接着一记中边腿踢走了他手中的那把黑星手枪。

陈盛呆了一下，回过神来，一拳向南宫听梦打去。南宫听梦侧身避过，与此同时一手抓住陈盛的手臂。陈盛猛然甩开了南宫听梦的手，目光一转，看到自己的手枪掉在床边，扑过去捡。南宫听梦哪能让他得手？一记低边腿扫出，正中他的臀部。陈盛又惊又怒，转过身挥拳攻击南宫听梦。但他虽然枪法极准，拳脚功夫却十分平常，哪是南宫听梦的对手？不过数招，南宫听梦已打得他连连后退，让他心中叫苦不迭。

就在这时，南宫听梦猛地一记正弹踢，把陈盛踢到床边。陈盛定了定神，只见刚才被踢走的手枪刚好就在身旁，心中一喜，连忙把手枪捡起。南宫听梦大步上前，陈盛还没把枪拿稳，她已一脚把枪踢到了半空中，紧接着自己伸手抓住了手枪，把枪口对着陈盛的脑袋，几个动作行云流水，没有丝毫停滞。

陈盛见手枪被对方夺走，心知已无法逆转局面了，连忙求饶道："不要杀我！"

南宫听梦哼了一声，喝道："滚一边去！"

陈盛哪里还敢说话？乖乖地走到房间的角落，蹲了下来，一动不动。

南宫听梦看了看洗手间内的潘小岳，只见他的双手被铐在水管上，不禁皱了皱眉。

此时韦雪蕾一手持刀抵着雍乌，一手从背包中取出一把斧头，交给南宫听梦："梦姐，用这个吧。"

南宫听梦笑了笑："你这个背包还真是个百宝袋呀。"

韦雪蕾也微微一笑："有备无患嘛。"

南宫听梦接过斧头，走进洗手间。潘小岳咽了口唾沫，颤声问："你是谁？想干什么？"

南宫听梦没好气地道："怕啥呀？我是来救你的。"

"救我？"潘小岳将信将疑，"你到底是谁？为什么要救我？"

南宫听梦懒得跟他废话，用斧头砍断了手铐，接着又从身上抽出军刀，割断了反绑着潘小岳双手的绳子。

潘小岳见南宫听梦真的帮自己解脱束缚，对她的话又信了几分："谢谢。"

"快走吧。"南宫听梦说罢走出了洗手间。

"去哪儿呀？"潘小岳紧随其后。他刚才被霍星羽开枪击中，右小腿受伤，此刻走起路来一瘸一拐。

"到西院去。"南宫听梦一边说一边瞥了一眼躲在房间角落的陈盛，"想死就出来。"

陈盛连连摇头："不敢。"

于是南宫听梦带着潘小岳走出了客房，韦雪蕾则继续用刀子挟持着雍乌，四个人走出旭日馆，来到了霍星羽身后。

霍星羽突然见到南宫听梦，大吃一惊："南宫，你怎么会在这里？"

南宫听梦咬牙道："我来为梓陌报仇！"

"报仇？"霍星羽正色道，"南宫，你也知道徐梓陌做过什么事吧？像他这种滥杀无辜的人，不正是我们神血会制裁的对象吗？"

南宫听梦虽然知道霍星羽说得有道理，确实是丈夫理亏，但听杀了丈夫的凶手这样说，心中仍然恨意难平，大声道："是的，他是一个杀人犯，但也是我的丈夫！你杀了他为你妻子报仇，我就杀了你为他报仇！我今天不是什么神血会的成员，只是徐梓陌的妻子！"

霍星羽知道南宫听梦是永远不会原谅自己的，心中叹了口气，又道："好吧，一人做事一人当，徐梓陌是我杀的，跟老雍无关，你放了他。"

此时冷若寒已经退回了大树后方，掩护着霍星羽。南宫听梦向冷若寒藏身的大树看了一眼，说道："我不会伤害老雍，但你要让我们过桥。过了桥，我就放了他。"

霍星羽怔了一下，问道："你过去干吗？"

"跟你无关！"南宫听梦沉声道。

霍星羽却已经猜到了，脸色一沉，问道："你要去跟那边的人合作，和他们一起对付我？你帮他们救走潘小岳，就是为了向他们示好？"

南宫听梦一来胸无城府，不擅撒谎，二来觉得自己光明磊落，不必隐瞒，于是高声说道："是！我要杀你，他们也要杀你，既然如此，我为什么不跟他们合作？"

霍星羽哼了一声："你知道他们是什么人吗？"

"毒贩。"南宫听梦扭过头去。她心中已经打定主意，杀死霍星羽以后，这些毒贩一个也不能放过。

"是鬼筑黑桃会的黑桃J麦奇士！"霍星羽铁青着脸道，"你知道麦奇士是谁吧？L市最大的制毒集团的首脑！每年死于他这个制毒集团的人不计其数！这样一个恶贯满盈的大毒枭，你却要和他合作？"

南宫听梦本来以为西院那边的人只是寻常毒贩，没想到他们竟然是鬼筑的人，不禁愣了一下。鬼筑无恶不作，神血会跟他们向来势不两立，南宫听梦自己就曾"制裁"过不少鬼筑的成员。

"梦姐，机不可失，时不再来。"韦雪蕾在她耳边悄声道。

被韦雪蕾挟持着的雍乌自然听到了韦雪蕾的这句话，一声冷笑。韦雪蕾把架在他脖子上的刀子抵得更紧了一些。

南宫听梦听韦雪蕾这样说，心中打定了主意，先跟对方合作，杀了霍星羽，为徐梓陌报仇，然后自己再亲手杀死麦奇士，为民除害。

"对！"只见南宫听梦死死瞪着霍星羽，"霍星羽，我豁出去了！只要可以杀死你，我不惜一切代价！"

雍乌摇了摇头："南宫，你真是被仇恨冲昏头脑了，竟然如此是非不分……"

韦雪蕾咬牙道："别废话！"

霍星羽见南宫听梦为了复仇如此不顾一切，颇感痛心，愤然道："那你走吧！不过，从你走过这座石桥的那一刻开始，我们就恩断义绝！"

南宫听梦恨恨地道："从你杀死我丈夫那一刻开始，我们早就恩断义绝了！"

霍星羽知道多说无益，不再答话，对大树后的冷若寒道："若寒，让他们过去吧。"

就这样，韦雪蕾用刀子挟持着雍乌，和南宫听梦及潘小岳一起走过了石桥，来到了西院。冷若寒怕韦雪蕾伤到雍乌，自然不敢开枪。

过桥以后，韦雪蕾看了看雍乌，又提议道："梦姐，我们把这个人质留在手上，更利于对付霍星羽……"

南宫听梦打断了韦雪蕾的话，怒道："那怎么可以？不是说好过了桥就放他回去吗？"

"兵不厌诈呀……"

"别说了！"南宫听梦对韦雪蕾怒目圆睁，喝道，"放了他！"

韦雪蕾吓了一跳，双手一颤，放开了雍乌。

"老雍，快走吧。"南宫听梦催促。

雍乌看了看南宫听梦，嘴唇微张，欲言又止，但最终什么也没说，忍着背部伤口的疼痛，跌跌撞撞地走过石桥，回到东院。霍星羽连忙走来把他扶住。

与此同时，贝富齐上前一步，来到潘小岳身前，问道："小岳哥，你没事吧？"

潘小岳哼了一声："死不了。"

霍星羽知道潘小岳回去后，自己手上便没有筹码了，此后麦奇士他们肯定会提高防范，再想潜入西院抓人，可谓难于登天。也就是说，再也无法换取救治雍乌的解药了，不禁吁了口气，但仍然朗声说道："喂！解药呢？"

贝富齐冷笑一声："你们还有什么可以交换的吗？"

霍星羽咬牙道："南宫，你不是要杀我吗？你帮我在他们那边拿到给老雍解毒的解药，我就在你面前自杀！"

雍乌听霍星羽这样说，神色一动，心中百感交集。

"梓陌的死他难辞其咎。我不杀他，也不会救他！"南宫听梦虽然这样说，但心中却酸楚无比。他们三个曾是出生入死的同伴，然而现在却成了不共戴天的仇人。

这一切，到底是谁的错？

这时雍乌毒性发作，满额冷汗。

霍星羽嘱咐冷若寒继续监视石桥后，便扶着雍乌回到旭日馆，只见陈盛迎面走出来，歉然道："霍大哥，让人质跑掉了，真对不起啊。"

接着他把刚才南宫听梦如何击倒他，劫走了潘小岳的事从头到尾地说了一遍。

霍星羽听完以后也没有责怪他："算了，以南宫的身手，你确实挡不住。"

"那接下来我们怎么办？"陈盛问道。

霍星羽略一思索，说道："这样吧，你去帮我们守着旭日馆的大门，别让其他人进来。"

陈盛点了点头："可以。"

陈盛离开后，霍星羽扶着雍乌继续前行。他本想让雍乌回到二楼的医务室，然而雍乌却说："霍，我走不动了，回不了二楼了。"

霍星羽嗯了一声："那就在一楼休息吧。"

于是他扶着雍乌来到了一楼的走廊入口处，刚才囚禁着潘小岳的那间客房，让雍乌趴在床上休息。

接着他看了看手表，此时已经接近下午四点半了。也就是说，还有四个多小时，雍乌就会毒发身亡。

雍乌也明白当前的情况，对霍星羽道："霍，算了，别再为我拿解药了，生死有命，我雍乌这一辈子，问心无愧，还杀过不少坏人，也算是不枉此生了。"

霍星羽轻轻地叹了口气："你在这里休息一会儿吧，我再到医务室去看看有什么药能用。"

雍乌没有答话，闭目养神。

"我们也走吧。"霍星羽扶着雍乌离开石桥后，贝富齐对潘小岳、南宫听梦和韦雪蕾说道。

四个人走到夕阳馆的大门前方。贝富齐突然又道："等一下！"

接着他走到南宫听梦和韦雪蕾身前，彬彬有礼地问道："两位女士，请问你们是谁呢？"

"我叫南宫听梦，本来是神血会的牛头！"南宫听梦如实答道。

贝富齐点了点头："我刚才听你说，好像神血会的黑无常霍星羽和白无常雍乌杀死了你的先生，所以你想跟我们合作，杀死他们两个？"贝富齐试探着问。

"老雍就算了，但我一定要杀死霍星羽报仇。"南宫听梦咬牙答道。

贝富齐听完以后，嗯了一声，接着又看了看站在南宫听梦身旁的韦雪蕾："那么这位小姐呢？"

韦雪蕾还没回答，南宫听梦抢着答道："她叫韦雪蕾，她的爸爸也是被霍星羽杀死的，所以她跟我一样，也想杀霍星羽报仇。"

贝富齐沉吟了一下，说道："好吧，那你们跟我来吧。"

四个人走进夕阳馆，此时麦奇士和展老板就在接待处。

南宫听梦见到麦奇士，吸了口气，心情复杂至极。此前她也听说过这个麦奇士的事，知道他是鬼筑旗下的制毒集团的首脑。她曾经也想出手"制裁"他，只是无法找到他的行踪。现在，这个穷凶极恶的大毒枭就站在自己眼前了，然而自己却要跟他合作杀死霍星羽。难道正如雍乌所说，自己为了报仇，已经是非不分，走火入魔？

麦奇士见到南宫听梦和韦雪蕾这两个陌生人，也微微一怔。

与此同时，展老板看到南宫听梦和韦雪蕾，也向她们挥了挥手，嬉皮笑脸地道："两位美女，你们怎么也被抓来啦？这些人该不会就是来逼婚的人吧？哈哈！"

贝富齐听他这样说，知道他早就见过南宫听梦和韦雪蕾，此前却向他们隐瞒了这件事，不禁瞪了他一眼。

"阿齐，她们是谁？"此时麦奇士开口问。

于是贝富齐把胡洪锋中枪坠崖身亡，南宫听梦和韦雪蕾救走了潘小岳，并要求和他们合作共同对付霍星羽等事，简略地告诉了麦奇士。

麦奇士一边听贝富齐讲述，一边打量着南宫听梦和韦雪蕾，等贝富齐说完，他向前两步，来到南宫听梦身前，冷冷地问："霍星羽、雍乌他们到这里来，就是为了杀死我？"

"是。"

"你是怎么知道的？"

南宫听梦指了指韦雪蕾："是雪蕾告诉我的。"

麦奇士斜眼看了看韦雪蕾："你又是怎么知道的？"

面对这样一个杀人不眨眼的大毒枭，韦雪蕾的心中有些害怕，她怯生生地道："是一个人告诉我的。这个人跟我说，霍星羽今天中午会到鬼头山的云端宾馆来，杀死一个名叫麦奇士的毒贩。那个人还让我去找南宫小姐，带她过来杀死霍星羽。"

"那个人是谁？"麦奇士冷然问道。

韦雪蕾虽然心中害怕，却轻轻地摇了摇头："对不起，我答应过那个人不能说出他的身份。"

"在我这里，没有不能。"麦奇士一边说一边向贝富齐使了个眼色。

贝富齐会意，掏出手枪，指着韦雪蕾的脑袋："说！那个人是谁？"

韦雪蕾脸色大变，望向南宫听梦，向她求助。

南宫听梦大怒："你们这是干什么！我们过来是跟你们合作的，不是来听你们的命令的！"

她说到这里指了指潘小岳，义愤填膺地道："我们帮你们救回了这个人，你们一句谢谢也不说，还用枪指着我们？"

贝富齐心想南宫听梦能从陈盛手上救走潘小岳，确实身手了得，有她协助，要对付霍星羽事半功倍，他不想得罪南宫听梦，于是对麦奇士道："麦哥，小岳哥的腿中枪了，要不我们先帮他处理伤口，稍后再向南宫小姐和韦小姐了解情况吧。"

麦奇士嗯了一声，淡淡地道："好。"

于是贝富齐收起了手枪，对韦雪蕾说了句："得罪了。"

韦雪蕾早就吓得花容失色，心中后悔建议南宫听梦到西院来跟这群亡命之徒合作。

贝富齐接着又问：“对了，你们知不知道霍星羽那边总共有多少人？”今天上午霍星羽一行人来到云端宾馆的时候，贝富齐曾跟踪、监视过他们，知道他们总共有五个人，此刻只是向南宫听梦和韦雪蕾确认一下而已。

只听南宫听梦答道：“他们那边总共有五个人：霍星羽，老雍，此外还有两个男人和一个女人。那个女人一直守着石桥，至于那两个男人，其中一个就是刚才看着你们的人质的那个，另一个已经死了。”

贝富齐知道死了的人就是最开始被矿泉水毒死的吴骐畅，嗯了一声：“也就是说，他们那边现在只有四个人，其中那个雍乌中毒了，还有几个小时就会毒发身亡。”

南宫听梦听到这里，心中一酸，问道：“你们就不能把解药给他们吗？”

麦奇士阴恻恻地道：“他们多死一个人，不是对我们更有利吗？为什么要救他们？”

接着他转头看了看潘小岳：“黑桃6，你跟我进来吧，我给你处理一下伤口。”

潘小岳还没答话，贝富齐道：“麦哥，让我来吧。”

麦奇士摇了摇头：“你留在这里，守着接待处，防止霍星羽那边的人偷袭。”

贝富齐点了点头：“好的。”

麦奇士接着又对南宫听梦和韦雪蕾道：“你们如果累了，也进来休息一下吧，里面还有空的客房。”

韦雪蕾不敢答话，看了看南宫听梦。南宫听梦直接道：“也好。”

于是麦奇士、潘小岳、南宫听梦和韦雪蕾走进了走廊，而贝富齐则留在接待处，一边看守着夕阳馆的大门，一边监视着展老板。

在走廊入口附近，总共有四间客房，走廊右侧的两间是汪叶瞳和麦奇士的房间，左侧的两间都是空房。麦奇士指了指那两间客房的大门："这两个房间都是空的，你们可以在这里休息，稍后如果有事，我们会来找你们。"

"好的。"南宫听梦答应了。

"黑桃6，走吧。"麦奇士不再多瞧她们，和潘小岳继续前行，在拐弯处右拐后，前往潘小岳所住的那间位于走廊右侧尽头的房间。

"雪蕾，我们还是待在同一个房间里休息吧？"南宫听梦向韦雪蕾提议道。在旭日馆的时候，南宫听梦害怕韦雪蕾遭遇危险，跟她同处一房，现在在这个如龙潭虎穴般的夕阳馆中，两个人自然也是待在一起更加安全。

没想到韦雪蕾却说："梦姐，反正有两个房间，咱们就一人一间吧。"

南宫听梦咦了一声，不明白她态度为何突然转变。难道怀疑我会害她吗？她心中不爽，正要表达不满，韦雪蕾却已走进了与麦奇士客房正对的房间，一边说了句"待会儿见"，一边关上了房门。

紧接着，南宫听梦还听到房内传来防盗链被扣上的声音。

"哼！"南宫听梦嘟哝了两句，也走进了剩下的一间空房。

进屋以后她也锁上了门，接着低头看了看手表，发现此时已经是下午四点五十六分了。

此时夕阳馆的接待处就只有贝富齐和展老板两个人。

展老板无所事事，向贝富齐搭讪："这位大哥，你们到底是什么人呀？"

贝富齐看了展老板一眼，淡淡地问："你很想知道吗？"

展老板打了个冷战，悚然道："知道了是不是会被杀人灭口呀？"

贝富齐似笑非笑："可能性很大哦。"

展老板咽了口唾沫：“算了，那我还是不想知道了。”

贝富齐笑了笑，从口袋中取出胡洪锋喝过的那瓶矿泉水，喝了一小口。

展老板吁了口气：“我也想喝水呀。”

贝富齐指了指小卖部：“小卖部里有啊，你自己去拿吧。”

展老板苦笑道：“大哥，你这不是开玩笑吗？谁知道哪瓶水是没毒的呀。”

他顿了一下，接着又问：“对了，大哥，你老大的脸怎么那么奇怪呀？一半是完好的，另一半却是毁了容的，要怎么做才能达到这样的效果呀？”

贝富齐又看了他一眼：“你很想知道吗？”

“这个……知道了这个，会不会被灭口呀？”展老板先问清楚。

贝富齐笑了笑：“这个倒不会。”

听他这么说，展老板开始好奇：“那还等什么，快说说！”

贝富齐却目光游离，似乎想起了一些遥远的往事。过了十多秒他才回过神来，清了清嗓子，向展老板娓娓道来。

“我老大叫麦奇士，比我大两岁，小时候我们是邻居。当时，住在附近的还有两个小孩。我跟麦奇士，还有那两个小孩，经常一起玩儿，四个人的感情很好。后来，我们四个还学着三国的刘关张那样，结拜为兄弟，麦奇士年龄最大，当了大哥。

“在我们读初中的时候，有一次我和另外两个兄弟在学校附近的一个篮球场打篮球，这时候，有几个男生也来打篮球，还要把我们赶跑。明明是我们先到的，凭什么要把篮球场让给他们呢？当时我们三个也是年轻气盛，跟那几个男生吵了起来，一言不合还动起了手。最后，我们把带头抢场地的那个男生打伤了……”

展老板听到这里，向贝富齐竖起了大拇指，拍马屁道：“没想到你们读初中时就这么猛呀，佩服佩服！”

贝富齐瞪了他一眼："你要听故事就不要打断我。"

展老板干笑了两声："你接着说吧。"

"我们当时打完人就逃跑了，万万没有想到，被我们打伤的那个男生的哥哥，竟然是L市内一个黑社会团体的老大。他知道自己的弟弟被我们三个打伤了以后，怒不可遏，动用了几十个团体成员，最终把我们三个都揪了出来。

"麦哥知道我们三个出事了，单刀赴会，来救我们。那黑社会老大对麦哥说：'他们三个打伤了我的弟弟，这笔账你说怎么算？'麦哥从怀中掏出一把刀子，说：'我捅他们三个人一人一刀，就算跟你弟弟扯平了……'"

展老板听到这里，忍不住又叫了出来："哎呀！这个麦哥真是个狠角色呀！他这叫什么？叫置之死地而后生！高招！高招呀！"

贝富齐哼了一声，不再说话。

展老板奇道："怎么不说啦？然后呢？"

贝富齐白了他一眼："你来说呗。"

展老板赔笑道："好啦，我不打断你了，你接着说吧。"

贝富齐轻轻地咳嗽了两声，接着讲述。

"当时我们三个听麦哥这样说，都吓了一跳。但接着我又想，被麦哥捅一刀然后跟他回家，总比留下来被这个黑社会老大折磨强得多，于是心中期盼那个黑社会老大能答应麦哥。没想到那个黑社会老大却说：'我弟弟被打得住院了，脸上的伤口有七八处，差点儿毁了容，现在他们每人挨一刀就想扯平？这也太便宜你们了。'

"麦哥问他：'那你想怎样呢？'那个黑社会老大叫他的手下拿来了一瓶浓硫酸，对麦哥说：'你把这瓶浓硫酸泼到他们三个的脸上，然后就带他们走吧。'我们三个一听，都吓得手脚发软。

"麦哥也犹豫不决。那黑社会老大接着又说：'这样吧，我再给你一个选择，你也可以把这瓶浓硫酸全部泼到自己的脸上，这样也算是扯平，你也可以带他们三个走，你自己考虑一下吧。'说罢，一副准备看好戏的样子。

"当时我们三个人都心乱如麻，不知道是希望麦哥用浓硫酸泼我们，还是希望他泼自己。大家都屏住呼吸，等麦哥说话。麦哥也纠结了好一会儿，最终说道：'泼在我的脸上吧。'

"他这样一说，我们三个的心情都是又惊又喜。喜的是我们可以保住自己的脸，不用被毁容了，惊的是麦哥竟然会做出这样的决定。

"那黑社会老大听到麦哥这样说，也愣了一下。唔，你看到麦哥的左脸也能知道，他的长相十分帅气，当时在学校里可是校草，有不少女生暗恋他。黑社会老大大概也没想到这样一个帅气的小伙子，竟然会为了三个朋友牺牲自己的容貌吧。"

展老板有些感慨地说："人生能有这样一个兄弟，真是死而无憾呀。我这一辈子，就没遇到过这样的朋友。"

这一次贝富齐没有责怪展老板打断自己的话，领首道："是的，当时我们三个就决定了，一辈子跟随麦哥，赴汤蹈火，在所不辞。"

"那麦哥后来为什么只有半边脸被毁容了？"展老板好奇地问。

"那黑社会老大说：'好，你为兄弟两肋插刀，真是条汉子，这样吧，我留你半张脸。'接着他叫手下取来一张面具，从中间劈成两半，把左边那一半戴在麦哥脸上，再把那瓶浓硫酸向他脸上泼去，于是麦哥的脸便成了现在的样子。"贝富齐说到这里，轻轻地吁了口气。

展老板听得津津有味："然后呢？"

"讲完了。"

"讲完啦？那个黑社会老大后来怎样了？"展老板追问道。

贝富齐嘿嘿一笑："你说呢？"

展老板吞了口口水："死了？"

"哪会这么简单？"贝富齐嘴角一扬，"我们兄弟四人，有恩不一定报，但如果有仇，那是非报不可，十倍奉还。"

第 十 五 章

通 敌

　　两个人正聊着，只见一个人从接待处左边的走廊走了出来，原来是南宫听梦。

　　只见她走到展老板身前，说道："老板，我买两瓶矿泉水。"

　　展老板轻呼一声："那些矿泉水你也敢喝呀？"

　　南宫听梦一脸疑惑："矿泉水怎么了？"

　　"那些矿泉水有毒呀！"展老板说罢看了看贝富齐，"他们有个同伴喝了一口就被毒死了。"易郁涵被毒死后，麦奇士让贝富齐把她的尸体拖回她原来所住的房间，所以南宫听梦进来后没有看到。

　　"有毒？不会吧？"南宫听梦秀眉一蹙，"你送给我的那瓶水我也喝了，我没中毒呀。"

　　"那是你运气好。"展老板说。

　　贝富齐接着解释道："有些矿泉水是有毒的，有些是没毒的。你不是说霍星羽那边有一个人死了吗？我估计他就是喝了有毒的矿泉水被毒死的。"

　　雍乌用药品跟胡洪锋及潘小岳交换矿泉水的时候，南宫听梦和韦雪蕾躲在旭日馆的房间内，目睹了交易的过程，此时南宫听梦想起当时的情景，恍然大悟："当时你们的人把那些矿泉水给老雍，就是想毒死他们？"

"是的。"贝富齐也不隐瞒。

南宫听梦苦笑了一下："如果当时被毒死的是霍星羽，那就省去我们不少麻烦了。"

贝富齐也笑了笑："霍星羽是不会被毒死的，因为他早就知道那些矿泉水是有毒的了。"

南宫听梦咦了一声："为什么？"

"因为我们这边有个人是他的卧底，那个人早就把消息告诉霍星羽了。"贝富齐解释道。

两个人正聊着，又见一人从走廊走出来。这人的脸上戴着一张白色面具，正是潘小岳。此时只见他把双手都插在口袋里，一瘸一拐地走过来。

"小岳哥，你去哪呀？"贝富齐问。

然而潘小岳却没有回答贝富齐，只是看了他一眼，接着便走进了小卖部，伸出右手，从货架上拿起了一包消化饼。

"喂！你不怕食物里也被下毒了吗？"展老板提醒道。

潘小岳却没有理会他，一步一步地走回了走廊之中。

"真是个怪人呀。"展老板嘟哝了两句，向贝富齐问道，"大哥，你们的这位朋友又为什么要戴着面具呀？"

贝富齐本来就对潘小岳没什么好感，不屑地道："装呗！"

不过片刻，又见一人从走廊里走出来，却是麦奇士。

贝富齐叫了声："麦哥。"

麦奇士点了点头，问道："刚才黑桃6出来干吗？"看来他出来时，刚好碰到了正往回走的潘小岳。

"他出来拿了一包消化饼。"贝富齐如实答道。

麦奇士点点头，向展老板道："他拿的是哪种消化饼？你去拿一包过来吧。"

"是、是的，麦哥。"展老板战战兢兢地走进小卖部，拿起一包消化饼，再回到麦奇士面前，把消化饼双手递给他。

麦奇士却没有伸手去接，只是道："你饿吗？吃点儿吧。"

展老板知道麦奇士想让自己试试消化饼中是否有毒，眼神闪躲了一下，结结巴巴地道："我……我……我不饿……"

麦奇士这才接过消化饼，打开包装，取出一块，递给展老板："吃一块吧。"

展老板不敢不接，颤声道："我……我真的不饿……"

南宫听梦看不过眼了："喂！人家不愿意吃，你干吗要逼他？你喜欢吃就自己吃！"

麦奇士冰冷的目光向南宫听梦直射过来。南宫听梦却丝毫不惧："干什么？想打架吗？"

麦奇士慢慢地收起他那如刀锋般的目光，淡淡地问："你打算怎么杀死霍星羽？"

南宫听梦怔了一下，随即答道："跟他打一场呗。"

"你能打得过他吗？"

"可以！"南宫听梦自信满满地说。

"如果他开枪呢？"

"我也有枪！"南宫听梦掏出了从陈盛手上抢来的那把黑星手枪。

"双方都开枪的话，你就没有必胜的把握了吧？"麦奇士道。

"这……"南宫听梦心想此话确实不错。要比拼拳脚，她的确有信心击败霍星羽，可是如果跟他枪战，胜负却在很大程度上取决于运气。

此时贝富齐说道："南宫小姐，你放心吧，我们现在是合作伙伴，我们会协助你杀死霍星羽的，不用你亲自动手。"

"怎么杀？"南宫听梦好奇地问。

贝富齐却卖了个关子："到时候你就知道了。"

四个人又在接待处聊了一会儿，麦奇士对贝富齐吩咐道："你去看看黑桃6。"

贝富齐明白麦奇士的意思。潘小岳拿了一包消化饼回房间，此时应该已经吃了一些，如果他中了毒，就说明可能所有消化饼都有问题，那么麦奇士手上的这包也不能吃了。

"好的。"贝富齐应答了一声，独自走进了走廊。

贝富齐走到潘小岳所住的客房前，敲了敲门："小岳哥，你在吗？"

房内没人应答。

贝富齐微微皱眉，再次敲了两下门："小岳哥？"

房内还是无人回应。

贝富齐心中有些不祥的预感。他尝试转动门把手，发现房内并没有扣上防盗链。推开房门，探头一看，只见一个全身赤裸的男子躺在床上，一动也不动。

贝富齐吃了一惊，深吸了一口气，提高警惕，一步一步走进客房，来到床前，低头一看，只见那男子样貌平平，年龄大概三十岁。

他探了一下这个男子的气息，发现他已经没有任何呼吸了。

贝富齐没有见过潘小岳的真面目，不知道这个男子是否是潘小岳。但他记得潘小岳左手的拇指已被霍星羽切断，而眼前这具男尸，左手确实没有拇指；潘小岳的右腿中枪，而这具男尸的右小腿处，也确实有包扎过的伤口。

贝富齐退到房外，朝着走廊入口的方向大叫："麦哥！你们过来看看！麦哥！"

一连叫了几声，都没有人过来，看来这里离接待处太远，那边的几人根本听不到他的声音。

于是他跑出走廊，回到了接待处。麦奇士见他一副气喘吁吁的样子，愣了一下，问道："什么事？"

"潘小岳他……"贝富齐缓过了一口气，"死了。"

"什么？"首先叫出来声来的是南宫听梦，"就是那个戴面具的人吗？"

"是的。"贝富齐喘着气答道。

"他刚才不是还出来拿饼干吗？怎么突然就死了？"南宫听梦不解地道。

展老板则一脸惊恐："不会是被那些饼干毒死了吧？"

贝富齐摇了摇头："即使他真的是中毒而死的，但是……"

麦奇士皱了皱眉："但是什么？"

"他是全身赤裸的，而且面具也被摘掉了……"

南宫听梦咦了一声，打断了贝富齐的话："你的意思是，他是被人杀死的？那人杀了他以后，还脱掉了他的衣裤，摘掉了他的面具？"

"你们跟我来看看就知道了。"贝富齐说罢转身走向走廊。

"一起去看看吧。"麦奇士不能让南宫听梦和展老板这两个不能完全信任的人离开他或贝富齐的视线。

于是，麦奇士、南宫听梦和展老板三个人跟着贝富齐走进走廊。就在此时，韦雪蕾打开了房门，从房内探出头来，看到麦奇士等人匆匆走过，微微一愣："怎么了？"

"那个面具人死了。"南宫听梦简短地说道。

"什么？"韦雪蕾一惊。

"你跟我们一起来吧。"麦奇士要让韦雪蕾也在自己的视线范围内。

于是韦雪蕾走出房间，与他们一起来到走廊的尽头处，潘小岳所住的房间。众人探头一看，果然看到一具男尸一丝不挂地躺在床上。

南宫听梦率先走进客房，来到床前，看了一眼躺在床上的男尸，问："这就是刚才那个面具人？"

接着麦奇士和贝富齐也走进房内。

贝富齐在麦奇士耳边低声问："麦哥，这个人是潘小岳吧？"麦奇士见过潘小岳的真面目。两个月前麦奇士设局杀害朱亚军以及他的家人，当时潘小岳就是以真面目扮演的运营商的工作人员。

"是他。"麦奇士肯定地说。

"他到底是怎么死的呀？"展老板害怕得脸色也变了，"那些消化饼是不是真的有毒呀？"

贝富齐走到床前，弯下腰细细查看："他的脖子上有几道电击纹，还有电流斑，我估计他曾经遭到电击器的电击。"

南宫听梦点了点头："看来凶手先用电击器袭击了他，在他昏迷后将他杀了。"

展老板更加害怕了："这么说，他不是被饼干毒死的啰？那到底是谁杀了他呀？"他说到这里两手环抱胸前，左右张望，似乎杀人凶手此刻就躲在暗处监视着众人一般。

贝富齐继续查看尸体，一边查看一边说道："他可能是中毒而死的，唔，我估计是氰化物中毒。"他曾自学过一些毒物的相关知识，对于各种常见有毒物品的作用，以及接触后所引起的症状，都有一定了解。

接着他还检查了一下潘小岳的嘴巴，判断道："他不是口服毒药身亡的，我估计他是被注射了毒药。"

他说到这里伸直了腰，转过身来，对众人总结道："凶手进入潘小岳的房间，趁他不注意，用电击器攻击了他。在潘小岳昏迷后，凶手再把毒针刺入他的身体，杀死了他。最后，凶手摘掉了他的面具，还脱掉了他全身的衣物全部带走。"

南宫听梦抓了抓头发，满脸疑惑："为什么要带走这些东西呢？"

"还有一个问题，"贝富齐扫了一眼此刻在房内的麦奇士和南宫听梦，以及站在房外的韦雪蕾和展老板，神色凝重地道，"杀死潘小岳的凶手，到底是谁？"

"我想，"韦雪蕾声音低低地道，"应该是霍星羽那边的人。"

南宫听梦摇了摇头："他要怎么进来啊？刚才我们还看到这个潘小岳到小卖部拿饼干，在此之后，我们一直待在接待处，并没有看到有人过来。"

韦雪蕾指了指窗户："凶手是通过窗户进来的吧？"客房内确实有一扇窗户，窗户上也没有安装防盗网，这里又是一楼，只要打开窗户，便可进出客房。

贝富齐走到窗户前，打开窗户，探头一看，回头对众人道："我想，凶手应该不是通过窗户进来的。"

"为什么？"南宫听梦不解地问。

麦奇士、韦雪蕾和展老板也一脸好奇地望向贝富齐。

"你们过来看看就知道了。"

众人走到窗户前，往外一看，只见窗外有一大片泥泞。

与此同时，贝富齐解释道："你们也看到了，这里有一大片烂泥，如果凶手是从窗户进来的，肯定会经过这片烂泥，留下脚印。可是正如你们所见，现在这里连半个脚印也没有，也就是说，凶手是通过房门进来的。"

"难道……"南宫听梦看了看麦奇士，接着又看了看贝富齐，"凶手是通过走廊来到这间客房的？也就是说，凶手在我们之中？"

"这个……"展老板举起了手，"我有一个想法。"

"说。"贝富齐说。

"凶手会不会是通过其他房间的窗户进入夕阳馆，再来到这个房间呢？"展老板推测道。

事实上，麦奇士、贝富齐和韦雪蕾也想到了这一点，但南宫听梦听完展老板的想法，才想到这种可能性，颔首道："也就是说，凶手也可能是从外部潜入的。"

"对了，"贝富齐忽然想到一事，暗忖道，"潘小岳被杀前，不是到小卖部拿了一包消化饼吗？那包消化饼呢？"

想到这里，他开始四处查看，想要寻找那包消化饼的下落，可是找了好一会儿都没有找到。

"你在找什么呀？"南宫听梦好奇地问。

"潘小岳不是拿了一包消化饼回房吗？那包消化饼居然不见了。"贝富齐若有所思地道。

"这有什么奇怪的？"南宫听梦不明白贝富齐为什么要在意这种小问题，"他吃完了呗。"

贝富齐摇了摇头："哪怕真的吃完了，包装纸应该也还在房间里。"

"垃圾桶里有没有？"南宫听梦推测。

贝富齐还是摇头："没有，我找过了。"

韦雪蕾也觉得大有蹊跷，问道："凶手为什么要把消化饼或者消化饼的包装纸取走呢？"

此时麦奇士也发言了，只听他用没有起伏的冰冷语调说道："虽然凶手有可能是霍星羽那边的人，但也不能排除凶手在我们这些人之中。"

"什么？"南宫听梦双眉一蹙，"那是谁呀？"

"我们分析一下吧。"贝富齐清了清嗓子，有条不紊地说。

"现在在夕阳馆内总共有六个人，麦哥、南宫小姐、韦小姐、展老板、我，以及因为受伤而在房间里休息的汪叶瞳。如果杀死潘小岳的凶手在夕阳馆内，那么就在这六个人之中了。

"潘小岳被杀的时间段，是从我们看到他取完消化饼返回走廊开始，直到我发现他的尸体为止。在这段时间内，南宫小姐、展老板和我都在接待处里，所以我们三个都有不在场证明。"

南宫听梦听到这里，两手一拍："我知道了！"

接着只见她用手指直指着麦奇士："当时你不在接待处，杀死潘小岳的凶手就是你！"

麦奇士冷哼一声，没有说话。

贝富齐连忙解释道："南宫小姐，麦哥不可能是凶手。你回想一下，在潘小岳拿了消化饼进入走廊后，我和你还有展老板才聊了几句，最多也就过了三十秒，麦哥就从走廊里走出来了。在此之后，直到我发现潘小岳的尸体，麦哥都一直跟我们在一起。

"如果麦哥是凶手，他必须在三十秒内杀死潘小岳，把他的尸体拖到他的房间，脱掉他的衣服和面具并且藏好，最后回到走廊入口处，再走出来。别的不说，仅从走廊的入口处往返潘小岳房间的用时，就不止三十秒。"

南宫听梦一想不错，点头道："那确实不可能。"

贝富齐吸了口气，又道："既然麦哥、南宫小姐、展老板和我都有不在场证明，那么如果杀死潘小岳的凶手是夕阳馆中的人，就在韦小姐和汪叶瞳之间了。"

南宫听梦理所当然地说："那肯定是那个汪叶瞳了。"她此时对韦雪蕾已十分信任，相信她不会去杀人。何况韦雪蕾跟潘小岳素不相识，无缘无故干吗要去杀死他呢？

"叶瞳吗？"贝富齐沉吟了一下，说道，"那走吧，我们去找一下她。"

众人没有异议。于是一起回到走廊入口处，来到了汪叶瞳所住的房间前。

贝富齐打开房门，众人往里面一看，只见汪叶瞳躺在床上，似乎睡着了。

贝富齐走进客房，来到床前，轻轻叫了一声："叶瞳。"

然而汪叶瞳没有回答。

贝富齐稍微加大了声音，又叫了声："叶瞳？"

汪叶瞳这才缓缓地睁开眼睛，看向贝富齐，轻声道："齐哥？"

"你现在感觉怎样了？"贝富齐问。与此同时，南宫听梦也走进了房间，来到了贝富齐身后。麦奇士、韦雪蕾和展老板则留在房外等候。

"我……我有点儿难受……"汪叶瞳迷迷糊糊地说，"有水吗？"

贝富齐扶着汪叶瞳坐了起来，接着拿出自己的那瓶矿泉水，拧开瓶盖，让她喝了一口。然后他又摸了一下汪叶瞳的额头，只觉得她额头发烫。

"南宫小姐，"贝富齐让汪叶瞳躺下，接着转身对南宫听梦道，"你过来一下。"

南宫听梦走到床前："怎么啦？"

贝富齐指了一下汪叶瞳的额头："你摸一下。"

南宫听梦弯下腰，摸了摸汪叶瞳的额头，咦了一声："好烫呀。"

贝富齐点了点头："好了，叶瞳，你睡一会儿吧，我们先出去了。"

汪叶瞳低低地应答了一声，此时的她早已闭上了眼睛。

两个人走到外面。贝富齐关上了房门，接着对南宫听梦道："南宫小姐，你也看到了，叶瞳她正在发高烧，这应该是伤口感染引起的，你认为她在这种状态下，可能去杀死潘小岳吗？"

南宫听梦摇了摇头，实话实说："确实不太可能。"

"这么说，如果凶手真的在我们之中的话，那么就只有一个人有作案嫌疑了。"贝富齐说到这里，看了韦雪蕾一眼。

韦雪蕾会意，摇了摇头，怯生生地反驳道："不是我，真的不是我，我根本不认识那个潘小岳，为什么要去杀死他呢？"

"因为，"麦奇士也瞥了眼韦雪蕾，鬼气森森地道，"你是霍星羽派来的奸细。"

"不可能！"南宫听梦厉声反驳，"她的爸爸就是被霍星羽杀死的，她怎么可能帮霍星羽做事？"

贝富齐冷然一笑："南宫小姐，她的父亲被霍星羽杀死，那只是她自己说的，根本无法证明她说的是不是事实。"

"不……"韦雪蕾一脸委屈，含泪道，"我说的都是真的……我真的不是奸细……我没有杀人……"

这时候展老板说话了："各位呀，如果杀人凶手真的在我们之中，我觉得除了这位小姐，还有一个人有作案嫌疑呀。"

"哦？"贝富齐有些好奇地问，"是谁？"

展老板吞了口口水，畏畏缩缩地道："就……就是你呀……"

"我？"贝富齐怔了一下。

"他不是有不在场证明吗？"南宫听梦摇头道，"潘小岳拿着消化饼走进走廊后，直到他的尸体被发现前，这段时间里，他都跟我们一起留在接待处。"

展老板似笑非笑地说："你忘了是谁首先发现尸体的了吗？"

"就是他呀！"南宫听梦指了指贝富齐，突然恍然大悟，"咦？难道……"

展老板点了点头："就是呀！可能他到那位面具先生的房间找他的时候，面具先生还没死，他就是在那时候杀死了面具先生，脱掉了他的衣裤鞋袜，摘掉了他的面具，把这些东西都藏好，然后再假装发现了尸体，跑到接待处来找我们。"

贝富齐苦笑了一下："你这样说也说得通，但我也没有杀死潘小岳的动机。"

展老板似乎怕得罪贝富齐，干笑了两声："我也只是提出一种可能性而已，并没有说你就是凶手啊，哈哈。"

麦奇士淡淡地道："我相信我的这位兄弟不会杀死自己人，所以，如果凶手真的在我们之中的话……"

他说到这里，冰冷的目光射向韦雪蕾，继续道："那就是你！"

韦雪蕾摇头："真的不是我……"

麦奇士没有理会她，转头对贝富齐道："阿齐，你去拿一根绳子过来。"

南宫听梦喝道："你想干什么！"

"把她绑起来。"麦奇士冷然道。

"凭什么？"

"就凭我认为她有重大作案嫌疑。阿齐，去吧。"

"是的，麦哥。"

贝富齐转身想要回到自己的房间取绳子，却被南宫听梦叫住："站住！"

贝富齐怔了一下，停住了脚步。

南宫听梦气愤地道："我们帮你们救了人，过来跟你们合作，你们却怀疑我们是杀人凶手，这是什么道理？"

"你们先把人救了，然后又杀他，那算帮了我们什么？"麦奇士冷笑道。

"我真的没有杀人……"韦雪蕾声音呜咽。

南宫听梦见她这副楚楚可怜的样子，对污蔑她的麦奇士更加恼怒，喝道："别污蔑人了！她已经重复了很多次，人不是她杀的……"

她话没说完，麦奇士已伸手从口袋中掏出了他那把格洛克手枪。

南宫听梦眼疾手快，一见到麦奇士把手放进口袋，就猜到他要拔枪，于是自己也拔出手枪。当麦奇士用枪指着她的脑袋时，她也用陈盛的那把黑星手枪指着麦奇士的前额。

贝富齐见双方对峙，双手迅速各拔出一把九二式手枪，一把指着韦雪蕾，另一把指着南宫听梦的后脑，朗声道："南宫小姐，现在我们有两把枪对着你，而你只有一把枪，无法同时击倒我们两个人，也就是说，只要你开枪，你就必死无疑。"

展老板见三个人都拿出了手枪，吓得两手抱头，蹲了下来。

韦雪蕾也花容失色，望着黑洞洞的枪口，颤声道："梦姐，算了，别跟他们吵了。"她知道如果南宫听梦被他们杀死，那么自己也无法幸免。在这个龙潭虎穴之中，南宫听梦是唯一可以保护她的人。

南宫听梦哼了一声："你们真是蛮不讲理。"她一边说，一边收起了手枪。

然而麦奇士却说："把你的枪拿出来，扔在地上。"

南宫听梦一听，大怒道："凭什么？我跟你说，我对你们已经很容忍了，你还想拿走我的枪？"

麦奇士面无表情地重复道："把枪拿出来，扔在地上。"

南宫听梦怒极，再次掏出手枪，直指着麦奇士的前额，怒喝："我现在先毙了你！"

霎时间，麦奇士脸上掠过一丝恐惧之色。但这恐惧的神色转瞬即逝，很快他的脸便恢复了冰冷的表情。只听他道："你可以杀了我，但半秒后阿齐就会帮我报仇，此外，他也会杀死那个女生。"

韦雪蕾为求自保，连忙劝道："梦姐，算了，先把枪给他们吧。只要稍后我能证明我是清白的，他们就会放了我，并且把枪还给你了。"

贝富齐点了点头："韦小姐说得对，我们只是暂时没有弄清楚潘小岳死亡的真相，所以才出此下策。只要查明了凶手，我们自然会放了韦小姐，并且向她赔礼道歉。"

南宫听梦却仍然用手枪紧紧地抵着麦奇士的前额，似乎没有妥协的打算。走廊内的火药味极重，枪战似乎一触即发。韦雪蕾只好再次劝道："梦姐，你想想，我们来这里，是为了杀死霍星羽为我们的亲人报仇呀，他还没死，你怎么能自己先送了命呢？"

南宫听梦心中一凛。对呀，我来这里，就是为了杀死霍星羽，为梓陌报仇。如果我就这样不明不白地死了，岂不是便宜了霍星羽？

此时展老板也忍不住插入一句："对呀，大家都是朋友，由谁保管枪都是一样的呀，千万不要为此伤了和气呀。"

南宫听梦瞪了他一眼，接着把那把黑星手枪重重地摔在地上。

麦奇士捡起那把枪，接着后退了几步，继续持枪指着南宫听梦，对贝富齐道："阿齐，去拿绳子吧。"他知道南宫听梦身手好，即使此刻手上没枪，想要抢走自己手上的枪也并非难事，所以退到了离她几米远的地方。

接下来，贝富齐匆匆回到自己的房间，取来两根绳索，对韦雪蕾说了句："韦小姐，得罪了。"

韦雪蕾苦笑了一下，没有答话。

贝富齐先用一根绳索反绑了韦雪蕾的双手，又用另一根绳索把她的双脚紧绑，接着把她抱进了她所住的房间，放到床上。

"对不起了，韦小姐。"贝富齐歉然道。

韦雪蕾摇了摇头，轻声道："跟你无关。"

贝富齐走到房外，关上了房门。此时麦奇士也收起了手枪。南宫听梦走到客房前，隔着房门大声道："雪蕾，你放心吧，我一定会找出真正的凶手，还你一个清白的！"然而到底要怎样才能把凶手揪出来，她也毫无头绪。

房内的韦雪蕾没有回答。

就在此时，忽听麦奇士道："走吧，我们现在到石桥那边去看看吧。"

贝富齐皱了皱眉，问道："麦哥，怎么了？"

麦奇士摇了摇头："陈盛被他们抓住了。"

霍星羽让陈盛守着旭日馆的大门，又把雍乌扶到一楼走廊入口处的那间客房，让他在房内休息，然后自己到二楼的医务室，想看看能否找到什么可以帮助雍乌的药物。他知道雍乌所中的毒是汪叶瞳配制的，除了汪叶瞳本人，没人有解药，所以也不期望能找到什么可以解毒的药物，只想找一些可以暂时帮雍乌减轻痛苦的药物。

在医务室，霍星羽一边寻找药物，一边在心中思考：为什么麦奇士那边的人会知道胡洪锋是我的卧底呢？胡洪锋是卧底这件事我只跟老雍说过呀。难道老雍出卖了我？

但他很快就否定了这个想法。当时雍乌因为中毒，寸步难行，一直留在这间医务室里休息，如何向麦奇士那边的人传递消息？

"唉。我跟老雍认识几十年了，深知他的为人，他不可能做这种事。我怎么会怀疑他呢？"他自言自语道。

霍星羽静下心来，继续思索：对了，当时贝富齐说，他们已经割掉了胡洪锋一只耳朵，也就是说，在那次谈判之前他就已经知道"胡洪锋是卧底"这件事，至少已经在怀疑胡洪锋了。胡洪锋总共给我传递过两次信息，第一次告诉我某些矿泉水是有毒的，第二次告诉我给老雍的解药是假的……莫非是因为我没把药给老雍服用，被他们猜到有卧底把消息传递给了我？

霍星羽想到这里，感觉一切似乎都串联起来了。他吸了口气，再次凝神思忖：当时，我拿到那瓶药后，先回旭日馆把潘小岳铐在一楼；然后上楼告诉了老雍胡洪锋是卧底的事；之后返回一楼，对陈盛和潘小岳说解药是假的，并切掉潘小岳的手指，紧接着出门鸣枪谈判。根据时间推算，胡洪锋是在我拿到那瓶药后，到出门鸣枪谈判之间被切下了耳朵。而事实上陈盛或潘小岳并没有机会告诉他们老雍没有服药。那么，他们到底是怎么知道的呢？

云端宾馆内没有信号，麦奇士那边的人不可能通过手机接收到信息。不是手机……难道是……

霍星羽想到这里，心中一凛。他环顾了一圈医务室，只感到一股寒意从脊背直泻下来。

他定了定神，开始对医务室进行地毯式搜索。一个多小时后，果然在医务室的病床下方找到了一枚微型窃听器！

霍星羽不由得倒抽了一口凉气。这枚窃听器用双面胶贴在床底的角落，不仔细查看，根本无法发现。

是谁把窃听器贴在这里的，答案不言而喻。

是陈盛。

陈盛是麦奇士的卧底！

霍星羽觉得真是讽刺，麦奇士身边潜伏着他的卧底胡洪锋，霍星羽以为自己可以掌握麦奇士那边的关键情况，没想到自己身边也潜伏着麦奇士的卧底陈盛。

霍星羽把胡洪锋是卧底的事告诉雍鸟的时候，虽然医务室里只有他和雍鸟两个人，但麦奇士却通过陈盛贴的窃听器听到了他们的所有谈话！

正因为这样，麦奇士才确定了胡洪锋的卧底身份，最后胡洪锋还因此牺牲。

想到这里，霍星羽心有不甘。就是因为自己的疏忽大意，才害胡洪锋送了性命。

但他紧接着又精神一振。现在，陈盛还不知道自己的卧底身份已经被他揭穿了。这是他目前最大的优势。

于是他把窃听器轻轻地放在床上，走出医务室，来到旭日馆的大门处。

此时陈盛守在大门外，看到霍星羽出来，迎上前问道："霍大哥，那位白无常先生现在好些了吗？"

霍星羽瞪了他一眼，二话不说，一脚向他踢去。陈盛怎能想到霍星羽突然发难？他吃了一惊，后退躲避。然而霍星羽这一脚速度极快，只听"砰"的一声，他已被霍星羽踢倒在地。

他还没反应过来，霍星羽已大步上前，掏出一副手铐，把他的双手反铐起来。

"混蛋！你怎么回事！"陈盛愤愤地道，"我们不是说好了共同进退吗？你怎么出尔反尔？"

霍星羽这才冷哼一声："你是让我跟你这个内鬼共同进退吗？"

陈盛一听，吓了一跳，颤声道："你、你说什么？"

霍星羽不再跟他多说，抓住他的头发，把他拖向石桥。陈盛痛得哇哇大叫。霍星羽冷然道："你再叫一声，我就切掉你一根手指。你也见过我是怎样对付潘小岳的吧？"

陈盛听他这么说，哪里还敢乱叫？

霍星羽把陈盛拖到石桥前方。冷若寒连忙从大树后走出来："老师，他怎么了？"

"他是麦奇士的卧底。"

"咦？"冷若寒微微一惊。

"你看着他。"

霍星羽说罢，转身回到旭日馆，走到二楼的医务室，再次拿起那枚窃听器，对着窃听器冷冷地说："麦奇士，你现在亲自到石桥来，我只等你五分钟，五分钟后如果没有见到你，我就把陈盛推下悬崖。"

第 十 六 章

手　足

麦奇士、贝富齐、梁醒和陈盛四个人，小时候是邻居，经常玩在一起，后来还结拜为兄弟，有福同享，有难同当。

四个人中麦奇士年龄最大，当了老大，陈盛是二哥，贝富齐是三哥，梁醒则是四弟。

四个人读初中的时候，某个周末，陈盛、贝富齐和梁醒因为篮球场和黑社会老大的弟弟发生争执。梁醒的脾气最为暴躁，首先跟对方动手。如此一来，陈盛和贝富齐自然也不能袖手旁观。最后他们仨把那个黑社会老大的弟弟打成重伤。

那黑社会老大抓住陈盛、贝富齐和梁醒后，麦奇士为了救走他们，甘愿自毁半边脸。经过这件事，三个人都对麦奇士感激涕零，发誓要一辈子跟随他。

后来，麦奇士为了向那黑社会老大报仇，加入了这个黑社会的一个敌对帮派。

那个敌对帮派名叫鬼王社。鬼王社的社长叫裘夜留，是个叱咤风云的黑道人物，黑白两道的人都惧他三分。

其余三个人自然也跟着麦奇士加入了鬼王社，成了他的手下。陈盛在加入鬼王社一段时间后被父亲发现，强迫他退社，否则就跟他断绝父子关系。麦奇士不想陈盛为难，便让他退出了。

陈盛虽然退出了鬼王社，但不久后还是辍学了，终日在家无所事事，后来还走上了杀手之路，这自然是陈盛的父亲始料未及的。

再说当时，在鬼王社社长裘夜留的协助下，麦奇士很快就带领着贝富齐、梁醒以及数十名鬼王社的成员，抓住了那个黑社会老大以及他的家人，把他们全部杀了，以报自己半边脸被毁之仇。

再后来，麦奇士等人多次为鬼王社立功，逐渐成了裘夜留的心腹。而裘夜留也把鬼王社的一个秘密告诉了麦奇士。

原来鬼王社是由一个名叫鬼筑的地下犯罪组织所操控的。这个鬼筑极为神秘、恐怖，组织里的成员杀人纵火、走私抢劫、绑架勒索、制毒贩毒、拐卖人口，可谓无恶不作。

裘夜留就是鬼筑当时的首领"大鬼"，暗中率领着鬼筑的成员们在L市乃至周边城市中制造各种恐怖袭击和犯罪事件。

他之所以同时创立鬼王社，只是为了掩人耳目，用鬼王社来掩盖鬼筑这个过于庞大的犯罪组织的存在。

毫无悬念地，麦奇士、贝富齐和梁醒在知道鬼筑的存在后，都选择加入鬼筑。从此三个人在犯罪的道路上越走越远，再也无法回头。

后来，裘夜留因病去世，由他的接班人接任"大鬼"职位。

新任"大鬼"接任后不久，发现麦奇士智商极高，对他极为赏识，让他加入黑桃会，代号黑桃J，地位在鬼筑组织中排行第六，仅在"大鬼""小鬼"，以及黑桃A、黑桃K和黑桃Q之下。

数个月后，"大鬼"指派麦奇士管理鬼筑旗下的制毒集团。

贝富齐由于身手不错，精通散打，自告奋勇地当上了麦奇士的保镖；梁醒则负责代麦奇士贩卖毒品，以及处理集团中的各种事务。

他们仨偶尔也会把陈盛约出来，兄弟四个，喝酒聊天。

只是除了他们自己，再也没有其他人知道麦奇士、贝富齐和梁醒三个人跟陈盛的关系。三年前吴骐畅在梁醒的介绍下认识了陈盛，委托陈盛杀死大哥强。但当时梁醒也没有告诉吴骐畅，陈盛是自己的结拜二哥。

昨天晚上，吴骐畅约陈盛出来，雇他杀死麦奇士。陈盛一听大吃一惊，脸色都变了。这个吴骐畅为什么要杀死麦哥呢？

为了问清楚吴骐畅要杀麦奇士的动机，陈盛旁敲侧击，但吴骐畅自然不愿说是高维翰指使他这样做的。

告别吴骐畅后，陈盛马上给麦奇士打了一通电话，告诉他吴骐畅想雇自己去杀死他。麦奇士决定利用这个巧合，让陈盛将计就计，跟吴骐畅一起去交易，潜伏在他的身边。

当然，麦奇士也把这件事告诉了贝富齐。此前贝富齐对南宫听梦说："南宫小姐，你放心吧，我们现在是合作伙伴，我们会协助你杀死霍星羽的，不用你亲自动手。"就是打算利用潜伏在霍星羽身边的陈盛把霍星羽杀死。

今天上午，在双方第一次"交易"之时，贝富齐先向吴骐畅的背部开枪，没想到因为吴骐畅穿着防弹衣，大难不死。

接着贝富齐又开枪击中了吴骐畅的右小腿，吴骐畅大怒，对陈盛道："小陈，干掉他们！"

陈盛回过神来，连忙拔出手枪。然而，他当时想攻击的并不是悬崖对岸的贝富齐等人，而是在自己身旁的吴骐畅！他打算先开枪击毙吴骐畅，再跟贝富齐等人合力制伏其他人。

只是当时他还没开枪，吊桥那边就发生爆炸，让所有人都呆住了，而吴骐畅也因此暂时保住了性命。

为了让麦奇士随时掌握吴骐畅这边的情况，陈盛带去了一个蓝牙窃听器。这个窃听器能监听周围十五米范围内的声音。麦奇士右耳中戴着蓝牙耳机，可以实时收听这个窃听器所接收到的声响。只是因为他留着长发，耳朵隐藏在长发之中，所以众人没有发现他戴了耳机。

在吴骐畅被毒死，霍星羽和雍乌表明他们是神血会的成员之后，陈盛便把这个蓝牙窃听器贴在旭日馆二楼医务室的床底。所以，霍星羽跟雍乌的一番谈话，麦奇士全部都听到了。

当他听霍星羽说出胡洪锋是卧底这件事以后，便对胡洪锋说："好了，现在我已经确定了，你就是内鬼！"

此时麦奇士通过耳机听到霍星羽说要见他，否则就把陈盛推下悬崖，知道陈盛的卧底身份暴露了，于是说道："走吧，我们现在到石桥那边去看看吧。"

贝富齐也觉察到有些不对劲，皱眉问道："麦哥，怎么了？"

麦奇士摇了摇头："陈盛被他们抓住了。"

贝富齐一听，吃了一惊。他们这四个人中，梁醒已经死了，他可不希望麦奇士或陈盛出事。

"快去看看吧。"贝富齐说罢大步走出走廊。

麦奇士看了看南宫听梦，又看了看展老板，命令道："你们也一起来吧。"他怕南宫听梦会私自放走韦雪蕾，也怕展老板趁机逃跑，因此不能让这两个人离开自己的视线范围。

"哦。"南宫听梦也想看看霍星羽那边发生了什么事。

展老板自然也不敢违抗麦奇士的命令。

四个人来到石桥前方，只见霍星羽和冷若寒站在石桥对面，而陈盛则躺在地上，手脚被绑。

"黑桃J麦奇士，我们终于见面了。"霍星羽说罢把手上的蓝牙窃听器扔给了麦奇士。

这是他跟麦奇士第一次见面。他这次行动想要"制裁"的目标人物，此刻终于站在他的面前。

麦奇士看了一眼陈盛，咬牙问道："你要怎么才放人？"

霍星羽冷笑一声："你不知道吗？"

贝富齐走到麦奇士身旁，低声道："麦哥，把解药给他们吧，救二哥要紧呀。"

麦奇士微一犹豫，从口袋中掏出一个小药瓶："这就是飞镖上的毒的解药。"

"扔过来！"霍星羽朗声道。此刻他的心情有些激动。老雍终于有救了！他本以为自己已经没有任何筹码换取解药，没想到陈盛竟然是他们的卧底，真是喜出望外。

"先放人。"麦奇士语气冰冷。

霍星羽哼了一声："你们言而无信，我不会再相信你们了。你们先把药给我，我帮我的同伴解毒后，自然会放人。"

"凭什么要先给你？"麦奇士问。

霍星羽二话不说，直接朝陈盛的左腿开了一枪。陈盛大叫一声，痛苦地呻吟。

贝富齐急道："麦哥，给他们吧！"

麦奇士哼了一声，把药瓶扔给了霍星羽。

霍星羽捡起药瓶，拧开瓶盖，只见里面放着一些白色的药片。

"要服几片？"

"一片。"

霍星羽点头，倒出一片药片，放在手掌中细细端详："这真的是解药吗？"

"信不信由你。"麦奇士满不在乎地道。

"好！我再信你一次。"

霍星羽蹲下身子，对陈盛道："小陈，张开嘴吧。"

陈盛知道霍星羽要让自己试药。他也知道自己的这个结拜大哥向来诡计多端，心狠手辣，他给霍星羽的解药，不一定是解药。万一是毒药，自己哪里还有命在？于是死死闭着嘴巴。

霍星羽尝试掰开他的嘴巴，但没有成功。于是他站起来，朝着陈盛的右腿又开了一枪。霎时间，陈盛右腿中枪，失声惨叫。

贝富齐又急又怒："你到底想干吗？"

霍星羽冷冷地说："你没看到吗？我想让他试药，但他不合作，我又有什么办法呢？"

他说罢嘴角一扬，说道："你们已经给过我一次假药了，所以，我是不会再相信你们了。"

贝富齐见陈盛双腿中枪，哪怕能保住性命，也极有可能双腿残废，不禁怒声吼叫道："你这个魔鬼！"

霍星羽哈哈一笑："一个杀人无数的鬼筑成员却称我这个制裁邪恶的神为魔鬼，这是多么的讽刺呀！"

他说罢再次蹲下来，用手枪指着陈盛的太阳穴："我数到三，你不张嘴，我就开枪。你应该知道，我霍星羽说话向来是说一不二的。一！二！"

陈盛哪里还敢逞强？乖乖地张开了嘴。

霍星羽把手上的那片药片塞到他的嘴里，接着把手枪也塞进他的嘴巴中，喝道："咽下去！"

人为刀俎，我为鱼肉，陈盛哪里敢反抗？只好把药片咽了下去。

众人都屏住呼吸。

不到半分钟，陈盛忽然尖叫一声，紧接着全身抽搐起来。霍星羽微微一怔，后退了两步。陈盛只感到口腔中有一股强烈的烧灼感，与此同时，头痛、胸闷、恶心，各种不良反应蜂拥而至，甚至无法呼吸。十多秒后，他便双目圆睁，一动不动了。霍星羽低头一看，只见他眼球突出，瞳孔散大，看来已经中毒身亡。

原来当时，麦奇士独自返回汪叶瞳的房间后，向汪叶瞳索要了不止一瓶可以瞬间致命的毒药！

当时汪叶瞳还曾奇怪地问："麦哥，你要这么多毒药干吗呀？"

“我自然有用。”麦奇士却没有解释。

于是汪叶瞳交给他第二瓶毒药："这瓶药片也是用氰化物混合制成的，还加入了一些鼠药和农药，毒性比上一瓶更厉害，只要服下一片，三十秒内就会死亡，世界上无药可解。"

刚才麦奇士扔给霍星羽的，就是这瓶毒性极为厉害的毒药！

此时霍星羽对麦奇士的最后一丁点信任也完全瓦解了。只听他冷笑一声："明知道我会用你们的人试药，还给我毒药，看来魔鬼之称，你们才当之无愧呀。"

他说罢使劲一踢，把陈盛的尸体踢下了悬崖。与此同时，他还轻轻地叹了口气。

因为他知道麦奇士是无论如何也不会把解药交给自己了，又或者那飞镖上的毒根本无药可解，雍乌必死无疑。

"二哥！"贝富齐看到陈盛的尸体被踢下去，声嘶力竭地叫道。

霍星羽向石桥连开数枪，喝道："卑鄙小人，滚回去！"他知道自己救不了雍乌，心情极差。

麦奇士一脸漠然，倒退着身体远离石桥，走向夕阳馆。他不敢转身前行，怕霍星羽会偷袭他。

南宫听梦和展老板也跟着他走回了夕阳馆。南宫听梦最后还向霍星羽望了一眼。到底要不要为丈夫报仇呢？她的心中一片茫然。想到雍乌始终无法解毒，最终只能毒发身亡，她的心里难过不已。

至于贝富齐，也知道此时如果跟霍星羽发生枪战，自己必定吃亏，于是也忍着悲痛，回到了夕阳馆之中。

直到麦奇士等人都消失在自己的视线中，霍星羽才轻轻地吁了口气。现在东院这边，只剩下他、雍乌和冷若寒三个了。

雍乌中毒已深，又没有解药，看来命不久矣。而他跟冷若寒，也无法下山，哪怕最终消灭了麦奇士一干人，也只能在山上等死。

而且，南宫听梦还在寻找一切机会，找他报仇。

昔日的同伴，要么已经死去，要么性命垂危，要么跟他反目成仇。他的三个继承者，养子霍闪背叛了他，夜游被捕，日游也跟他一样被困在鬼头山上。

难道，神血会气数已尽？

他突然觉得有些心力交瘁了。

他定了定神，对冷若寒道："若寒，你回去看看老雍现在如何吧，顺便休息一下。唔，老雍在一楼走廊入口的一个房间里。"

冷若寒摇了摇头："老师，我不累，您先回去休息吧。"事实上她一直监视着石桥，精神高度集中，早就疲惫不堪了。

霍星羽自然瞧出了冷若寒的倦意，拍了拍她的肩膀，温言道："后面的战斗还长着呢，如果你倒下来了，我一个人怎么对付他们？听我说，回去休息一下。我就守在这里，如果老雍有什么情况，马上出来告诉我。"

冷若寒觉得老师说得也有道理，她不再坚持，说道："好的，老师，那您一切小心。"接着便转身走向旭日馆。

麦奇士、贝富齐、南宫听梦和展老板回到了夕阳馆。

"麦哥！"贝富齐咬了咬牙，恨恨地道，"你为什么要把毒药给霍星羽啊？你明知道他会用二哥试药啊！"

麦奇士转头白了贝富齐一眼，冷冷地道："这就是你跟大哥说话的态度？"

"对！你是我大哥！但陈盛也是我二哥！"贝富齐咬牙切齿，"现在他死了！就像阿醒那样！永远都不能再跟我们见面了！"

麦奇士语气冰冷："咱们出来混的，不是早就做好了心理准备了吗？"

"但他本来不该死！"贝富齐语气激动，"你只要把真正的解药给他们，他们就会放了二哥！是你害死了他！"

麦奇士冷笑一声："你以为我把解药给他，他就真的会放走阿盛？阿齐，你太天真了。"

"是，即使你把解药给霍星羽，他也不一定会放走二哥，但你明知他会让二哥试药，为什么还给他毒药？"贝富齐不依不饶地问。

"那你让我怎么办？陈盛已经死了，是不是要把我杀了，才能解你心头之恨？"麦奇士掏出了南宫听梦的那把黑星手枪，塞在贝富齐手中，"来啊！一枪毙了我！"

贝富齐没有接枪，咬牙不语。

展老板劝道："好啦，大家都是自己人，别吵啦。"

贝富齐不想再跟麦奇士说话，对展老板道："展老板，你那儿有退烧药吗？"他还在记挂着汪叶瞳因为伤口感染而发高烧的事。

展老板摇了摇头："所有药物都在东院旭日馆的医务室里。"

贝富齐吁了口气："算了。唔，我去看看叶瞳。"他说罢，也不等众人答话，径自走进了接待处左边的走廊。

"那我也回房休息了。"南宫听梦也走向走廊。

"南宫小姐，"麦奇士却叫住了她，"你还是留在这里吧。"

"为什么？"南宫听梦明知故问。

麦奇士也直言不讳："因为我怕你会放走韦雪蕾。"

"我就是要放了她！"南宫听梦大声道，"你们没有证据，凭什么把她抓起来？"

"只要证明了她跟潘小岳的死没有关系，我自然会放了她。"麦奇士淡淡地说。

南宫听梦不知道要怎样证明，只好说："那你倒是去证明呀！"

麦奇士却不再理她，走进小卖部，拿起了两袋火腿肠，接着回到南宫听梦和展老板身前，拆开一袋火腿肠，取出一根递给展老板："你饿了吧？吃点东西吧。"

展老板咽了口唾沫，结结巴巴地道："我……我不饿……"

麦奇士掏出手枪，指着展老板的前额，冷然道："你饿了。"

展老板哭丧着脸道："嗯，我现在突然有点饿了。"他一边说一边极不情愿地接过麦奇士递过来的火腿肠，撕开了包装纸，小口小口地吃了起来。

麦奇士见他安然无恙，又拆开另一袋火腿肠，取出一根，递给展老板："再来一根吧。"

"嗯……谢谢……"展老板面如土色，最终还是吃下了火腿肠。

麦奇士见展老板没有毒发，知道这两袋火腿肠应该没毒，把其中一袋扔给了南宫听梦。南宫听梦一手接过，怔了一下，她觉得这样让展老板试毒太不人道了，所以不愿向麦奇士道谢。

三个人在接待处待了一会儿，展老板战战兢兢地问："我……我有点困了……我可以回我的房间休息一会儿吗？"

麦奇士向小卖部看了一眼："是这里吗？"

"是……是的。"

小卖部内确实还有一个房间。麦奇士掏出手机，打开了照明灯，走进去一看，只见那房间不大，大概只有六七平方米，房内有一张单人床，一个衣柜，以及两张椅子。这个房间没有窗户，也没有其他出口，要进出房间，必须经过小卖部。

也就是说，只要麦奇士一直守着接待处，他就无法逃跑。

麦奇士走出小卖部，对展老板道："你去睡吧。"

展老板向麦奇士深深一揖："谢谢啦，麦哥！"

展老板回房以后，接待处就只剩下麦奇士和南宫听梦两个人了。

"我们什么时候去证明韦雪蕾是清白的？"南宫听梦迫不及待地问。

麦奇士摇了摇头，淡淡地说："现在我们不能走开。天马上就黑了，我们要防止霍星羽那边的人过来偷袭。唔，我们两个要守着接待处，这样无论任何人走进夕阳馆，我们都能第一时间发现。"

事实上，如果霍星羽等人来了西院，完全可以通过某个客房的窗户潜入夕阳馆，根本不需要经过大门。然而此时南宫听梦并没有想到这一点，只是点了点头，不再多说。

接着，麦奇士不再说话，从自己手上那袋火腿肠中取出两根，吃了起来。

南宫听梦一会儿思考该怎样证明韦雪蕾的清白，一会儿又想到雍乌没有解药，即将毒发身亡，如此胡思乱想，心中杂乱不堪。

又过了好一会儿，南宫听梦回过神来，发现夕阳馆外已是昏天黑地。她低头看了看手表，此时刚刚傍晚六点三十三分。为什么天空已经完全黑下来了呢？

她走出夕阳馆一看，原来不知从何时开始，天空乌云密布，似乎即将下雨。

这时候麦奇士也走到南宫听梦身后，用颇为冷漠的语气说道："我想回房间休息一下，你去叫贝富齐出来看着这里吧。"

南宫听梦回过头来看了看麦奇士："我在这里看着就可以了，你要休息就直接回去吧。"

"你？"麦奇士冷笑一声，"你跟东院那边的人，本来不是一伙的吗？如果他们过来了，恐怕你不但不会通知我们，还会和他们一起对付我们吧？"

南宫听梦气愤地道："我不是说得很清楚了吗？我要杀死霍星羽，为我丈夫报仇！"

麦奇士摇头："我信不过你，你去把贝富齐叫出来吧。"

南宫听梦哼了一声："我为什么要听你的话？你想叫自己去叫他。"为了报仇，要跟麦奇士这样的大毒枭同流合污，南宫听梦早就心怀不忿，怎么还会听命于他？

"你之所以到西院这边来，不就是要跟我们合作吗？你这样处处抬杠，咱们还怎么合作呢？"麦奇士神色平静，但语气阴冷，"还是说，你确实心怀鬼胎，等我离开后，就打算通知东院那边的人过来？"

南宫听梦最受不了激将法，听麦奇士这样说，霎时间脸色铁青，气呼呼地道："混账！你是有妄想症吗？去就去！"

她说罢转过身径自走向走廊。

"等一下！"麦奇士却又叫住了她。

南宫听梦回头瞥了他一眼，没好气地道："又怎么了？"

"不要试图放走韦雪蕾，否则后果自负。"麦奇士阴阳怪气地道。

"哼！我南宫听梦做事向来光明磊落！我说了会揪出杀死那个面具人的凶手，还雪蕾一个清白，自然不会偷偷放人！"南宫听梦义正词严地道。

麦奇士挥了挥手："那快去吧，阿齐的房间在走廊尽头的左侧。"

于是南宫听梦走进走廊，右拐后径直走向尽头。走廊确实很长，哪怕南宫听梦的步伐并不慢，也花了接近一分钟才走到。

这里的四间客房，本来分别住着易郁涵、胡洪锋、潘小岳和贝富齐，然而现在，前三个人都已经死了，只剩下贝富齐一个。

南宫听梦敲了敲门。里面立即传来了贝富齐充满警惕的声音："谁啊？"

"是我。"南宫听梦答道。

"有事吗？"贝富齐认出了南宫听梦的声音，但并没有开门。

"你老大找你。"

"哦？"

数秒后，房内传来放下防盗链的声音，紧接着贝富齐开门探出头来："怎么了？"

"你老大说他想回房休息，他又信不过我，所以让你出去看着接待处。"南宫听梦有些负气地说。

"这样呀……"贝富齐走出客房，"那走吧。"

两个人回到夕阳馆的大门处，只见麦奇士站在门前，仰望着那黑压压的天空。

贝富齐虽然恼他用毒药害死了陈盛，但还是叫了声："麦哥。"

就在此时，下起了倾盆大雨。暴风骤雨说来就来，气势磅礴，就如巨兽嘶吼。

贝富齐皱了皱眉："怎么突然下起大雨了？"

此时麦奇士转过头来："阿齐，我回房间休息一下，你在这里看着吧。旅馆老板在小卖部里，也看着他。"

贝富齐哦了一声，算是应答。

麦奇士也没有多说什么，转身走进了走廊。

贝富齐接着对南宫听梦道："南宫小姐，要不你也回房间休息吧？"

"好吧。"南宫听梦确实有些累了，于是也回到了房间中。

贝富齐在南宫听梦离开后，转身望着夕阳馆外那滂沱大雨，不知道为什么，心中突然有些害怕。

此时此刻，他身处鬼头山山顶，吊桥已断，四处都是悬崖，无法下山。现在狂风呼啸，大雨如注，好似要吞噬了整座鬼头山一般。偏偏在鬼头山上，每个人都心怀鬼胎，危机四伏。他不禁想，自己到底还能不能活着下山呢？

他叹了口气，不由自主地想起了家中的母亲。

贝富齐是在单亲家庭长大的。他从来没有见过自己的父亲，母亲对此也绝口不提。他每次问起父亲，平时温柔的母亲总是脸色突变，大发雷霆。后来，贝富齐就不敢再问了。

他一直跟母亲相依为命。他们的家境虽然贫穷，但母亲总把最好的留给他。他也常为自己有一个如此深爱自己的母亲而感到庆幸。

后来他跟着麦奇士加入了鬼王社，自然不敢把这件事告诉母亲，他怕母亲为此伤心难过，怕看到母亲那失望、痛心的眼神。

在他十六岁那年，麦奇士带他们一起了加入鬼筑。当时贝富齐就知道，自己一旦加入这个犯罪组织，就无法回头了，但心中又记挂着麦奇士对自己的恩情，十分为难。

不久以后发生的一件事，让贝富齐决心加入鬼筑。

当时，贝富齐家里新买了燃气热水器，但还没来得及安装排风扇。某天晚上，贝富齐的母亲在洗澡时发生了意外，因为一氧化碳中毒而昏迷。

贝富齐发现母亲中毒昏迷后，立即叫麦奇士和梁醒过来帮忙，三个人把贝母送到医院。

当晚贝母曾经醒来，还跟贝富齐说了几句话。可是从第二天起，她就一直昏迷不醒。后来，贝富齐先后把母亲转到几家医院医治，最后还转入了一家脑科医院。

治疗费十分昂贵，贝富齐根本支付不起。这时候麦奇士告诉他，只要加入鬼筑，为鬼筑办事，每个月便可领取一笔不菲的报酬。贝富齐实在没有办法，为了救治母亲，只好跟着麦奇士加入了鬼筑。

后来医生告诉贝富齐，他的母亲已经成了植物人。可是贝富齐仍然对母亲不离不弃，每天悉心照顾。

皇天不负有心人，母亲病情好转，医生说有醒来的希望。

贝富齐大喜过望，觉得自己真是守得云开见月明。

他每天都期盼着母亲醒来，希望可以让母亲过上好一些的生活。可是，当一切都在朝着好的方向发展时，他却被困鬼头山，凶吉未知。

他真的好想离开这里，回到母亲身边。如果不可以，至少让他再见母亲一面吧。

想到这里，贝富齐长长地叹了口气。

第 十 七 章
代　罪

　　此时已经是晚上七点了。夜幕拉开，天空早已黑透。雨势比刚才小了很多，但还没有停。

　　就在这时候，贝富齐听到身后传来一阵脚步声。他回头一看，原来是麦奇士走出来了。

　　"麦哥。"贝富齐叫了一声。

　　麦奇士点了点头，问道："你刚才去看汪叶曈的时候，她还在房间里，对吧？"

　　"对呀。"贝富齐双眉一蹙，问道，"怎么了，麦哥？"

　　"她现在不在房间里。"

　　"不会吧？"贝富齐微微一呆，"我刚才去看她的时候她睡着了，而且还没退烧，以她现在的状态，根本无法下床吧？"

　　"你跟我来看看。"

　　"哦。"

　　贝富齐跟着麦奇士来到汪叶曈的房间前，只见房门敞开。贝富齐探头一看，果然看到房内空空如也。

"奇怪，她到哪里去了？"贝富齐沉吟道。他的心里有些不祥的预感。

"问一下那个南宫听梦吧。"麦奇士指了指南宫听梦的房间。

"好的。"

南宫听梦就住在汪叶瞳的对面。贝富齐走到房门前，敲了敲房门。数秒后，房内传来了南宫听梦的应答声："谁呀？"

她的声音带着一丝倦意。她刚才睡着了，却被贝富齐的敲门声惊醒。

"是我。"贝富齐答道。

紧接着，房门打开了，南宫听梦从房内走了出来，她揉了揉眼睛，看了看贝富齐，又看了看站在贝富齐身后的麦奇士，有些疑惑地问："有事吗？"

"南宫小姐，请问你有看到汪叶瞳吗？"贝富齐说罢指了指汪叶瞳的房间。

"没有呀。她不在房间里吗？"南宫听梦一边说一边大步上前，走进汪叶瞳的房间一看，奇道，"咦，她到哪里去了？她不是还在发高烧吗？"

贝富齐点了点头，神色颇为不安："以她现在的状态，应该无法独自离开房间。"

麦奇士明白贝富齐的意思，看了看南宫听梦房间的隔壁，即韦雪蕾所在的客房。

"进去看看。"麦奇士对贝富齐说。

贝富齐一边应着一边走上前去，打开了韦雪蕾房间的房门。霎时间，三个人都呆了一下。

房内没有人。

本来被绳索紧绑着手脚的韦雪蕾此刻竟然不在房内！

"咦，人呢？"南宫听梦回过神来，讶然道。

"绳子在地上。"贝富齐走进房间，捡起地上的绳子查看了一下，"切口十分整齐，是被利器切断的。"

麦奇士瞥了南宫听梦一眼，冷然问道："是你放了她吧？"

"不是！"南宫听梦神情激动，"我怎么会做这种偷偷摸摸的事？"

贝富齐微微点头："我估计她是自己割断绳子逃跑的。"

麦奇士接着说："她逃跑了，刚好这段时间汪叶瞳失踪了，也就是说，汪叶瞳的失踪很可能跟她有关。"

"无凭无据，你凭什么这样说。"南宫听梦不服气地道。

麦奇士冷冷地看着她，没有回答。

贝富齐来打圆场："南宫小姐，麦哥只是说有可能而已。无论如何，我们先找一找吧。"

麦奇士指了指南宫听梦所住的房间："先找这里。"

南宫听梦怔了一下，怫然道："你的意思是我把她们两个藏起来了吗？"

贝富齐笑了笑："南宫小姐，别激动，我们不能放过任何可能性，对吧？"

南宫听梦哼了一声，一脚踢开自己房间的门，大声道："随便找！"

贝富齐查看了南宫听梦所住的房间，果然没有找到汪叶瞳的影踪。

"走吧，到走廊尽头处那几间客房去找找看吧。"贝富齐一边说一边走出南宫听梦的房间。

"等一下！"南宫听梦指了指麦奇士所住的房间，"不找一下这个房间吗？"

走廊入口附近共有四间客房，现在只剩麦奇士的房间，几人还没有查看过。

贝富齐听南宫听梦这样说，有些为难道："这是麦哥的房间，如果叶瞳在这里，他自然会告诉我们……"

南宫听梦打断了贝富齐的话："难道他不能撒谎吗？他自己把人藏起来，然后冤枉雪蕾，也不是不可能的吧？"

麦奇士右手一摊："随便看。"

南宫听梦也不客气，进屋后四处查看了一下，但并没有找到汪叶瞳的踪影。

"走吧。"贝富齐说罢走向走廊深处，麦奇士和南宫听梦紧随其后。

三个人来到走廊的尽头处，这里的四间客房，左边的是胡洪锋和贝富齐的房间，右边的则是易郁涵和潘小岳的房间。

他们逐一查看这些客房，此时易郁涵和潘小岳的尸体都在自己的房间内，胡洪锋和贝富齐的房间则是空的。

也就是说，汪叶瞳并不在一楼的任何一间客房中。

此时三个人在潘小岳的客房内。贝富齐分析道："我刚才看过叶瞳后便回到了自己的房间，当时麦哥和南宫小姐应该还在接待处，你们并没有看到叶瞳出来吧？南宫小姐来找我后，就换成我留守接待处，也没看到有人出来。也就是说，叶瞳并不是通过走廊的入口离开的。"

"那她怎么会不见了？"南宫听梦抓了抓头发，"难道她是从客房内的窗户离开的？"

贝富齐点了点头："应该是的。"

南宫听梦朝窗外看了一眼："雨停了，要不我们出去找找吧？"

贝富齐想了想，建议道："我们先回叶瞳的房间看看吧，或许窗户上留下了什么线索也说不定。"

"那快走吧！"南宫听梦说道。

然而麦奇士却说："我上一下厕所，你们等我一下。"

他说罢走进了潘小岳客房的洗手间，关上了门。

"唉，那个汪叶瞳到底在哪儿呢？"南宫听梦轻轻地吁了口气，心直口快地道，"不会真的是雪蕾抓走了她吧？"

贝富齐沉吟不语。

南宫听梦说罢又看了一眼潘小岳的尸体："还有，杀死这个人的凶手到底是谁呢？"

贝富齐舔了舔嘴唇，说道："我始终觉得在潘小岳被杀的事件中，那包消化饼是一个重要的疑点。凶手离开的时候，为什么要把消化饼或者消化饼的包装纸带走呢？"

两个人讨论了几句，没有头绪。此时麦奇士从洗手间出来了："走吧。"

他们一起回到汪叶瞳的房间。贝富齐走到窗边，细细查看，说道："看来汪叶瞳确实是通过窗户离开夕阳馆的。"

"为什么这么说？"南宫听梦问。

"你过来看。这里客人很少，此前这里应该很久没人住过了，所以窗台上布满了灰尘。但是，你看，"贝富齐指了指窗台，"这个地方的灰尘却被抹掉了一些，应该是某人翻过窗户离开时抹掉的。"

南宫听梦双眉一蹙："那么，汪叶瞳是自己离开的，还是被人抓走的呢？"

"应该不是自己离开的，否则窗台上会留下她的足印。"贝富齐分析道，"再说，以她现在的状态，也无法自己离开吧？"

"也就是说，她是在昏迷的状态下被人抱走的。"南宫听梦总结道。

麦奇士冷不防说道："也不一定是昏迷的状态。"

"什么意思？"南宫听梦不解。

"她被带走的时候，很有可能已经是一具尸体了。"麦奇士鬼气森森地道。

贝富齐知道麦奇士说的可能性是存在的，而且这种可能性很大，轻轻地吁了口气，说道："我们出去找找看吧。"

虽然他跟汪叶瞳交情不深，甚至昨晚才第一次见面，但她毕竟是自己的同伴。现在同伴有危险，他也不能坐视不理。

对于贝富齐的提议，麦奇士和南宫听梦都没有异议，于是他们回到接待处，只见旅馆老板展舍水刚好从小卖部里走出来了。

展老板看到他们三个人一起从走廊里走出来，微微一怔，问道："你们干什么去了？"

麦奇士看向展老板，冷冷地问："你出来干吗？"

展老板伸了个懒腰："睡不着，出来透透气嘛。你们现在要去哪呀？"

"我们那个中了枪伤的同伴失踪了，我们现在出去找找看。"贝富齐如实答道。

"失踪了？"展老板咽了口唾沫，声音颤抖地问，"无缘无故，怎么会失踪了？"

"你过来。"麦奇士对展老板命令道。

展老板不敢违抗，战战兢兢地走到他面前："麦哥，什么事呀？"

"你跟我们一起出去找吧。"麦奇士命令道。

"哦，好吧。"展老板的语气有些不情愿。

四个人走出夕阳馆，到处寻找汪叶瞳的下落，找了大半个小时，终于在夕阳馆附近的一棵大榕树后找到了汪叶瞳。

遗憾的是，当众人找到她的时候，她已经是一具尸体了。

"怎么又死了一个？"展老板骇然道。

贝富齐的心里也有些难过，他轻轻地叹了口气。不知道自己又能否回家呢？在鬼头山上的人，一个接一个地死去，下一个会不会就轮到我了？

"阿齐，检查一下她的尸体。"麦奇士的话打断了贝富齐的思索。汪叶瞳死了，但他却毫无反应，甚至连说话的语调也没有一丝起伏。

贝富齐回过神来，走上前去，借着手机的照明灯，仔细地检查了一下汪叶瞳的死状。

"她尸体的情况和潘小岳的一样，应该是被注射了氰化物而死的。"贝富齐推测道。

"这么说，杀死她的凶手，跟杀死潘小岳的凶手，很有可能是同一个人了。"麦奇士接着说。

贝富齐颔首道："不过叶瞳的身上似乎没有电击纹，凶手并没有用电击器攻击她。"

"她本就昏迷不醒，根本没必要多此一举。"麦奇士面无表情地说。

"哎呀，太恐怖了！真是太恐怖了！"展老板一脸惊恐地道，"这个神出鬼没的凶手到底是谁？他现在会不会正躲在某个地方监视着我们呢？他接下来还会杀人吗？"

"凶手是谁不是呼之欲出了吗？"麦奇士语气冰冷，"杀死汪叶瞳的凶手，自然就是在潘小岳被杀时同样没有不在场证明，现在又跑了的韦雪蕾。"

"喂！姓麦的，你为什么总是冤枉雪蕾！"南宫听梦愤愤不平地道，"凶手也有可能在你们之中啊！"

展老板举起双手："肯定不是我，我跟你们素不相识，根本没有杀人动机。"

南宫听梦指着麦奇士："那就是你！"

麦奇士脸色一沉："潘小岳被杀的时候，我有不在场证明。"

"那又怎样？哪怕那个潘小岳不是你杀的，现在这个女人也有可能是你杀的！"南宫听梦大声道。

"南宫小姐，你冷静一些，"贝富齐不急不躁地道，"不如我们就来分析一下在叶瞳被杀的那段时间里，我们这几个人的不在场证明吧。"

南宫听梦哼了一声，不再说话。

麦奇士和展老板也把目光聚集到贝富齐身上。

贝富齐整理了一下思路，有条不紊地分析起来。

"首先，我们来还原一下汪叶瞳遇害的过程：凶手潜入她所在的房间，给她注射了毒药，随后抱起她的尸体，抛到窗外。最后，凶手自己也跳到窗外，同时不小心抹掉了窗台上的一些灰尘。"

贝富齐说到这里，指了指不远处的夕阳馆："你们看一下，汪叶瞳的房间就在那里。"

原来，在汪叶瞳尸体所在的这棵大榕树前方不远处，便是汪叶瞳房间的窗户，大榕树距离房间大概两百米，中间还有一些小树和大石。

"就在那里吗？原来这么近。"南宫听梦说道。

贝富齐接着分析道："接下来，凶手便把汪叶瞳的尸体拖到这棵大榕树下方，丢弃在这里。那么，凶手是什么时候把汪叶瞳的尸体拖过来的呢？

"我们都知道，刚才曾经下过倾盆大雨。如果凶手是在下雨时把尸体拖过来的，那么他的头发和衣服肯定会被打湿。而我们四个人的头发和衣服都是干的，也就是说，假如凶手真的在我们四个人之中，那他拖动尸体的时间只会是下雨之前。"

南宫听梦觉得贝富齐的分析头头是道，点了点头："然后呢？"

"二哥死后，我们回到了夕阳馆，当时是傍晚六点左右。我一回来便到汪叶瞳的房间查看了她的情况，当时她还在房间里，只是昏迷不醒。我停留了不到一分钟便离开了，回到了自己的房间。后来，南宫小姐到我的房间来找我……"

他说到这里停顿了一下，快速地扫了一眼麦奇士、南宫听梦和展老板，继续道："在此之前，你们三个是不是一直待在接待处呢？"

南宫听梦回想了一下当时的情况，说道："当时我们在小卖部拿了一些火腿肠来吃，随后展老板回房休息，而我跟麦奇士就留守接待处。到了六点半左右，麦奇士说他想回房间休息，让我去把你叫出来。唔，当时还没下雨……咦？我知道了！"

展老板好奇地问："你知道什么了？"

南宫听梦一脸激动，指着麦奇士，大声道："杀死汪叶瞳的凶手，果然就是你！"

此言一出，贝富齐和展老板都怔了一下。

麦奇士脸孔一板，冷冷地问："为什么？"

"不是吗？你根本没有不在场证明！我到贝富齐的房间找他的那段时间，展老板也在自己的房间里，接待处就只有你一个人！你一定是趁那段时间杀人抛尸，然后在我和贝富齐出来之前，返回夕阳馆的大门，假装自己没有离开过。"

麦奇士冷笑不语，似乎根本懒得反驳南宫听梦这经不起推敲的推理。

贝富齐略一思索，问道："南宫小姐，你从接待处走到我的房间，花了多长时间？"

南宫听梦想了想："大概一分钟吧，拐弯后那条走廊还蛮长的。"

贝富齐点了点头："所以我们往返大概花费了两分钟，最多也就两分半钟。假设麦哥真是凶手，他需要在这两分半内去汪叶瞳的房间杀了她，然后把尸体抱到窗外，拖到大榕树这里，再跑回夕阳馆的大门。你认为完成这些事需要多少时间呢？"

南宫听梦看了看大榕树到汪叶瞳房间的距离，粗略地估算了一下，说道："至少需要四五分钟吧。"

"就是呀。所以麦哥怎么可能是凶手呢？"

南宫听梦想想也对，不再说话。

此时麦奇士却说话了，只见他用冰冷的目光看着贝富齐，阴恻恻地问道："那么，是你吗？"

贝富齐怔了一下："什么？"他刚通过分析证明了麦奇士的清白，没想到麦奇士却反过来怀疑他。

南宫听梦和展老板也把目光转移到贝富齐身上。

"是你杀死了汪叶瞳吗？"麦奇士语气冰冷，没有一丝起伏，"你回房以后，直到南宫听梦去找你之前，这段时间并没有不在场证明。你完全可以利用这段时间杀了汪叶瞳，再拖到这里，然后返回自己的房间。"

"麦哥，我……"贝富齐摇了摇头，辩解道，"我为什么要杀叶瞳啊？我根本没有动机啊。"

"说起来，"南宫听梦忽然想到一事，煞有介事地道，"展老板不是说过，贝富齐有机会杀死潘小岳啊。他可以在去潘小岳的房间找他时杀了他，然后假装自己发现了尸体。也就是说，在潘小岳和汪叶瞳被杀的时候，他都没有不在场证明！"

展老板连连摆手："我就是随便说说而已。"

贝富齐加大了声音："可我没有杀害他们两个人的动机！"

麦奇士点了点头，淡淡地道："他确实没有杀人动机，目前嫌疑最大的人，还是韦雪蕾。"

南宫听梦反驳道："韦雪蕾也没有杀人动机！"

"如果她是霍星羽派来的人呢？"麦奇士瞥了南宫听梦一眼，森然道，"她过来西院的目的，就是为了把我们全部杀死。"

"瞎扯！"南宫听梦神情激动，朗声道，"都说了霍星羽是她的仇人！她怎么可能是霍星羽派来的人？"

麦奇士冷笑一声："知人知面不知心呀。如果她不是心里有鬼，为什么要逃跑？"

"这……"南宫听梦顿时语塞。韦雪蕾自己割断绳索逃跑，这是不容置疑的事。偏偏在她逃跑的时候，汪叶瞳又遇害了，这一切难道真的只是巧合吗？

还是说，潘小岳和汪叶瞳之死，确实跟韦雪蕾有关？

南宫听梦正在苦苦思索，又听麦奇士吩咐贝富齐道："如果见到韦雪蕾，直接开枪干掉她，不要跟她废话。"

"是的，麦哥。"贝富齐答应了。

"你们不能……"

"回去吧。"麦奇士打断了南宫听梦的话，边说边离开大榕树，走向夕阳馆。

"麦哥，那叶瞳的尸体要怎么处理？"贝富齐问道。

麦奇士头也不回："不用处理了，反正都死了。"

贝富齐在心中叹了口气，脱下外衣盖住了汪叶瞳的脸，接着对南宫听梦和展老板道："那我们走吧。"

"你们先回去吧。"南宫听梦摆了摆手，站在原地不动。

展老板奇道："你留在这里干吗呀？这里黑乎乎的，又有一具尸体，怪恐怖的。"

"我要找看附近有没有什么线索，我要揪出真正的凶手，还雪蕾一个清白！"南宫听梦道。

"好吧，那我先走了。"贝富齐说罢也跟上了麦奇士。

"你不回去吗？"南宫听梦看向站在自己身旁一动不动的展老板。

展老板摇了摇头："我觉得那个麦哥和阿齐都好危险，还是跟你待在一起比较安全呀。"

南宫听梦笑了笑，也不多说什么，开始寻找线索。

此时周围漆黑一片。于是南宫听梦打开手机照明灯，在汪叶瞳的尸体四周仔细查看。

在这个没有信号的地方，照明大概是手机唯一的用途了。

她搜索了一会儿，竟然无意中在汪叶瞳身旁发现了一个红木雕刻的钥匙扣。

那是一个黑无常造型的钥匙扣！

南宫听梦拿起那个钥匙扣看了一下，霎时间心中一凛："这不是霍星羽的吗？"

是的，这个钥匙扣是霍星羽的，而且是她送给霍星羽的。

大概在十多年前，南宫听梦在与丈夫和女儿逛街时看到一对红木雕刻的钥匙扣，造型分别是黑无常和白无常。黑无常面目狰狞，伸出了长长的舌头，头上的长帽上写着"天下太平"；白无常也伸出长舌，却笑逐颜开，头上的长帽上写着"一见生财"。两个钥匙扣都栩栩如生，做工十分精细。

南宫听梦觉得有趣，便买下了那两个钥匙扣，分别送给了霍星羽和雍乌。

难道，杀死潘小岳和汪叶瞳的凶手是霍星羽？南宫听梦心中思忖，对了，肯定是他！他偷偷来到西院，先后杀死了潘小岳和汪叶瞳，只是天网恢恢，疏而不漏，他在拖动汪叶瞳的尸体时掉下了这个钥匙扣。他杀死这两个人的动机，自然就是因为他们是鬼筑黑桃会的成员，他要制裁他们，替天行道。

虽然霍星羽的杀人动机是制裁邪恶，但南宫听梦也不能让韦雪蕾当他的代罪羔羊。万一韦雪蕾的行踪被麦奇士或贝富齐发现了，惨遭枪杀，那她可就成了冤大头了！

南宫听梦决定去跟霍星羽对质，揭穿他的凶手身份，还韦雪蕾一个清白。

想到这里，她紧紧地抓着那个黑无常钥匙扣，向石桥走去。

展老板惊讶地看着她，问道："你去哪呀？"

"我到东院去！你不用管我，你回去吧。"南宫听梦头也不回。

"你去那边干吗呀？"展老板追问。但南宫听梦不再回答。

"我跟霍星羽的恩恩怨怨，是时候一次算清楚了。"她的心中百感交集。

霍星羽独自在石桥附近的那棵大树后监视了两个多小时，下雨时也没有离开，幸好那棵大树枝繁叶茂，他躲在树下，衣服倒没怎么被淋湿。

此时已经是晚上八点半了。最多还有半个小时左右，雍乌就会毒发身亡。霍星羽心急如焚。

这两个小时里，他想起了很多和雍乌共同经历的片段。

第一次跟雍乌见面的情景，至今也还历历在目，就像是不久前发生的事情一般。

还记得那天晚上，段睿博交给了他一张照片："星羽，今晚我们去找一下这个人。"

"这是谁？"霍星羽好奇地问。

"他叫雍乌，是人民医院肿瘤科的一名医生。"段睿博笑了笑，"我观察了他一个多月，发现他是个充满正义感的人，从不与道德败坏的人同流合污。而且他十分聪明，我觉得他很适合当我们团队里的军师，哈哈。"

霍星羽听段睿博这样说，也想结交这个朋友："好，今晚我们就去找他聊一聊吧。"

当晚他俩来到B市人民医院的大门外，等了一会儿，便看到雍乌下班出来。

此时在医院门口还有一男一女，那男人的手上抱着一个六七岁的小男孩。那女人一见到雍乌，声音便呜咽了："雍医生，我们该怎么办呀？"

原来，这个小男孩是雍乌的病人，他患有脑窝髓母细胞瘤，情况颇为严重，但雍乌有信心，只要为小男孩实施脑部手术，他痊愈的机会就很大。

遗憾的是，小男孩来自农村，男孩的父母无法支付昂贵的手术费。院方已经向他们下达了几张欠费通知书，但他们实在筹不到钱，这天终于被迫带着小男孩离开医院，放弃治疗。

雍乌很想帮助这个小男孩，但他当时只是一个二十来岁的小伙子，家境一般，又无权无势，自然是爱莫能助。

只见他叹了口气，轻轻地抚摸了一下小男孩的头，对他的父母说："你们带小天回家吧，他想要什么，你们就尽量满足他吧。"

小男孩的父母自然明白雍乌这样说的意思，心中悲痛不已。

此时段睿博和霍星羽走上前。段睿博观察了雍乌一个多月，对这个小男孩的情况自然也略知一二，只见他笑了笑："你们不用回老家，回医院去吧，这个小男孩的所有手术费用和治疗费用都由我支付。"

雍乌和小男孩的父母都目瞪口呆。

"我说真的，走吧，我们回去交费吧。"

段睿博带着小男孩的父母回到医院，为他们补上欠款，又给小男孩重新办了住院手续。小男孩的父母这才知道段睿博不是开玩笑，千恩万谢，甚至当场跪了下来向他磕头。

处理完小男孩的事情以后，段睿博和霍星羽邀请雍乌到医院附近吃夜宵，三个人一边喝酒，一边谈天说地。雍乌向段睿博表示感激，段睿博却笑着说："不用感谢我，反正那些钱都不是我的。"

雍乌瞪大了眼："什么意思？"

段睿博呵呵一笑："帮助小天的钱是我从一个为富不仁的富商家里偷来的，就算是劫富济贫吧。"

霍星羽接着说："雍医生，我们想邀请你加入我们这个团队，你有兴趣吗？"

当雍乌问清楚了相关的事情后，便欣然答应加入。

锄强扶弱，劫富济贫，正是他一直以来想要做的事，现在难得遇到两个志同道合的朋友，他当然不能错过这个机会。

段睿博见雍乌答应，满心喜悦，跃跃欲试地说："现在我们的团队有三个人了，可以开始行动了。小雍头脑好，担任军师，负责制定计划，我和星羽就当打手，负责执行计划，哈哈。"

黑星会就此诞生。

后来，他们又先后招募了徐梓陌、南宫听梦等人。但黑星会中，霍星羽跟雍乌的感情最好，两个人经常一起行动，相互配合，合作无间。

在霍星羽跟段睿博产生分歧时，也是雍乌帮忙说服了南宫听梦和骆浅渊加入他们。

霍星羽曾数次对雍乌说："当时如果不是你坚决拥护我的观点，南宫和老骆也不会跟我走，那么神血会就不会存在了。"

然而现在呢？霍星羽想到这里，在心中叹了口气。不知道老雍有没有后悔当时站出来支持我呢？是的，这些年来，他一直坚守着自己的底线，并没有成为司法制度的背叛者，但我呢？我真的成了走火入魔的独裁者了吗？

第 十 八 章

枉　死

无论怎样，在霍星羽心中，雍乌都是他一辈子的好兄弟。时间不多了，他不能眼睁睁地看着雍乌毒发身亡。

他决定潜入西院，盗取解药！

霍星羽正要走过石桥，却远远看到西院那边有一个人快步向石桥走来。他连忙躲回大树后，静观其变。

那人很快就来到石桥前。此时霍星羽看清楚了，原来是南宫听梦。

只见南宫听梦大步踏上了石桥，准备走向东院。

霍星羽大声喝道："站住！"

南宫听梦认得霍星羽的声音，纵声叫道："出来！"

霍星羽慢慢地从大树后走出来，紧盯着南宫听梦，淡淡地问："你来干吗？"

南宫听梦气愤地道："是你杀死了潘小岳和汪叶瞳，对吧？"

霍星羽皱了皱眉："你在说什么呢？"

"不用抵赖了！"南宫听梦把那个黑无常钥匙扣扔给霍星羽，

"这是在汪叶瞳的尸体旁边找到的！"

霍星羽一手接住了钥匙扣，稍微看了一下，不屑地道："这种东西，哪里都可以买到。"

南宫听梦哼了一声："哪有这么巧的？你有一个这样的钥匙扣，偏偏汪叶瞳也有一个一样的？"

霍星羽苦笑了一下："南宫，你的脑子就不会转一下弯吗？这明显是有人要栽赃于我。"

南宫听梦愣了一下，问道："那你的那个钥匙扣呢？"

"放在家里啊。这种东西怎么会随时带在身上？"

南宫听梦不相信霍星羽的话："霍星羽，你杀了人却不敢承认，算什么英雄？你知道吗，现在韦雪蕾当了你的代罪羔羊，麦奇士他们很快就要杀死她了！如果她真的死了，就是你害的！"

霍星羽猜到韦雪蕾就是跟南宫听梦一起的那个女子，但他对此人的死活漠不关心，冷冷地道："那你知道吗，我本来可以用潘小岳换取给老雍的解药，然而你却救走了潘小岳。如果老雍最后真的毒发身亡，那就是你害的！"

如果雍乌死了，南宫听梦自然也会伤心难过，但她却嘴上逞强道："死了最好！他间接害死了梓陌，罪有应得！而你是直接杀死梓陌的凶手，你也休想脱身！"

"你要报仇可以，但先等我拿到老雍的解药。"霍星羽说罢向石桥走近了两步。

南宫听梦站在石桥上，昂首而立："要过去，先杀了我！"

霍星羽咬牙道："南宫，你是要逼我出手？"

"对！"南宫听梦红着眼睛吼道，"今天晚上，我们之间必须做个了结！"

此时霍星羽身上有一把贝雷塔手枪，他本想拔枪击倒南宫听梦，但终究心中不忍，毕竟她是自己曾经的同伴，于是朗声说道："好，那就来吧，如果你赢了我，就杀了我为徐梓陌报仇吧；如果你输了，就别再阻止我去拿解药。"

南宫听梦也朗声道："如果我输了，无法为梓陌报仇，就从这里跳下去，之后你要干什么都跟我无关。"

霍星羽走到石桥上，右手一摊："来吧。"

南宫听梦也不礼让，身子一晃，一记前腿正弹踢便向霍星羽的腹部狠狠踢去。霍星羽眼疾手快，侧身避开了南宫听梦的攻击，右手顺势一记摆拳直击南宫听梦的面门。南宫听梦脑袋一缩，与此同时一记前边腿扫向霍星羽的膝盖。霍星羽猛地跳起，凌空还了一招，逼得南宫听梦连连后退。

霍星羽已经年过六十，南宫听梦今年也五十八岁了，两个人的体力虽然不及从前，但一招一式却已炉火纯青，交手数招，战况便已激烈异常。

石桥虽然不窄，但也不宽，桥下是万丈深渊，深不见底。如果是普通人，在石桥上多站一会儿就会胆战心惊，他俩却在石桥上如此激烈打斗，真是凶险异常，一旦失足，那便尸骨无存。

两个人打了一会儿，都开始感到体力不支。霍星羽喝道："让开！我先去取解药，救了老雍再回来跟你打！"

南宫听梦哪里肯罢休？厉声道："休想！今天不是你死，就是我亡！"此刻她抱着求死的想法，只攻不守。霎时间霍星羽迭遇险招，被她逼得连退数步。

一夫拼命，万夫难敌。霍星羽知道再打下去，别说来不及为雍乌夺取解药，甚至随时会被南宫听梦踢下悬崖，一命呜呼。他本来就是个为达目的不择手段之人，在此性命攸关之际，哪里还会顾及跟南宫听梦的情谊，便想拔出手枪，射杀南宫听梦。

南宫听梦一见他把手伸进口袋，知道他要拔枪，连忙抽出军刀，以迅雷不及掩耳之势向霍星羽的腹部刺去。电光石火之间，霍星羽已取出手枪。他看到南宫听梦持刀刺向自己，但认为她为了躲开枪口，必然会收刀回避，因此没有躲避。没想到南宫听梦一心求死，竟然无视手枪，一刀直刺到底。霍星羽大吃一惊，此时想要躲避已经来不及了，情急之下扣动扳机，与此同时，军刀也深深地刺进了他的腹部。

"砰"的一声，子弹击中了南宫听梦的左肩。南宫听梦军刀脱手，往后退了两步。此时双方以命相搏，霍星羽自然不再手下留情，忍着腹部疼痛，走前一步，对着南宫听梦一记勾踢。南宫听梦大腿被踢中，重心一歪，往石桥外倒去。也幸好她眼疾手快，在半空中使劲一抓，攀住了石桥的边沿。

霍星羽低头一看，借助月光，只见自己的伤口不断流出鲜血，他知道伤口极深，自己受伤极重，要去帮雍乌盗取解药是不可能的了，不由得长叹一口气："唉，天意呀。"

南宫听梦左肩受了枪伤，肩膀一使劲就痛心切骨，根本无法爬上来，只能死死地攀着石桥的边沿。只听她竟对霍星羽脱口叫了声："老大！"

霍星羽听南宫听梦叫自己"老大"，看向她，霎时间心中想起万千往事，终究心中不忍，想去伸手把她拉上来。然而就在此时，忽然"砰"的一声，不知是谁朝霍星羽脚下开了一枪。霍星羽吓了一跳，后退了两步，对方竟再次开枪，这一次子弹从霍星羽耳边擦过。霍星羽知道再留在此地，必定会被射杀，当下忍着腹部疼痛，快步逃回了旭日馆。

十多秒后，只见一个人从西院悬崖边的一棵小树后走了出来，走向石桥。南宫听梦伸长脖子一看，来者竟是韦雪蕾。

此刻韦雪蕾手上拿着一支口红手枪。刚才开枪攻击霍星羽的人便是她。

南宫听梦见韦雪蕾来了，喜出望外："雪蕾！"

韦雪蕾没有回答，慢慢地走到石桥上，来到南宫听梦前方。

"我中枪了，快拉我一把！"本来南宫听梦抱着求死的想法，但掉下石桥的一刹那，她突然意识到活着的美好。她此时才明白，原来自己是希望继续活下去的，她的求生意志突然变得十分强烈。

她本以为自己会被霍星羽杀死，万念俱灰，没想到韦雪蕾及时赶到，击退了霍星羽。她觉得这真是上天的眷顾，也不枉自己不辞劳苦地为韦雪蕾洗刷冤屈，甚至来此跟霍星羽对质、搏斗。

没想到韦雪蕾却举起了手上的那支口红手枪，对准了南宫听梦的脑袋。

南宫听梦一惊："你干吗？"

"还不明白吗？"韦雪蕾冷冷地道，"我要杀的人根本不是霍星羽，而是你！"

此时的她，神情冰冷，双眼之中充满仇恨，跟此前的她判若两人。

南宫听梦不禁诧然道："为什么？你的父亲不是我杀的呀！"

韦雪蕾冷笑一声："我爸根本不是什么小学教导主任，霍星羽也没有杀他，一切都是我杜撰的而已。"

南宫听梦呆住了："什、什么意思？"

韦雪蕾吸了口气，紧紧地盯着南宫听梦，问道："你还记得傅荣朗吗？"

"谁？"南宫听梦并不记得这个名字。

"是呀，你杀过那么多人，自然早就忘了那些人的名字了。但是对于他们的亲人和爱人来说，却是一辈子也无法忘掉。"韦雪蕾幽幽说着，目光游离，似乎想起了什么往事。

"傅荣朗……到底是谁？"南宫听梦细想之下，发现自己对这个名字确实有些许印象。

韦雪蕾回过神来，答道："他是一个城管，一个被你杀了的城管。"

她这样一说，南宫听梦霎时间便想起来了。

两年前，一个名叫傅荣朗的城管和几个同事在街上查抄占道摊位。有一个摊位的摊主是个老人，他摆摊卖鞋、修鞋，老人看到傅荣朗要收走自己的鞋子，情急之下，死死地抱住傅荣朗的脚。傅荣朗一脚把老人踢到了几米外的地方。

这个过程被路人拍了下来，发布到网上，网友看完以后义愤填膺，对这个傅荣朗强烈谴责，甚至对他进行人肉搜索，曝光他的各种信息。

当时南宫听梦也在网上看到了这段视频，她觉得这个城管如此欺负老人，真是罪大恶极，死不足惜。于是她根据网友曝光的地址，来到傅荣朗家中杀了他，算是为那个老人出了一口恶气。

此时南宫听梦想起傅荣朗，看了看韦雪蕾，问道："那个城管是你的……"

"他是我的未婚夫，"韦雪蕾想起傅荣朗，心中蓦地一痛，双目含泪，"当时我们已经准备结婚了，怎知他……却突然遇害。"

当时韦雪蕾已经怀了三个月身孕，正准备跟傅荣朗结婚，没想到两个人还没去拍婚纱照，却传来了傅荣朗遇害的消息。

傅荣朗死后，韦雪蕾悲伤过度，由于情绪波动激烈流产了。

警方对于傅荣朗被杀一案的侦查一直没有进展，最后不了了之。这两年来，韦雪蕾一直郁郁寡欢。

数天前，韦雪蕾下班回到家中，进门以后，还没开灯，却听黑暗中一人说道："韦小姐，晚上好。"

韦雪蕾吓了一跳，连忙开灯一看，竟有一个黑衣男子坐在大厅中。这男子三十来岁，双眉细长，眼眸尖锐，面容清秀，最引人注目的是，他右耳上戴着一颗颇为夺目的黑宝石耳钉。

"你、你是谁？"韦雪蕾声音颤抖，他以为这个黑衣男子是闯进来盗窃的小偷。可是小偷怎会如此气定神闲地坐在她的家里等她回来？难道他另有图谋？韦雪蕾顿时感到一阵不安。

"不用害怕，"黑衣男子似乎瞧出了韦雪蕾的不安，微微一笑，"我是来帮你的。"

"帮我？"韦雪蕾满脸疑惑。

黑衣男子取出一张照片，放在茶几上："这张照片中的女人叫南宫听梦。"

韦雪蕾大着胆子上前两步，朝那照片一看，照片中的女人她并不认识。

黑衣男子笑道："你不认识她，对吧？但你无时无刻不想找到她。"

"什么意思？"韦雪蕾不解。

"因为，这个名叫南宫听梦的女人，就是两年前杀死你的未婚夫傅荣朗的凶手。"

此言一出，韦雪蕾像被雷电击中了一般，整个身体一动不动，甚至连脸上的表情也凝固了。

"这……这……真的吗？"她好不容易回过神来。

"我知道，你可能认为，警察也查不到的事，我怎么能查到？"黑衣男子淡淡一笑，"这不奇怪，警察一直在排查你未婚夫的人际关系，想要找出存在作案动机的嫌疑人，甚至怀疑过那个卖鞋老人的亲人。调查方向错了，自然不能查出结果。他们根本没有想到，凶手跟你未婚夫，压根儿是不认识的。"

"不认识的？"韦雪蕾咬了咬嘴唇，恨恨地道，"那她为什么要杀死我未婚夫？"

"因为她看了你未婚夫把卖鞋老人踢飞的视频呀。"黑衣男子嘴角一扬，不屑地笑了笑，"她以为自己是正义的审判者，认为你的未婚夫该死，所以就动手了，真是愚不可及。"

韦雪蕾定了定神，问道："那你为什么知道她是凶手？"

"我的调查方向是正确的，自然事半功倍。你未婚夫被杀的时候，现场留下了犯罪嫌疑人的指纹，对吧？只是警察一直没有查到指纹的主人。我通过某种方法拿到了指纹信息，比对过后确实是南宫听梦的。你不信可以把南宫听梦的指纹拿到公安局，看看跟凶手的指纹是否吻合。"黑衣男子不慌不忙地说道。

韦雪蕾再次低头望向南宫听梦的照片。这个女人，真的是杀死自己未婚夫的凶手？

"那么，"黑衣男子似笑非笑地望向韦雪蕾，"你要不要亲手为你未婚夫报仇呢？"

"报仇？"韦雪蕾怔了一下。此前她也想过，如果她能找到杀死阿朗的凶手，一定要把这个凶手千刀万剐，为惨死的阿朗报仇。可是，现在仇人真的出现了，她却又觉得有些不知所措。

她回过神来，问道："你知道这个南宫听梦在哪里？"

黑衣男子笑了笑："我自然知道。"

"那我们可以报警抓她呀。"

"报警？"黑衣男子摇了摇头，"没用的。我了解她，她的身手很好，想要抓她，并不容易。而且如果警察找上门，她只要咬掉自己留下指纹的那根手指，警察就没有任何证据了。"

"这……"韦雪蕾此前并没有想到这一点。

"所以，"黑衣男子最后总结道，"要为你未婚夫报仇，只有一个方法——你亲手杀死她。"

韦雪蕾心中一震，颤声问："杀、杀死她？我？"

"对。如果没有这个黑白不分的南宫听梦，如果不是她自作聪明地多管闲事，你现在已经和你未婚夫结婚，并拥有了一个三口之家。然而就因为这个自以为是的女人，你的未婚夫和孩子死了，你的人生全被她毁掉了。难道你不想杀死她，为你的未婚夫，为你的孩子，也为你自己报仇吗？"

黑衣男子的话似乎带有一股神秘的力量。韦雪蕾逐渐被他说服了。

"可是，"她还是犹豫道，"你不是说她身手很好吗？我哪怕见到她，也无法杀死她吧？"

"我可以帮你。"黑衣男子嘴角一翘，露出了一个亲切的笑容，"只要你按照我的计划去做，便一定能杀死南宫听梦，为你的未婚夫报仇。"

"你……你为什么要帮我？"

"不为什么。"黑衣男子莞尔一笑，"在人世间赏善罚恶，是我一直在做的事。你是受害者，是'善'，我自然要帮你；南宫听梦滥杀无辜，是'恶'，我当然要惩罚她。"

"你到底是谁？"

黑衣男子嘴角一扬："你可以称我为活尸。"

"活尸？"韦雪蕾面露疑惑。这显然不是真名。

"实际上我是谁并不重要，重要的是，我可以帮助你杀死南宫听梦。"

韦雪蕾踌躇片刻，似乎终于下定决心，抬头问道："你怎么帮我？"

"是这样的，南宫听梦正在寻找一个名叫霍星羽的人报仇，你去告诉她你也是霍星羽的仇人，并且知道霍星羽的行踪，让她跟你一起去报仇。到时候如果她被霍星羽杀了，那你的仇也就报了。"黑衣男子有条不紊地解释着自己的计划。

"如果那个霍星羽没能杀死她呢？"韦雪蕾问。

"那你就亲自动手吧。"说罢他取出一支口红，递给韦雪蕾，"送给你的。"

"口红？"韦雪蕾莫名其妙。

"这不是口红，是口红手枪。"

"啊？"

"稍后我会教你使用，必要的时候，你可以开枪杀死南宫听梦。"

韦雪蕾想了想，问道："既然你知道南宫听梦在哪里，我直接去开枪杀死她，不就可以了吗？为什么要这样大费周章呢？"

活尸摇了摇头："以南宫听梦的身手，即使你手上有枪，也杀不了她。一旦你没有一击命中，再要杀死她就无比困难了。"

他稍微舔了一下嘴唇，没等韦雪蕾答话，接着又说："所以，切记这支口红手枪必须在胜券在握，南宫听梦已无力反抗的时候拿出来，否则就前功尽弃了。"

韦雪蕾思索片刻，终于接过了口红手枪。她决定按活尸的计划为未婚夫报仇。这样做是正确的吗？结果是福是祸？她的心中却没有答案。

现在，报仇机会终于来了。

"怎么样？你现在想起来了吧？"此刻，韦雪蕾用冰冷的目光看着死死攀着石桥边沿的南宫听梦，"现在，你就给我未婚夫偿命吧！"

南宫听梦怒斥道："你未婚夫咎由自取，我杀他是替天行道！"

"咎由自取？"韦雪蕾脸上的肌肉轻轻颤抖，她强忍着心中的怒气，问道，"小贩摆摊扰民被居民举报，城管只好出动。我未婚夫也只是在做自己的工作而已，他做错什么了？"

"这……"南宫听梦呆了一下，反驳道，"即使如此，他又何必踢飞那个老人呢！"

"你看到的就是真相吗？"韦雪蕾森然道，"你知道我未婚夫当时为什么要把那个老人踢开吗？"

"因为那个老人抱住了他的脚。"

韦雪蕾冷哼一声："那个老人为了报复我未婚夫收走他的鞋子，用修鞋的锥子刺进了他的小腿！"

"什么？"南宫听梦哪知道真相竟是这样？由不得瞠目结舌。

"我未婚夫把那个老人踢开，只是本能反应。"韦雪蕾说到这里，换了一种阴冷的语气，"就像我现在对你的手开枪，你猜你会不会因为痛而松手？"

南宫听梦想通前因后果，知道自己今天必死无疑，不甘心地问："那你现在可以告诉我了吧，让你来找我的人到底是谁？"

韦雪蕾心想她反正要死了，告诉她也没有关系了，说道："我不知道他的真名，我只知道他的外号叫活尸。"

南宫听梦心中一凛："果然是阿闩！"

原来活尸司徒门一，便是霍闩。

此时，只听韦雪蕾对南宫听梦说道："活尸先生跟我说过你们神血会的事。你们以为自己是正义的审判之神，妄想代替法律审判他人。可你们终究只是人，是人，就会出错。这些年你杀过那么多人，到底有多少是坏人，又有多少是好人呢？"

南宫听梦被韦雪蕾说得冷汗涔涔而下。这些年来，自己所杀的每一个人都罪有应得吗？不，至少韦雪蕾的未婚夫就不是。除了他，还有多少人是无辜枉死的呢？自己到底是制裁邪恶的审判者，还是一个不分青红皂白的刽子手？

"无可否认，法律并非十全十美，也存在各种问题，但至少它不会如此轻率地决定一个人的生死！"韦雪蕾义正词严地教训南宫听梦，"而你们，却狂妄地只凭个人的喜恶，就去夺取一个人的性命！"

南宫听梦无言以对。

警察凭证据抓人，我们却只凭自己的判断就给他们定罪，实施

"制裁"。我们真的能做正义的审判之神吗？此刻南宫听梦开始怀疑自己。我们的调查，真的准确吗？那些警方尚且无法定罪的人，是不是因为他们真的是无辜的呢？

南宫听梦已经没有时间再想下去了，因为她听到韦雪蕾对自己说："好了，该结束了，南宫听梦，为我未婚夫，为你错杀的那些人赎罪去吧！"

在生命的最后时刻，南宫听梦不禁想起了丈夫和女儿："梓陌，你说得对，我早就该退出神血会了。或许，我从来就不应该加入神血会……"

没有等韦雪蕾开枪，她便自己松开了手。

霎时间，她向万丈深渊急速坠落。

在坠崖的过程中，那些曾经被她"制裁"的罪犯的面容，飞快地在她的脑海中闪过。

神血会牛头的一生，就此终结。

再说石桥之上，韦雪蕾看着南宫听梦坠落悬崖，心中百感交集，长长地吁了口气，喃喃地道："阿朗，我为你报仇了。我做到了……"

不知道为什么，她的眼泪突然夺眶而出。是报仇后喜极而泣？不是。是因为想起深爱的未婚夫而难过流泪？似乎也不是。她不知道这眼泪是悲是喜，也不知道这眼泪为谁而流。

就在她怔怔出神之际，忽然身后传来一个男子的声音："韦小姐，你做得很好。"

韦雪蕾猛地一颤，这一惊实在非同小可。

那正是为她制定复仇计划，助她最终亲手杀死南宫听梦的活尸的声音！

他也到云端宾馆来了？

她还没转过头来，突然感到大腿一阵麻痹，紧接着不由自主地跪倒下来。

在夕阳馆外的榕树下发现汪叶瞳的尸体后，麦奇士和贝富齐回到了夕阳馆。

麦奇士回头一望，见南宫听梦和展老板没有跟来，问贝富齐道："他们呢？"

"南宫听梦说要再检查一下叶瞳的尸体，看看能不能发现重要线索。"

"她？"麦奇士冷笑了一声。

贝富齐接着说："至于展老板，大概是害怕我们，宁愿跟南宫听梦待在一起吧。麦哥，要把他带回来吗？"

麦奇士摇了摇头："随便他吧。"

"麦哥，接下来我们要怎么办？"和他一起上山的易郁涵、胡洪锋、潘小岳和汪叶瞳先后丧命，结拜兄弟陈盛也死于非命，贝富齐实在有些心力交瘁，心中没了主意。

麦奇士略一斟酌，说道："等天亮我们再想办法下山吧。"

贝富齐点了点头："就怕霍星羽他们今晚会过来偷袭。哼！如果他真敢过来，我也不怕他。"虽然他听说霍星羽是个格斗高手，但毕竟年事已高，而自己功夫不差，又年轻力壮，真的打起来，他更占优势。

"我们轮流守夜吧。"麦奇士说。

"好的。唔，我守上半夜，麦哥，你先去休息吧，记得把窗户也锁上。"贝富齐提醒道。

"嗯，如果有什么情况你就到我的房间来叫我吧。"麦奇士说罢走进了接待处左侧的走廊。

贝富齐在接待台后方坐了下来，监视着夕阳馆的大门。此刻，他终于可以静下心来，凝神思考潘小岳和汪叶瞳被杀的事件。

凶手到底是谁呢？真的是那个韦雪蕾吗？

还是身处东院的霍星羽？

不管凶手是谁，他为什么要拿走潘小岳房间中的消化饼呢？

贝富齐竭力回想潘小岳出来取消化饼时的情况，思考自己是否漏掉了某些重要细节。

当时，我跟南宫听梦以及展老板正在接待处闲聊，戴着面具的潘小岳一瘸一拐地走了出来。他把双手都插在口袋里，我跟他说话他也没有回答，态度傲慢至极。接着他径自走进小卖部，伸出右手，从货架上拿起了一包消化饼……

等一下！贝富齐想到这里，皱了皱眉，在脑海中不断地重播着这个镜头。

潘小岳伸出右手，从货架上拿起了一包消化饼。他的左手，仍然插在口袋里。

当时他左手的拇指已经被霍星羽切掉了，他的左手只有四根手指……

四根手指？

难道……

贝富齐心中一凛，一股寒意从背脊直泻下来。

这一瞬间，他突然明白了一切，知道了杀死潘小岳和汪叶瞳的凶手是谁。

第 十 九 章

真　相

霍星羽被南宫听梦的军刀刺中腹部，之后又被韦雪蕾开枪攻击，忍着疼痛，快步逃回了旭日馆。

接着他来到一楼走廊的入口处，走进了雍乌正在休息的那间客房。此刻雍乌和冷若寒都在房内。桌子上有一根蜡烛，微弱的烛光下，只见雍乌趴在床上，一动不动。冷若寒则坐在床边，头部微仰，望着天花板，怔怔出神。

此时霍星羽走进来，冷若寒一眼看到他的腹部插着一把刀，失声道："老师，您怎么了？"

霍星羽苦笑着道："南宫被人利用了，刺了我一刀，幸好没伤到要害。"

"我去医务室拿止血粉和止血带！"冷若寒说罢跑出了房间。

霍星羽慢慢地走到床边，低头看向雍乌，只见他脸色苍白如纸，一副气息奄奄的样子。霍星羽知道他中毒已深，命不久矣，心中一阵难过。

"老雍，对不起，我没拿到解药。"霍星羽黯然道。

雍乌慢慢地睁开眼睛，看到插在霍星羽腹部的军刀，有气无力地问："南宫呢？"

"应该没事吧。"霍星羽以为南宫听梦已被韦雪蕾救起，却没有想到韦雪蕾是去杀她的。

雍乌点了点头，吃力地道："扶我起来吧。"

"嗯。"霍星羽扶着雍乌坐起身子。

"霍，我先走一步了。"雍乌语气平静。

霍星羽心中一酸，握住了雍乌的手："老雍，你还有什么心愿？你跟我说，我一定帮你完成！"

雍乌摇了摇头，轻声道："我只想问你一个问题。"

"什么问题？"霍星羽有些好奇。

此时雍乌已经气若游丝了，嘶哑着声音说："如果让你再选一次，你还会成立神血会吗？"

霍星羽听雍乌这样问，眼神中忽然掠过一丝迷惘。会吗？他在心中问自己。

如果没有神血会，现在一切会怎么样？

段睿博不会死，穆雨墨不会成为植物人，骆浅渊的女儿、雍乌的父亲、他的妻子、南宫听梦的女儿不会死，徐梓陌和骆浅渊也不会死。他现在还是黑星会的成员，跟段睿博、雍乌他们一起，在B市协助警方，除暴安良。

这一切听上去似乎十分美好。

可是如此一来，也会有无数罪犯没有得到应有的"制裁"，至今还在贻害人间！

不少平民百姓会因此被害，不少家庭会因此家毁人亡。

想到这里，霍星羽眼神中的迷惘尽数消去，取而代之的是无比的坚定。

"会！"他毅然回答了雍乌的问题。

"为什么？"雍乌问。

"因为，这几十年，我们神血会杀过不少坏人，也救了不少百姓，我觉得我所做的一切都是值得的，我无悔无怨！"霍星羽道。

"是吗？"雍乌此时已经感到呼吸困难，但他仍然咬着嘴唇说道，"我敢说，这些年来我所杀的每一个人，都是罪有应得的，你呢？你敢这么说吗？"

霍星羽吁了口气："我知道，你还在因为段大哥的事责怪我。可是，当时如果我没有引爆炸药，段大哥虽然不会被炸死，但那些祸国殃民的贪官也能逃出生天，他们之后还会害多少人？还会霸占多少社会财富？又会有多少弱势群体的权益因此得不到保障？

"老雍呀，我杀段大哥，是迫不得已，是为了救更多的人！甚至是为了救我们的国家！你怎么到现在还没想明白这点呢？"

"那么，"雍乌语气阴冷，"穆雨墨呢？"

霍星羽不语。重伤穆雨墨一事，确实是他理亏。

雍乌接着道："杀段睿博是迫不得已，对穆雨墨痛下毒手也是迫不得已？也是为了救更多的人？不，你只是为了自保。"

霍星羽咬牙道："这些事情早就过去了，现在说又有什么意思呢？"

"有些事情，永远不会过去。你不去正视它，必然重蹈覆辙。"雍乌虽然只剩下最后一口气，但语气却变得严厉起来，"周瑞真的该死吗？"

霍星羽剑眉一蹙："哪个周瑞？"

雍乌冷笑："你杀了他，却连他的名字也忘记了。周瑞，就是帮吴骐畅看毒品的那个小伙子。"

霍星羽哦了一声，理所当然地道："毒品害人，他为毒贩做事，为什么不该死？你怎么把这种小混混跟段大哥和穆雨墨相提并论了？"

雍乌摇了摇头："你杀他，不是因为他帮吴骐畅看着毒品，而是因为你怕走漏消息，放跑麦奇士。"

"是又怎样？"霍星羽理直气壮地道，"麦奇士一天不死，他的制毒集团就不会瓦解，自然就会有更多人受害。我杀了那个小喽啰，是为了拯救更多的人，这有什么不对吗？"

雍乌长叹一声，不再说话。

过了数秒，霍星羽忽然感到大腿一阵刺痛。他吸了口气，低头一看，竟见雍乌手上拿着一支针筒，刺进了自己的大腿！

"老雍，你干什么？"霍星羽又惊又怒。

雍乌淡淡地说："这是老骆留给我的针筒。"

霍星羽一听，全身一震，连脸上的表情也凝固了。

他自然知道骆浅渊留下的针筒意味着什么。

骆浅渊是一名药物化学家，曾为霍星羽、雍乌和南宫听梦提供过一种毒针。针筒中装着巴比妥酸盐、肌肉松弛剂等混合药剂。注射死刑所用的就是这种药剂，被注射者会瞬间死亡。

此刻刺进霍星羽大腿的，就是这种毒针。

"为……为什么？"霍星羽知道自己必死无疑，眼神中充满怨恨和不甘。

"在我知道你杀死了那个看守毒品的小喽啰的时候，我就决定结束神血会了。后来，你眼睁睁地看着吴骐畅和陈盛喝下可能有毒的矿泉水而不加阻止，更坚定了我结束神血会的决心。"雍乌此时也已经奄奄一息了。

"你……你……"霍星羽感到自己的意识正在迅速消失。

"虽然你说你杀段睿博是为了平民百姓，反腐救国，但我始终认为，你从那时起就错了。但你一直没有正视自己的错误，最后一错再错，走火入魔。正如段睿博当年所说的，你现在不仅是司法制度的背叛者，还是杀戮成性的独裁者。霍，是时候结束了……"

雍乌刚说完，冷若寒就回来了。她看到霍星羽面容扭曲，吓了一跳："老师，您没事吧？"

"神血会……不会死！若寒……审判……罪……"一句话还没说完，霍星羽便气绝身亡。

这个坚信着自己那套正义理念的神血会创建者，这个令无数罪犯闻风丧胆的黑无常，这个为了追求心中的"正义"而不顾一切、不择手段的独裁者，在无尽的愤怒、怨恨、遗憾和不甘之中，结束了生命。

"啊！"冷若寒见霍星羽突然闭上双眼，歪倒下去，大惊道，"老师，您怎么了？雍老师，这是怎么回事？"

雍乌没有回答，只是叹了口气，也慢慢地闭上了眼睛，毒发身亡。

神血会创建之初的四名成员，"黑无常""白无常""牛头""马面"，至此全部死亡。

眼见霍星羽和雍乌都气绝倒下，冷若寒脑中一片空白，忽然感到不知所措。

没有了老师，神血会还存在吗？

没有了老师，自己日游的身份还有意义吗？

我要继承老师的遗志，继续制裁邪恶吗？

要！冷若寒想起霍星羽死前所说的最后一句话，心中猛地一震。

我要代替老师，继续履行神血会成员的使命！

就在这时，一个人走进屋中。

冷若寒吃了一惊，抬头望去，然而还没看清楚那个人的样子，就被那人用一把类似手枪的武器射中右腿。

霎时间，冷若寒只感到右腿麻痹，再也站不起来了。

此时此刻，麦奇士独自待在自己的房间里，躺在床上闭目养神。

突然，一阵清脆的敲门声传来，打断了他的思索。

麦奇士眉毛一蹙，问道："谁？"

"麦哥，是我。"房外传来了贝富齐的声音。

"有事吗？"

"是的。"

麦奇士起身打开了房门，只见贝富齐一个人站在门外。

"什么事？"麦奇士冷冷地问。

"进去谈吧。"

"哦。"

贝富齐走进了客房。

"是有什么情况吗？"麦奇士再次问道。难道霍星羽已经潜入西院？又或者是，贝富齐已经抓住了韦雪蕾？

贝富齐摇了摇头："没什么情况，只是我想通了潘小岳和汪叶瞳被杀的事件，知道了杀死他俩的凶手是谁，所以来跟你说一声。"

"哦？"麦奇士眉毛一扬，"是谁杀了他们？"

贝富齐紧紧地盯着麦奇士，语气平静地说："就是你呀，麦哥。"

麦奇士被贝富齐指认是杀人凶手，呆了一下，接着轻轻地哼了一声："阿齐，你知道你在说什么吗？"

贝富齐淡淡一笑，语气中带着一丝寒意："我说你就是杀死潘小岳和汪叶瞳的凶手，麦奇士。"他不再称呼对方为"麦哥"了。

"潘小岳被杀的时候，我不是有不在场证明吗？"麦奇士不慌不忙地道，"我根本没有杀他的时间。"

"这个不在场证明诡计，我已经解开了。"

麦奇士皱眉不语。

贝富齐冷笑一声，开始有条不紊地讲述起来。

"当时，你和潘小岳、南宫听梦、韦雪蕾一起走进了走廊，我和展老板则留在接待处。南宫听梦和韦雪蕾各自回房后，你便跟着潘小岳走到他的房间，说要给他处理一下腿上的枪伤，对吧？

"大概十分钟后，南宫听梦从走廊走了出来。又过了五分钟左右，潘小岳也走出来，到小卖部取走了一包消化饼，然后又回到走廊内。

"他回去不到半分钟，你就从走廊里走了出来。从那时候开始，直到我发现潘小岳的尸体，你都在展老板和南宫听梦的视线范围内，没有离开过。"

"是的。"麦奇士颔首，面无表情地说，"所以，我根本没有杀死潘小岳的时间。"

贝富齐笑了笑，成竹在胸地说："如果，在你从走廊出来之前，潘小岳就已经被杀了呢？"

麦奇士一听，脸上的肌肉轻轻地抽动了一下，"什么意思？你之前不是也说了吗，半分钟的时间，根本不够我杀了他，把尸体拖回房间，再返回接待处。"他的神色有些不安。

贝富齐咬着牙，阴恻恻地说："半分钟确实不够杀人移尸，但在那半分钟内，你需要做的事情事实上只有一件——摘掉面具、换掉衣裤。"

霎时间，麦奇士的脸上露出了惊恐的表情。

贝富齐鉴貌辨色，知道自己说对了，乘胜追击道："我没说错吧？当时到小卖部取消化饼的人根本不是潘小岳，而是你！那时，真正的潘小岳早就被杀了。"

两个人沉默了十多秒。

"怎么不说话了？"贝富齐打破了沉默。

"跟一个胡言乱语的人没什么好说的。"麦奇士有些恼羞成怒道。

"是吗？是被我说中了吧。"

贝富齐继续推理道："从你和潘小岳进入走廊开始，到你假扮他走出走廊，中间大概有十五分钟的时间。你就是在这十五分钟内杀死他的。

"你和潘小岳来到他的房间后，先帮他包扎好右腿的伤口，以免事后惹人怀疑。然后你用电击棒攻击他，在他失去抵抗能力后用毒针杀了他。接着，你便摘掉了他的面具，脱掉了他全身的衣裤鞋袜。

"接下来，你带着他的面具和衣物回到自己房中，将衣裤套在身上，再换上他的鞋——如此一来，你便假扮成潘小岳的样子了。

"这时候，你看准时机，走出接待处。不过，潘小岳的左手拇指被霍星羽切掉了，而你的左手手指却是完好的，因此你故意把双手都插在口袋里，直到拿消化饼时才把右手伸出来。

"当你走出接待处时，我曾问你去哪里，你却没有回答我，只是看了我一眼。因为你并非真正的潘小岳，只要一开口，马上就会被我们揭穿身份。"

麦奇士咬着嘴唇，紧紧地盯着贝富齐，目光之中充满怨恨。

贝富齐直视着他这令人毛骨悚然的眼神，不惊不惧，继续推理。

"你取走了一包消化饼以后，回到走廊中。接下来这半分钟里，你快速返回我们现在所在的这个房间——这个房间就在走廊的入口处附近，摘掉面具，脱掉潘小岳的衣物藏好，再换回自己的鞋子，以麦奇士的身份快步走回接待处。要完成这些事，三十秒绰绰有余。

"之所以在潘小岳的房间始终没能找到那包消化饼，自然是因为此后你再也没有机会单独前往潘小岳的房间。所以，那包消化饼应该是跟潘小岳的面具、衣物一样，被你藏在这个房间的某个地方。

"在此之后，你一直跟南宫听梦和展老板待在一起，为自己制造不在场证明。还吩咐我去找潘小岳，让我发现他的尸体。

"就这样，你把嫌疑成功转移到没有不在场证明的韦雪蕾和我身上，还因此控制了韦雪蕾。"

　　贝富齐说到这里，拍了拍手："无可否认，你这个'不在场证明'确实高明，巧妙地利用了'潘小岳戴着面具'这个条件，如果不是注意到潘小岳的房间中没有消化饼，我也无法破解这个诡计。"

　　贝富齐虽在称赞麦奇士"高明"，脸上却露出了讥笑。

　　"现在想来，刚发现潘小岳尸体时我就提出了'消化饼不在潘小岳房内'的疑点，当时你怕我们再讨论下去会识破你的诡计，还转移话题说什么不能排除凶手在我们这些人之中。哼哼，你的反应还挺快。"

　　贝富齐的推理滴水不漏，合情合理，但麦奇士却摇了摇头，不屑地说："阿齐，你所说的只是一种可能性，但不能证明当时出来拿消化饼的潘小岳是我冒充的，对吧？而且汪叶瞳被杀时，我有不在场证明，不可能杀死她。倒是你，你可没有不在场证明！"

　　贝富齐嘴角一扬，冷然一笑："抱歉呀，麦奇士，你杀死叶瞳时伪造的不在场证明，我也已经破解了。"

　　"哦？是吗？"麦奇士强作镇静。

　　"你的不在场证明之所以能成立，是因为傍晚那段时间下过倾盆大雨，但你的头发和衣服都没有被打湿，所以如果你是凶手，作案时间只可能在下雨前。

　　"而下雨之前，你跟南宫听梦一直留在接待处，她便是你的时间证人。直到傍晚六点半左右，你让南宫听梦到我的房间叫我。从南宫听梦离开接待处，到我和她返回，中间大概有两分钟的时间。当时虽然没下雨，但不足以让你完成'杀死汪叶瞳''把汪叶瞳的尸体拖动到大榕树下'以及'从大榕树返回夕阳馆大门'这三件事。"

　　"你说了这么多废话有什么意义呢？"麦奇士翻了翻眼皮，不耐烦地道，"简单地说，就是我没有足够的时间把汪叶瞳的尸体拖动到大榕树下，因此我不可能是杀死她的凶手。"

"不！你就是杀死她的凶手！"贝富齐斩钉截铁地说，"你就是在南宫听梦到我的房间找我的那两分钟内，杀了汪叶瞳的！"

麦奇士冷笑："你刚才不是说了吗？两分钟的时间根本不够做完那些事。"

"是的，确实不够。所以实际上，当时你并没有把她的尸体拖动到大榕树下方，"贝富齐稍微顿了一下，紧盯着麦奇士的双眼，一字一字地说，"而是只拖了大概一百米。"

霎时间，麦奇士脸上的表情凝固了。他知道，自己最后这个不在场证明，确实已经被贝富齐全盘破解了。

贝富齐没有给麦奇士留反驳的机会，紧接着推理道："汪叶瞳房间的窗户距离大榕树大概有两百米距离，把她的尸体从窗外拖动到大榕树下需要三分钟左右，因此，拖动一百米的距离，大概需要一分半钟。

"当时，在潜入汪叶瞳的房间杀了她后，你只把尸体朝榕树拖了一半距离，就急忙赶在我们出来前跑回夕阳馆的大门。在汪叶瞳的房间和大榕树之间，有不少小树和石头，你只要把尸体暂时藏在树或石头后，便可瞒天过海……"

"荒谬！"麦奇士打断了贝富齐的话，"那尸体后来怎么自己到大榕树下去了？"

"自然是你后来才把尸体拖过去的。"贝富齐理所当然地说。

麦奇士摇头："你和南宫听梦来到接待处见我后，就开始下雨了，如果我此后再去拖尸体，头发和衣服肯定会被打湿的。"

贝富齐一挑眉毛："如果你第二次拖动尸体，是在雨停后呢？"

麦奇士哼了一声："即使是雨停以后，我也没有离开过，哪来的时间去拖尸体？"

贝富齐笑了笑："你明明离开过我和南宫听梦的视线范围，你忘了吗？"

麦奇士皱眉不语。

贝富齐接着说："我们在潘小岳的房间寻找汪叶瞳时，你不是去了洗手间大概两分钟吗？这间云端宾馆的客房洗手间都有窗户，你就是利用那两分钟的时间，通过洗手间的窗户来到外面，把尸体拖到大榕树下，然后再通过窗户返回的。"

麦奇士面如土色，咬着牙没有回答。

贝富齐继续说："我刚才查看了一下，从汪叶瞳的房间到大榕树大概有两百米的距离，但从潘小岳的房间到大榕树只有不到五十米。你要把汪叶瞳的尸体再往前拖动一百米，到达大榕树，然后返回潘小岳房间的洗手间，两分钟绝对足够。

"简单地说，下雨前，你利用不在我们视线范围内的两分钟，杀死了汪叶瞳，把尸体拖动到半路；雨停后，你再次利用不在我们视线范围内的两分钟，将尸体拖动到大榕树下。

"是的，要把汪叶瞳的尸体从她的房间拖动到大榕树下方，至少需要四分钟，你因为离开我们视线范围的时间没有超过四分钟，因此拥有不在场证明。你这个诡计的核心原理，就是把四分钟的时间分割成两个两分钟，分两次拖动尸体！"

"够了！"麦奇士一副恼羞成怒的样子，"阿齐，这只是你的想象而已，你根本没有任何证据！"

"是吗？"贝富齐微微一笑，不慌不忙地道，"麦奇士，这个诡计虽然巧妙，但这一次，你露出了一个致命的破绽！"

"什么破绽？"麦奇士冲口问。他的脸上充满了不安。

"你还记得潘小岳房间的窗户外有一大片烂泥吗？当时，我因为看到烂泥中没有脚印，所以推测杀死潘小岳的凶手是从房门进入他的房间的。不过，你一定没有注意到，那片烂泥一直延伸到了潘小岳房间洗手间的窗户外。你通过洗手间的窗户进出时，都在那片烂泥上留下了脚印。"贝富齐说到这里，嘴角一扬，露出了一个胜利的笑容，

"不如你现在跟我到潘小岳的房间去看一下,看看洗手间窗外那片烂泥上的脚印,是不是你的?"

麦奇士知道再也无法抵赖了,咬牙不语。

贝富齐阴沉道:"其实我一直觉得很奇怪,我们来杀吴骐畅,根本用不着叫上潘小岳、汪叶瞳和易郁涵。他们虽然都十分聪明,但身手一般,在这次行动中根本帮不上忙。因此你此行的目标,本来就是他们三个!"

麦奇士咽了口唾沫。

"在吊桥安放炸药并引爆的人,自然也是你。你是在霍星羽等人到达之后,我们去跟吴骐畅交易之前,悄悄到吊桥那边安放炸药的。你选择这里作为交易地点,然后又炸毁吊桥,目的就是把我们困在这里。

"小卖部那些矿泉水,是你下的毒吧?

"你让胡洪锋拿假的解药去换潘小岳,就是为了借刀杀人,等霍星羽发现解药是假的,就会杀死潘小岳这个人质。没想到南宫听梦却阴差阳错地救下了潘小岳,破坏了你的计划,所以你只好亲自杀死他。

"你在杀死潘小岳的时候之所以要千方百计地为自己制造不在场证明,就是为了最大限度地排除自己的嫌疑,方便接下来对汪叶瞳下手。

"最后一个问题:作为鬼筑黑桃会的成员,你为什么要一而再再而三地杀死自己的同伴呢?那是因为——"

贝富齐说到这里停了下来,紧紧地看着麦奇士,快速地吸了口气,大声道:"你根本不是真正的麦奇士!"

霎时间,"麦奇士"全身震动了一下,与此同时,那毁容的右脸上的肌肉也狠狠地抽搐了一下,更显狰狞恐怖。

贝富齐没有留给"麦奇士"喘息的机会,直指着他的面门,紧接着说道："你是朱亚军的儿子朱梓聪，对吧？"

这个"麦奇士"，正是G市缉毒队的大队长朱亚军的儿子朱梓聪。

两个月前，真正的麦奇士、易郁涵、汪叶瞳和潘小岳，先是诱导朱梓聪的母亲黄永玲跳楼身亡，又毒杀了朱梓聪的妹妹朱倩茹，最后还强迫朱梓聪亲手杀死了父亲朱亚军。

家破人亡的朱梓聪来到他所住的那幢楼房的天台，想要跳楼自杀，却被活尸司徒门一拦住了。

司徒门一说可以为朱梓聪制定一个复仇计划，让他杀死麦奇士等人，为父母和妹妹报仇。

数天后，司徒门一便抓住了麦奇士。虽然麦奇士行踪极为诡秘，但对于司徒门一这个犯罪天才来说，要查出他的行踪并非难事。

他把麦奇士囚禁在一座废置医院的手术室内，然后把朱梓聪带到麦奇士面前。

当时麦奇士全身上下都被粗绳紧绑，无法动弹，但意识清醒，他在看到司徒门一和朱梓聪走进来的那一刻，便已知道自己无法活命了，脸上不禁掠过恐惧之色。

这个杀人无数、双手沾满鲜血的大毒枭，在自己面对死亡时，也会感到恐惧。

"梓聪，你看一下，杀害你家人的，是不是就是这个人？"司徒门一笑问。

"是他！就是他！"朱梓聪双手握拳，恶狠狠地瞪着麦奇士，目光之中似乎要喷出火焰。

他说罢还操起了桌子上的一把手术刀，狠狠地向麦奇士的喉咙刺去。

麦奇士闭目等死。

然而司徒门一却抓住了朱梓聪的手臂。

朱梓聪见司徒门一阻止自己，满脸疑惑。

司徒门一轻轻一笑："你现在要杀死他当然十分简单，可是之前我不是跟你说过吗？你的仇人总共有四个，你杀死了他以后，剩下的三个人呢？当他们知道麦奇士遇害或失踪的消息后，或许会猜到这是你的复仇，然后躲起，到时候你想把他们揪出来，可就难于登天了。"

"这……"朱梓聪觉得司徒门一说得颇有道理，放下了手术刀，试探着问，"活尸先生，你那么厉害，自然能帮我把剩下的三个人都揪出来，对吧？"

事实上，无论潘小岳、汪叶瞳和易郁涵如何躲藏，司徒门一都有办法把他们找出来。但此时他却摇头道："那可说不定。我把这个麦奇士揪出来，已经花费了一番功夫。如果潘小岳、汪叶瞳和易郁涵知道麦奇士出事，逃离L市，甚至躲到国外，或许我们就一辈子都找不到他们了。"

"那怎么办啊？"朱梓聪一脸焦急。

"简单地说，我们也不是不能杀死麦奇士，只是不能让其他人知道他的死讯，我们也不能让麦奇士'失踪'得太久，否则同样也会引起潘小岳他们的怀疑。"

"有可能吗？"不让麦奇士"失踪"太久，难道要放走他吗？而麦奇士跟朱梓聪有不共戴天之仇，此刻仇人就在眼前，朱梓聪又怎么甘心把他放走？

司徒门一笑了笑："说起来，我倒是有一个方法，只是不知道你愿不愿意。"

"你说！"朱梓聪神情激动，咬着牙道，"只要可以报仇，做什么我都愿意！"

"你先冷静一下。"司徒门一收起笑容，淡淡地告诫道，"要报仇，切忌如此激动，无论何时何地，都要沉得住气。"

"对不起……"朱梓聪脸色渐缓。

司徒门一接着道："我的计划就是，你来冒充麦奇士。"

"什么？"朱梓聪大吃一惊。与此同时，麦奇士也脸色微变。

"你跟他的身高和体型都差不多，要冒充他，自然不难。你今天就可以杀了麦奇士，然后冒充他的身份，潜伏在那个犯罪组织中，这样自然就有机会接触到潘小岳、汪叶瞳和易郁涵了。"司徒门一悠悠地道。

然而朱梓聪却听得瞠目结舌。这个计划实在是匪夷所思，朱梓聪此前想都没想过。

他呆了半晌，才回过神来，不解地问："我跟麦奇士长得并不相像，怎么冒充？"

"这你不用担心，只要你愿意执行这个冒充计划，我自然会让你变得跟麦奇士一模一样。"司徒门一胸有成竹地道。

朱梓聪正在犹豫，司徒门一接着又道："不过，要变得跟他一模一样，你的半边脸就要毁容了，你可要想清楚哦。"

朱梓聪呆了一下，面露踌躇之色，沉吟未答。

司徒门一怕他放弃这个计划，似笑非笑地道："当然，你也可以放弃这个计划，现在就杀死麦奇士。虽然这样会放跑潘小岳、汪叶瞳和易郁涵，但你也算报了四分之一的仇了。"

他这激将法奏了效，朱梓聪咬牙切齿地道："不！麦奇士、潘小岳、汪叶瞳和易郁涵，我一个都不能放过！"

他深吸了一口气，紧接着说："活尸先生，我本来已经是一个死人了，是你救了我。我现在只为了复仇而活着，如果不能复仇，我活着没有任何意义！为了复仇，毁容又有什么大不了？"

"你还是想清楚吧……"

"活尸先生，我已经决定了！"朱梓聪毅然说道，"我要报仇，不惜一切代价！请你一定要帮助我！"

"好吧。"司徒门一瞥了麦奇士一眼，笑道，"那咱们也不急着杀他，我先把你'变成'他吧。"

朱梓聪没有意识到，司徒门一并不是在把他变成麦奇士，而是在把他变成一只只为复仇而存在的魔鬼。

接下来，司徒门一让朱梓聪戴上了一张只有左脸的铜制面具，然后又拿出一瓶浓硫酸，问道："你想清楚了吗？真的不后悔？"

"绝不后悔！"朱梓聪朗声道。

"那就开始吧。"

司徒门一往朱梓聪的右脸上涂上浓硫酸。霎时间，朱梓聪感到脸上有一股强烈的灼烧感，他感到自己的皮肤正在被浓硫酸一点一点地腐蚀。他紧紧地咬着牙，一声不吭。

之后，司徒门一又帮朱梓聪处理了伤口。一个多小时后，朱梓聪的右脸扭曲变形，满是疙瘩，跟麦奇士的右脸竟有九分相似。

司徒门一递给朱梓聪一面镜子："你看看像不像？"

朱梓聪用颤抖的手接过镜子，哪里还能认出镜中的自己？他全身一颤，镜子掉在了地上，他低声呜咽起来。

司徒门一拍了拍他的肩膀："你所做的一切都是为了你的家人，你如此忍辱负重，他们的在天之灵也会感到欣慰的。"

朱梓聪点了点头，平复了一下情绪，说道："活尸先生，咱们继续吧。"

司徒门一摘掉了朱梓聪脸上的半边铜制面具，接着又亲自操刀，参照麦奇士的样貌，对朱梓聪的左脸进行整容。数小时后，整容完成。司徒门一捡起刚才朱梓聪丢在地上的镜子，再次递给他。

朱梓聪用颤巍巍的手接过镜子，鼓起勇气抬头一看，镜中之人，正是那天强迫自己杀死父亲的主谋——"麦奇士"！

他恨不得杀死镜中的"自己"。

"怎么样？我的技术还不错吧？"司徒门一微微一笑，"从这一刻开始，你就不再是朱梓聪了，你是麦奇士！"

朱梓聪点了点头："是的，我是麦奇士！"

"那么，"司徒门一递给朱梓聪一把手术刀，接着又指了指麦奇士，"现在你先把这个'冒牌'麦奇士杀死吧。"

朱梓聪接过手术刀，一步一步地走到麦奇士身前。麦奇士看到"自己"站在自己面前，心中不寒而栗。

朱梓聪吸了口气，鬼气森森地道："麦奇士，当日你杀我全家，却留了我一命，以为我会自己寻死。没想到吧，最后却是你死在我前面。"

麦奇士咬了咬牙，冷冷地说："要杀就杀，废什么话？"

朱梓聪脸色一沉，一刀刺向了麦奇士的左眼。麦奇士极疼，重重地哼了一声。朱梓聪面目狰狞地道："谁允许你说话了？"他念念不忘当时父亲因为说话而被麦奇士枪击的事。

麦奇士咬牙不语。

朱梓聪定了定神，接着说："你知道吗？在我杀死我爸之前，他跟我说，无论我多么痛苦，都要咬着牙坚持下去。他为什么要逼我活着？就是为了让我帮他，给妈妈和妹妹报仇！爸，今天我做到了！我为你报仇了！我为你们报仇了！爸，你看到了吗？"实际上朱亚军从来没有让朱梓聪为他报仇，只是此时朱梓聪激动过度，心神恍惚，记忆出现错乱。

紧接着，朱梓聪又手起刀落，把手术刀刺进了麦奇士的右眼。这一回，这个冷酷残忍的大毒枭终于忍受不住，失声叫了出来。

"哈哈哈！哈哈哈哈！"朱梓聪大声怪笑起来，"麦奇士！你没想过自己会有这一天吧？你怎样害我爸爸妈妈，怎样害我妹妹，我现在就十倍奉还！"

他说罢，高举手术刀，往麦奇士的喉咙狠狠地刺去。他刺了一刀又一刀，直到再也没有力气，才停了下来。

麦奇士早已断气。这个曾经叱咤一时的超级罪犯，这个在鬼筑中位高权重的黑桃会成员，这个令黑白两道都闻风丧胆的大毒枭，就这样在这座废置医院的手术室中，被一个"无名小卒"杀死了。

朱梓聪手刃仇人后，心中的仇恨之火却燃烧得更加旺盛。这只是第一个，还有三个！他们三个都必须死！

"梓聪，沉住气。"司徒门一走过来，提醒神情激动的朱梓聪道。

"嗯。"朱梓聪望着麦奇士的尸体，仍然在急促地喘着气。

"你现在是麦奇士了，麦奇士是一个冷酷无情的人，任何时候都不会如此沉不住气。你如果做不到这一点，就无法冒充他。这样一来，你还没见到其余几人，就会被麦奇士的手下识破身份。"

朱梓聪心中一凛，回过神来。

"我知道了，活尸先生。"

接下来，司徒门一把他所调查到的关于麦奇士的一些过往经历、生活习惯等，一一告诉朱梓聪，并让他默默记在心里。然后，他又教了朱梓聪一些扮演麦奇士的技巧，并且把麦奇士的身份证、手机、钥匙等私人物品交给朱梓聪保管。

就这样，朱梓聪带着麦奇士的面容，进入了麦奇士的生活。幸好麦奇士本来就极少露面，鬼筑成员中本来就没多少人见过他，再加上麦奇士性格冰冷，不爱说话，哪怕是他的保镖贝富齐，也很少听到他的声音。正因为这样，朱梓聪所扮演的麦奇士竟真能瞒天过海，连贝富齐一时之间也没有发现破绽。

一周前，司徒门一告诉朱梓聪，复仇的机会到了。于是朱梓聪根据司徒门一的指示，以麦奇士的身份，筹备与吴骐畅的这场毒品"交易"。他利用黑桃J在鬼筑中的地位，要求潘小岳等人协助自己一起到鬼头山杀死吴骐畅。

这样一来，他便可以把潘小岳、汪叶瞳和易郁涵都困在鬼头山上，逐一杀死。他不用担心他们会逃之夭夭，因为，在吊桥被炸毁以后，任何人都无法下山。

怎样制造杀死潘小岳时的"不在场证明"是司徒门一传授给朱梓聪的，让他在适当的时候使用；至于后来杀死汪叶瞳时伪造不在场证明的办法，倒是朱梓聪自己临时想出来的。

本来，他打算杀了易郁涵、潘小岳和汪叶瞳之后，便在鬼头山上自杀。反正他已失去所有家人，生无可恋。所以，他只需要在杀死潘小岳时为自己制造不在场证明，保证接下来能顺利杀死汪叶瞳即可。

可是，在目睹易郁涵喝下有毒的矿泉水，死前疯狂挣扎的恐怖模样后，朱梓聪却对死亡产生了恐惧。他还不想死，哪怕是报仇以后，他也不想死。在亲手杀了潘小岳后，他的求生欲望更加强烈，他要活着离开鬼头山！

所以，在杀汪叶瞳的时候，他千方百计地为自己制造不在场证明。因为他害怕万一引起了贝富齐的怀疑，自己便会被他杀死。

毕竟，他杀了贝富齐的结拜大哥麦奇士，还害死了贝富齐的结拜二哥陈盛。

然而现在，他所有的诡计都被贝富齐破解了。失去了"麦奇士"这个可以保护自己的身份，霎时间危机四伏。

他不禁把手放进了口袋中，想要掏出麦奇士以前所用的那把格洛克手枪，先下手为强，杀了贝富齐。

第 二 十 章

迷　失

此时，只听贝富齐有条不紊地说道："我最初对你产生怀疑，是在我知道了霍星羽的身份，回来告诉你'东院那边是神血会的人'时。当时你一脸迷惘，似乎根本不知道神血会是干什么的。作为鬼筑黑桃会成员，自然不可能不知道神血会，甚至对神血会中每一个成员的事迹都十分清楚。

"我再次怀疑你，是因为你两次把毒药交给霍星羽，导致我二哥陈盛在被迫试药时中毒身亡。陈盛也是麦哥的结拜兄弟，跟麦哥感情深厚，麦哥不可能不顾他的死活。

"那时候，我便开始怀疑你不是真正的麦哥，而是杀害潘小岳和汪叶瞳的真凶。而潘小岳和汪叶瞳的交集，正是两个月前都曾协助麦哥，杀死了那个姓朱的警察以及他的家人。

"我知道麦哥当时没有杀死那个警察的儿子，在破解了你的不在场证明后，一切就都不言而喻了。朱梓聪，现在你无话可说了吧？"

朱梓聪知道机不可失，贝富齐一语未毕，他已掏出手枪。在扮演麦奇士之前，他连枪都没有见过，还是司徒门一特意教他使用，并对他进行了短期的射击训练。

然而此时贝富齐的反应更快，朱梓聪的手枪掏出来之前，他已先一步拔出自己的手枪，并比朱梓聪更快开枪。只听"砰"的一声，子弹击中了朱梓聪的右手，朱梓聪手枪脱手，不由得一声轻呼。

贝富齐上前一步，用手枪抵着朱梓聪的前额，喝问："麦哥怎样了？"

朱梓聪知道如果告诉贝富齐麦奇士已死，则自己必死无疑，于是说道："我把他囚禁在某个地方，如果能下山，我就带你去找他。"

"你认为我会相信吗？"贝富齐恨恨地道，"麦哥早就被你杀了，对吧？"

"他现在还好好地活着，信不信由你。"朱梓聪的心怦怦直跳。对方是个经验丰富的毒贩，会不会相信自己的谎言呢？

"我不信。"贝富齐冷冷地道，"而且，无论你是不是已经杀了麦哥，我二哥陈盛确实是你害死的，我今天绝对不会让你活着走出这个房间。"

"你杀了我，就永远别想知道麦奇士被囚禁在哪里！"朱梓聪进行最后挣扎。

但他的话仍然没有打动贝富齐："再见了，小朋友！"

然而就在他准备扣动扳机时，忽然感到自己的小腿一阵麻痹，紧接着整个人身不由己地跪倒在地。贝富齐还没反应过来，只见一个人影快速走进房间，一脚踢走了他手上的那把九二式手枪。

贝富齐定睛一看，只见那踢走他手枪的人，竟是云端宾馆的老板展舍水！此时此刻，展老板的手上拿着一把泰瑟电击枪。这种电击枪可以释放高压，令中枪者肌肉痉挛，瞬间失去行动力。

朱梓聪本以为自己必死无疑，没想到竟然还能死里逃生，回过神来后，马上向房门跑去，想要逃离此处。

然而展老板猛地转身，对着朱梓聪的背部开了一枪。只见泰瑟枪的枪膛中射出了两个如飞镖一般的电极，紧紧地钩住了朱梓聪的衣服。紧接着，枪膛中的电池通过绝缘铜线释放出高压，一瞬间，朱梓聪只感到浑身肌肉抽搐，接着整个人跪在地上，缩成一团。

本来老式的泰瑟电击枪只能安装一发电击弹，发射以后，需要装弹才能再次使用。但此时展老板手上的泰瑟X3电击枪采用了新型循环脉冲驱动器，成形脉冲可以在三枚电击弹之间交替循环，换句话说，它可以连续发射三枚电击弹。

于是，短短半分钟内，贝富齐和朱梓聪便双双被展老板制伏了。

只见展老板捡起了地上的两把手枪，又用手铐将贝富齐的双手反铐，取走了他身上的另一把九二式手枪——那是他从胡洪锋身上拿到的。贝富齐虽然暂时无法行动，但却意识清醒，也能说话，声音微颤地问："你……你到底是谁？"

展老板微微一笑，没有回答，同时用另一副手铐将朱梓聪的双手也反铐起来，并且收走了他从南宫听梦手上拿到的那把黑星手枪。

朱梓聪刚才看到展老板攻击贝富齐，还以为他是来帮助自己的，没想到紧接着便被击倒，实在想不通他到底想干什么。此刻他注视着展老板的举动，满脸不安。

"梓聪，"此时展老板终于说话了，"恭喜你，成功杀死了所有仇人。"

朱梓聪一听到他的声音，大吃一惊，骇然道："你……你……你是活尸先生？"

他话音刚落，展老板竟从自己的脸上撕下了一张硅胶人脸面具。

霎时间，两个人眼前出现了一个三十来岁的男子，双眉细长，鼻梁高翘，双唇透着一丝苍白，面容十分清秀，正是司徒门一。

云端宾馆的"老板"展舍水，正是司徒门一伪装的。

云端宾馆在两年前停业以后，负责人早已离去。司徒门一制作了一张老人面容的硅胶面具，并在面具中安装了微型变声器，戴在自己脸上，伪装成这里的老板。

展舍水这个名字拆开来看，"展"字的上部是"尸"；而"舍"与"舌"同音，"水"可视作三点水，"舌"加上三点水，便是"活"字。两者组合在一起，就是他的外号活尸。

贝富齐听朱梓聪称"展老板"为"活尸"，也大吃一惊。他自然听说过活尸司徒门一，知道这个司徒门一跟鬼筑过节颇深，不少鬼筑成员都栽在他的手上。自己也是鬼筑的成员，而且还是麦奇士的保镖，今天落在司徒门一手上，恐怕是凶多吉少。

"好了，现在，这场游戏即将进入大结局了。"

司徒门一莞尔一笑，拖着朱梓聪走进了客房内的洗手间，用那副手铐把他的双手铐在洗手池下方的水管上。如此一来，朱梓聪恢复行动后也无法离开洗手间。

"活尸先生，到底发生了什么事？"朱梓聪悄声问，"你不是要帮我报仇吗？为什么……这是在演戏给贝富齐看，对吧？"

"不要着急，很快你就知道了。"

司徒门一说罢走出洗手间，拖着贝富齐走进了隔壁客房，即原来汪叶瞳所住的那个房间，故技重施，把贝富齐也铐在水管上。

"司徒先生，我好像没得罪过您吧？"贝富齐强作镇静地问道。

"对呀。"

"那您为什么要这样对我？"

司徒门一充满期待地说："因为你可是我这场游戏的大结局中的重要棋子呀。"

"游戏？棋子？"贝富齐皱眉。

"贝先生，请稍等一下。"

他说罢走出了客房，来到接待处，只见这里也有两个人，竟是韦雪蕾和冷若寒。此时她俩都躺在地上，被手铐反铐住双手。

螳螂捕蝉，黄雀在后，原来刚才霍星羽、南宫听梦和韦雪蕾先后在石桥上对峙时，司徒门一也躲在暗处监视他们。

在南宫听梦坠崖身亡后，司徒门一的心中不知为何有些难过。

在知道自己的身世之前，他跟南宫听梦的感情极好，南宫听梦甚至把他当成亲儿子一般。南宫听梦是神血会四位成员中身手最好的，司徒门一所学的擒拿、散打、柔道等搏击技巧，大部分是南宫听梦教给他的。

偶尔在休息之时，南宫听梦会把神血会"制裁"罪犯的一些事迹告诉他。渐渐地，司徒门一的善恶观潜移默化地受到了影响，他也认为，那些法律所无法制裁的罪犯，应该接受地下审判。

所以，当他知道自己的父母是被神血会成员杀死的之后，心中矛盾无比。自己从小尊敬的四位老师，突然变成了杀害自己父母的仇人。而自己的父母，确实是两个无恶不作的罪犯。

如果他俩还活着，自己是否会对他们展开审判、实施"制裁"？应该会。既然如此，向霍星羽等人报复，到底有什么意义？真的只是因为耻辱吗？

其实司徒门一心里也没有答案。

此前，他已经逼死了马面骆浅渊。现在，牛头南宫听梦——这个曾对他视如己出的女人——也在他面前坠崖身亡。

司徒门一和她的一切恩怨，至此烟消云散。

可是司徒门一的心中却有些许愧疚。是他诱导段睿博的儿子杀了南宫听梦的女儿；是他诱导徐梓陌杀害霍星羽等人的亲人，导致徐梓陌被霍星羽杀死；也是他诱导韦雪蕾向南宫听梦展开报复。南宫听梦一家三口，都因他而死，而这一切，只是因为他执着于报仇。

"唉——"司徒门一在心中叹了口气，"梦姨，永别了。"

接着，他回过神来，悄悄接近站在石桥上的韦雪蕾，对着她的大腿开了一枪。趁她失去了抵抗能力，用手铐把她的双手反铐起来，同时还取走了她身上的口红手枪、刀子、斧头等武器。

"你是……活尸先生？"韦雪蕾满脸疑惑。她万万没有想到，旅馆的老板，竟然就是协助自己向南宫听梦展开报复的人。

"是的，韦小姐。恭喜你成功报仇，杀死了南宫听梦。"

韦雪蕾咬了咬嘴唇："你现在想干什么？"

"别着急，你先在这里等我一会儿，我马上回来。"他的语气中充满期待。

司徒门一制伏了韦雪蕾后，又来到旭日馆，走进了雍乌所在客房对面的房间，监视着霍星羽和雍乌。他听到了霍星羽和雍乌的一番对话，心中百感交集，感慨万千。

"如果让你再选择一次，你还会成立神血会吗？"

司徒门一听到雍乌向霍星羽提出这个问题，不禁心中一震。

他会吗？

如果没有神血会的存在，自己的父母就不会被杀。那么，自己现在会是什么样子呢？

他不会被神血会的人所收养，无法学得一身武艺。他不会赏善罚恶，"活尸"也不会存在。这样是好，还是不好？

"会！"然而霍星羽如此回答。

从神血会的继承者蜕变成"活尸"，看来是他的宿命，无法改变。

接下来，雍乌用毒针杀死了霍星羽。这倒在司徒门一的意料之外。

"神血会……不会死！"

司徒门一听着霍星羽那不甘的语气，不知怎的，心中有些酸楚。

霍星羽死了。

自己这个养父，这个把各种本领传授给他的老师，这个杀死他父母的凶手，终于死了。可是司徒门一心中，没有任何复仇的快感。

他甚至有些怀念在知道自己的身世之前的那些日子。

为什么要让我知道自己的身世呢？

紧接着，雍乌也毒发身亡。司徒门一曾经的四位老师，全部离开了这个世界。向来冷硬如冰的司徒门一，此时也不禁感到心乱如麻。

但他很快就回过神来，趁冷若寒还沉浸在霍星羽去世的悲痛之中，先下手为强，闯进房间，用泰瑟枪攻击了她，随后用手铐把她的双手反铐，并且取走了她的武器。

冷若寒喝问："你是谁？"

司徒门一摇了摇头："你怎么一失利就这么激动？霍星羽的继承者如此沉不住气，怎么能做大事呢？"

冷若寒咬牙不语。

接下来，司徒门一先后把冷若寒和韦雪蕾抱到夕阳馆的接待处。

随后潜伏在朱梓聪房间外，等贝富齐完全破解了朱梓聪的诡计，准备杀死他时，才进入房间，用泰瑟枪快速制伏了贝富齐和朱梓聪。

现在，他回到接待处，抱起了韦雪蕾。

此时司徒门一已经撕掉了展老板的硅胶面具，韦雪蕾盯着他本来的容貌，紧咬着牙低声问道："活尸先生，你到底想干什么？"

司徒门一凑近韦雪蕾耳边，轻声道："带你去参加这场游戏的大结局呀。"

韦雪蕾一个激灵："什、什么游戏？"

司徒门一却不再说话，把她抱到她原来所住的房间的洗手间，如法炮制，把她铐在洗手池下方的水管上。

最后，他把冷若寒带到原来南宫听梦所住的客房，同样铐在洗手间的水管上。冷若寒冷冷地看着他，一言不发。

现在，朱梓聪、贝富齐、韦雪蕾和冷若寒分别被困于四个房间的洗手间内。

此时四个房间的房门以及洗手间的门都是打开的。司徒门一站在走廊上，朗声道："各位，这场游戏的大结局即将开始了！"

房间内的四个人都屏住呼吸，侧耳细听司徒门一的发言。

"贝富齐，你知道吗？这几年，我一直在跟踪、调查鬼筑黑桃会的成员。你的大哥麦奇士，制毒害人，恶贯满盈，一个多月前还策划残杀了朱亚军全家。真是令人发指。

"于是我救下了朱亚军那准备自杀的儿子朱梓聪，帮他假扮麦奇士，定制了这场复仇计划。梓聪，你没有让我失望，成功杀死了你的仇人们，呵呵。"

贝富齐听司徒门一这样说，知道自己的大哥麦奇士确实已经死亡，心中一阵悲痛。

"我特意让朱梓聪把交易的地点定在鬼头山上的这间荒废的云端宾馆中，这样一来，炸掉吊桥后，你们就能一起参加我精心设计的这场大屠杀游戏了。"

司徒门一阴恻恻的语气中带着一丝兴奋："你们知道吗？我最近有一个爱好，就是把蝎子、蜘蛛、蛇、蜈蚣之类的毒物放到一个容器里，看它们自相残杀。诸位被困鬼头山后，表演的这场精彩绝伦的困兽之斗，真让我兴奋无比。没有仅仅通过针孔摄像头观看，而是作为'展老板'亲身参与进来真是太好了！"

"变态！"冷若寒忍不住骂道。

司徒门一轻轻一笑："你们可能还不认识，跟大家介绍一下，现在骂我变态的是神血会的继承者——'日游'冷若寒。本来，神血会的人跟这场游戏毫无关系。不过我跟神血会的人有些私人恩怨，因此顺水推舟，让朱梓聪叫上了霍星羽的卧底胡洪锋一起交易，果然把霍星羽等人引到了鬼头山上来。

"有了霍星羽的加入，当然也不能忘了想找霍星羽寻仇的前神血会成员南宫听梦了。"

司徒门一接下来的话，却是对韦雪蕾说的。

"对了，韦小姐，你为我把南宫听梦引到了鬼头山来，我也帮你成功杀了南宫听梦报了仇，现在我们两不相欠了。不过你还不知道吧？南宫听梦之所以去找霍星羽对质，是因为他在汪叶瞳的尸体旁边找到了霍星羽的钥匙扣，误以为霍星羽才是杀死汪叶瞳的凶手，急着去帮你证明清白。只是她不知道，这个钥匙扣其实是我丢在那里的。"

韦雪蕾听到这里，早已脸色发青。她现在自然知道这个活尸协助她报仇，根本不是真心帮她，而是另有所图，可是一切已经迟了。

此时只见司徒门一稍微一顿，轻咳了两下，清了清嗓子，接着又说："好了，天下无不散之筵席，现在这场精彩的游戏也要接近尾声了。在这场游戏中，易郁涵、吴骐畅、胡洪锋、潘小岳、陈盛、汪叶瞳、南宫听梦、霍星羽和雍乌已陆续被'淘汰'，现在整座云端宾馆内除了我以外，就只剩下你们四个人了。你们之中到底谁才是这场游戏的最终胜利者呢？老实说，我还真猜不到，哈哈。"

"你到底想怎样！"贝富齐所在的房间中传出了他焦急的声音。

"我没想怎样呀，关键是你们自己想怎样。"司徒门一从容地说道，"等一下我就会离开鬼头山，到时候这里便只剩下你们几个了。小卖部里还有不少矿泉水，只是其中有一半是有毒的，全看你们的运气如何。至于小卖部中的那些食物，其中只有一包有毒，你们如果肚子饿了，也可以去碰碰运气。"

小卖部中那两箱矿泉水，自然是司徒门一准备的。他曾告诉朱梓聪其中一半矿泉水是有毒的，只是没有告诉他如何辨别。而司徒门一自己可以辨认出哪些是没有毒的，昨晚他送给南宫听梦和韦雪蕾的那两瓶就没有毒。游戏还没开始，全员还没到齐，她们如果中毒而死，那么这场游戏的精彩程度就大打折扣了。

此时，贝富齐、朱梓聪、冷若寒和韦雪蕾都在认真地聆听着司徒门一所说的每一句话，想要找出让自己活下去的最佳方案。

"对了，还有一件事，你们现在离开这里的唯一方法，就是跳伞。"只听司徒门一接着说道，"我在云端宾馆的某个地方，藏了一个降落伞。那是一个单人救生伞，也就是说，即使找到了救生伞，也只有一个人可以离开鬼头山。当然，在找到那个救生伞以后，你们也可以让一个人跳伞去求助，再回来救其他三个人。问题是，你们之中谁能保证不会一走了之，把其他三个人留在鬼头山上呢？毕竟，你们四个人的关系，可是有点紧张哦。"

贝富齐等人听得冷汗涔涔。他们心中均想：是的，如果是其他人跳伞离开，我怎么知道他是不是真的会回来救我呢？

"贝富齐，先说你吧，"此时司徒门一走到贝富齐所在的客房的房门前，说道，"那个朱梓聪，他亲手杀死了你的大哥麦奇士，还害死了你的二哥陈盛，你是一定会找他报仇的，对吧？"

短短的几句话，司徒门一便彻底激化了贝富齐和朱梓聪的矛盾。但他所说的又是事实，朱梓聪害死了贝富齐的两个结拜兄弟，此仇贝富齐必报不可。

司徒门一向前两步，来到朱梓聪所在的客房前方："梓聪，贝富齐要杀你，你该怎么办呢？在这场游戏中，想要保住自己的命，就只能先下手为强了。"

"活尸先生……"朱梓聪的声音充满惶恐，跟此前他扮演麦奇士时那冰冷的语气截然不同，"求求你带我一起走吧。你不是让我为家人报仇吗？现在我已经报了仇，你为什么要把我丢在这里？"

司徒门一轻轻地吁了口气，略带遗憾地说："是呀，我在人间赏善罚恶。你的父母和妹妹都被麦奇士等人害死了，你向那些穷凶极恶的坏人复仇，并不算作恶。"

这些年来，司徒门一一直在L市内制定各种犯罪计划，美其名曰

"赏善罚恶"。但他和亲自出手、直接"制裁"罪犯的神血会不同，一般是通过心理暗示甚至是一定程度的催眠，引发他人心中的杀意，并且为他们制定杀人计划，借他们之手，惩罚那些罪犯。

只听司徒门一对朱梓聪继续道："可是，或许是近墨者黑的缘故吧，你以麦奇士的身份跟鬼筑的人相处了一个多月，竟然也变得狠毒起来。你竟然让胡洪锋拿毒药去跟霍星羽交换潘小岳，想着毒死霍星羽的同伴后，既能减少来自神血会的威胁，又能令霍星羽恼羞成怒，杀死潘小岳。借刀杀人本不算错，但你为此牺牲另一个人的生命，就是罪大恶极了。

"此外，胡洪锋和陈盛的死，你也难辞其咎。你的双手已经沾满了鲜血，你已经由'善'变成了'恶'，我还怎么能带你离开呢？"

朱梓聪知道留下来是九死一生，声音呜咽，求饶道："活尸先生，我知道错了，求你带我走，求你了……求你了……"

"好了，别求我了，你可是'麦奇士'！"司徒门一的语气有些不屑，一脸轻蔑地道，"与其毫无尊严地求饶，不如好好想想怎么让自己在最后的游戏中活下来吧……"

"活尸先生。"在朱梓聪客房的对面传出了韦雪蕾怯生生的声音，稍微打断了司徒门一的话。

"怎么了，韦小姐？"司徒门一问。

"我……我是好人，我来这里，只是为了杀死南宫听梦，为我的未婚夫报仇。我没有害过其他人，你不应该把我留在这里的。"

"是吗？"司徒门一笑了笑，"难道你忘记了孙美恩了吗？"

一听到这个名字，韦雪蕾脸上的表情凝固了。

只听司徒门一接着说道："你在读大学的时候，因为贪慕虚荣，曾经做过'援助交际'，对吧？孙美恩是你的大学同学，无意中发现了这件事。两年多前，你准备跟傅荣朗结婚。孙美恩便用这件事向你勒索十万元，还说如果你不给钱，就告诉你的未婚夫傅荣朗。不久以后，孙美恩家中竟然无故失火，火势失控，最终孙美恩本人，以及她的父母和姐姐，全都被烧死了。"

韦雪蕾听到这里，咽了口唾沫，只感到全身发冷。

是的，当时纵火的人就是韦雪蕾。她本来只是打算吓一吓孙美恩，让她不要在自己的未婚夫面前乱说话，没想到火势失控，导致孙美恩一家四口都在火灾中丧生。

虽然她因为没有作案动机，侥幸逃过了警方的调查，但良心却备受折磨。这两年来，她无数次梦见自己身处火场，无法逃离，还看到面目狰狞、四肢被烧得乌黑的孙美恩来向自己索命。

她本以为这件事一辈子都不会被别人发现，没想到这个人竟然如此神通广大，查到了自己的罪行。

她惊魂未定，就听司徒门一接着说道："孙美恩死了，可是你最终还是没能跟傅荣朗结婚，因为不久后他就被南宫听梦杀死了，你说，这算不算天理昭彰，报应不爽？"

韦雪蕾从回忆中回过神来，不敢答话。

司徒门一清了清嗓子，又走到韦雪蕾客房的隔壁，对屋内的冷若寒说道："冷若寒，你是霍星羽的继承者，神血会中唯一幸存的人，你自然是要继承霍星羽的遗志，继续伸张正义，审判罪恶，对吧？

"像贝富齐这种害人无数的鬼筑成员；像朱梓聪这种为达目的不择手段，甚至滥杀无辜的人；像韦雪蕾这种纵火杀人，丧尽天良的人，你自然都不会放过，对不对？"

冷若寒咬牙不语。司徒门一短短几句话，便让她成为众矢之的。

司徒门一嘴角一扬，淡淡一笑，"好了，时间差不多了，我要走了。临走之前，我会送给你们每人一份礼物。我有四把左轮手枪，每把手枪中都装了六颗子弹。我会把这四把手枪分别放在你们每个人房间的床上。至于你们要怎样使用它，就跟我无关了。"

他一边说一边依次在众人的房间内留下了一把左轮手枪。

最后他回到走廊上，朗声道："好了，现在你们每人所剩的武器只有一把枪，六颗子弹，这样才公平嘛。"

他顿了一顿，看了看手表，接着说道："现在是晚上九点五十三分。铐着你们的电子手铐会在今晚十一点整同时打开，到时候你们就可以自由行动了。最后的游戏即将开始，请各位多多加油吧。"

说罢，司徒门一转过身子，大步走出了走廊。

此时此刻，接待处一片死寂。

司徒门一来到小卖部，拿起了一瓶矿泉水，拧开瓶盖，喝了一口，接着回到小卖部内的房间里，从床底取出了一个行李箱。然后关掉了连线的直播摄像头，为了掌控全局，他事前在云端宾馆的不少地方都安装了针孔摄像头。

他拖着行李箱来到旭日馆。此时旭日馆内空无一人，只有霍星羽、雍乌和吴骐畅三个人的尸体。

司徒门一打开了行李箱，取出一个铁盒子。这个盒子里装着一个救生伞，但也有他所设置的弹簧机关，只要盒子一打开，机关就会启动，盒子内的数十支短箭会同时射出，开盒之人避无可避。这些短箭上还涂着极为厉害的毒药，见血封喉，一箭致命。

他把这个铁盒子放在旭日馆三楼的一间客房内，喃喃自语："谁会打开这个盒子呢？还真让人期待。"

接着他又回到一楼，拖着行李箱来到云端宾馆的入口，走到了断裂的吊桥前。

只见他再次打开了行李箱，从箱中取出了一个悬浮飞行器。

这是司徒门一自己耗时两年所制成的飞行器，采用了喷气动力悬浮滑板，载人飞行之时，最高时速可达一百三十公里，飞行高度可达两千米，启动性能和停止机制都十分完善。虽然飞行时间只有十分钟，但已足够司徒门一离开鬼头山山顶了。

此时只见司徒门一慢条斯理地背上了为涡轮发动机提供动力的燃料包，并且把自己的双脚固定在飞行器上。

这时刚好是晚上十一点。十多秒后，只听夕阳馆中传出了"砰"的一声枪响。

司徒门一笑了笑，启动飞行器，飞了起来。身后的枪响接连不断，而司徒门一则已飞过断崖，离开了云端宾馆。

数天后，反神会的继承者慕容思炫收到了一个快递，寄件人是司徒先生。

慕容思炫双眉一蹙，小心翼翼地拆开快递，只见里面竟是一个提线木偶。

这个木偶的四肢本来各系着一根操作用的细线，但此时这四根细线都被剪断了。

慕容思炫低头沉默了良久，他第一眼看到这个断线木偶，就明白了对方的意思。他和司徒门一之间的战斗，才刚刚开始。

看更多"神探慕容思炫系列"精彩故事，
立即扫码入群